ぼぎわんが、来る

澤村伊智

角川ホラー文庫
20793

目次

第一章　訪問者

一

「これで大丈夫なんでしょうか――ほ、本当に」

　フローリングで滑って転びそうになるのを踏みとどまる。息ばかりが先走って言葉が出なくなる。汗で手がぬめり、スマホを落としそうになるのを慌てて両手で押さえて、私は電話の向こうの彼女に問い質《ただ》す。

「――妻と、む、娘は」

「ええ」

　よく通る、落ち着いた声で、彼女は答えた。

「ご家族は大丈夫です。それよりもご自分の心構えを」

　私は慌てて身を乗り出して、廊下の向こうの玄関を見た。白い壁と天井に挟まれた、焦げ茶色の扉。電気を点《つ》けていないので暗いが、記憶が色彩を覚えている。

　いつもの扉だ。

分厚い金属と樹脂とガラスの板を見ながら、私は懸命にそう思い込もうとした。

「あまり見ない方がいいですよ」

不意に彼女がそう言った。私は下手な芝居のようにビクリと痙攣《けいれん》してしまう。

「し、しかし、一体いつ――」

「来ますよ、もうすぐ。まじないの準備は整いましたか？」

私はつい先ほど、彼女が電話口で言った指示を脳内で思い返す。

窓やベランダの鍵《かぎ》をかけ、カーテンも全て閉めた。

台所の包丁をまとめて布で包んで縛り、押入れの奥に隠した。

タオルを巻いた金槌《かなづち》で、家中の鏡を割った。

あるだけの茶碗《ちゃわん》をリビングの床に並べ、水を張り、塩を一つまみずつ振り入れた。

あとは……あとは……。

「玄関の鍵を、開けるん、ですね……？」

私は念を押して訊《き》く。

「そうです」

彼女は今までと全く変わらない、冷静な口調で答えた。

「ですが……あれは」

私は抵抗を示した。

「あれは、この家に入って来ようとしているのでは……？」

「そうですよ田原《たはら》さん。あなたに会いたがっている。何十年も前から、ずっと。だから招き入れるんです」

「じゃ、じゃあ」

「ご心配なく」

彼女は私の言葉をやんわりとさえぎり、

「そこからはわたしの仕事です」

と言った。

静かで、それでいて威厳のある口調に、ほんのわずかだけ安心しながら、私はこれまでのことを思い返していた。

二

昭和も終わりの頃。小学六年の夏休みのある午後のことだった。

当時、京都《きょうと》のニュータウンに住んでいた私は、大阪《おおさか》の下町にある、母方の祖父母の家に一人で行って、マンガを読んでいた。何のマンガだったかは覚えていない。それ以前になぜ両親が一緒でなく、私だけが祖父母の家に上がり込んでいたのか、そこから既に思い出せない。

ただ、当時七十歳前後だった祖母に大量の茶菓子を出され、満腹になって、私はマンガを読みふけっていた。

お世辞にも広いとは言えない、正直「貧しい」と言っていい、平屋の、畳敷きの居間に寝そべって。

古びた扇風機の音と、畳と土壁、そして「タンスにゴン」の匂い。

祖母は私をもてなしてから、近所の集まりがあると言って出かけてしまい、平屋には私と、当時八十いくつだったかの祖父、二人だけが残された。

祖父との会話はなかった。いや、まともな会話がなかった、と言うのが正しいだろう。その頃から数年前に、祖父は脳出血か何かで倒れ、寝たきりになると同時に認知症になった。病はあっという間に進行し、当時の祖父は単語レベルのうわ言を繰り返すだけの、幼児も同然の状態だった。

祖母は介護が苦ではない様子で、盆暮れに家族で挨拶《あいさつ》に行くと、両親や私との団らんの合間に、楽しそうに祖父に語りかけながら、テキパキと下の始末や食事の世話をしていた。祖父は常に曖昧《あいまい》な表情ではあったが、もぐもぐと口を動かして、子供のような目で祖母を見ていた。

祖父はその日、介護用ベッドの上、白い布団の下で仰向《あおむ》けになっていた。ベッドは狭い居間の半分を占領していて、背が急速に伸びつつあった当時の私は、脚先をベッドのへりに引っかけたり、もたれかかったりしてマンガを貪《むさぼ》り読み、夏の午後を謳歌《おうか》していた。

「おかあちゃん。おかあちゃん」

祖父はしわがれ声で繰り返していた。

祖母のことだ、と私たちはとりあえず認識していたが、実際はどうだったのだろう。

「おかあちゃん。おかあちゃん」

「今おらんわ」

顔を上げずに私は答える。祖父はしばらく黙った。しかし数分もすると再び、

「おかあちゃん。おかあちゃん」

「平井《ひらい》さんとこ行く言うとったで」

「……おかあちゃん」

「そのうち帰って来るやろ」

そんな遣《や》り取りとも言えない遣り取りを祖父としながら、私は畳に直置《じかお》きしたお菓子を摘《つま》んでは口にし、読み終えたマンガを放り出しては、また別のマンガを読み始めたりを繰り返していた。

ピンポン、とドアホンが鳴った。

私は顔を上げてキッチンダイニングの向こう、ほんの三メートルほど先の玄関を見た。玄関の扉は表面がデコボコしたガラス格子で、その向こう側にぼんやりと濃い灰色が見えた。背は低い。それだけは分かった。

まだ子供だった私はためらった。祖母はいないし、祖父は赤ん坊も同じで、この家のことは何も分からない。居留守を決め込もうか。

硬直したままそう思ったところで、声がした。

「ごめんください」

ドラマやマンガでだけ耳にする訪問の挨拶を、その時初めて実際に聞いた。

中年か、それより上の女性の声だった。訪問客は女性らしい。

私は意を決して起き上がった。

素足で畳を踏みしめ、居間を抜け、フローリングのキッチンダイニングを抜け、私は玄関の前、狭い土間へと進んだ。

「ごめんください」

「はい」

再び声がしたので小さくそう答えてみたものの、「えーと」とすぐに口ごもってしまい、「どちらさまですか」と訊こうとした時、訪問客はこう言った。

「シヅさんはいますか」

志津《しづ》は祖母の名前だ。

「いま、でかけてます」

扉越しに私はそう答えた。当時まだ声変わりが済んでいなかった私は、頭の中で子供なりの計算をしていて、これなら「小さな孫が留守番している」と踏んで、さっさと帰ってくれるだろう、と考えていた。それを見込んで、できるだけ言葉少なに、より幼く聞こえるように抑揚を調整してすらいた。扉を開け応対する手間を惜しんだのだ。

ガラスの向こうの訪問客は何も反応を示さず、ただ突っ立っていた。

沈黙に耐え切れず、祖母と自分の靴だけで足の踏み場もなくなっている土間に足を下ろそうとした時、

「ヒサノリさんはいますか」

自分の靴の上に足を置こうとしていた私は、ここで動きを止めた。というより勝手に身体の動きが止まってしまっていた。

ヒサノリ――久徳《ひさのり》は祖母の長男、母の兄の名前だった。私にとっては伯父《おじ》に当たる。だが彼は中学を卒業してまもなく、交通事故で亡くなっている。私が生まれるずっと以前――当時から遡《さかのぼ》ること三十数年前の話だ。居間の仏壇に飾ってある伯父の遺影は、詰め襟を着て、歯を見せて笑っている、快活そうな青年だった。腕におかっぱ頭の少女を抱いている。母らしい。

そんな昔に伯父が死んだことを、どうして訪問客は知らないのだろう。

もし伯父が生きていたとして、いったい何の用があって訪ねて来たのだろう。

不審に思って私はガラスを睨《にら》んだ。

灰色の人影は相変わらず突っ立っている。

デコボコのガラスで細部がつぶれ、輪郭が歪《ゆが》み、表面がにじみ、ねじれた灰色の塊。

不意にぞくりと、身体に悪寒が走った。

私は妄想をしてしまったのだ。扉を開けると、ガラス越しに見たとおりのねじれた灰色の塊が、ぶよぶよと揺れながら直立しているのではないか、という妄想を。

もちろん単なる妄想に過ぎない。子供心にもそれは分かっていた。ただ怖くなっただけだ。バカバカしい。そう冷静に見ている自分もいた。

「いません」

私はどうにか答えた。ややあって、また声がした。

「ギンジさん、ギンジさん、ギンジさんはいますか。いらっしゃいますか」

銀二《ぎんじ》は祖父の名前だ。だが何故三回も繰り返したのだろう。言い間違えたようには聞こえなかった。

返答に困っていると、訪問客はゆらりと身体を揺らし、

「ち――ちがつり」

と言った。

私には確かにそう聞こえた。意味を結ばない四文字の言葉。どこかの方言だろうか？

それにしてはイントネーションに乏しく、ただ音を発しただけ、という感じだった。

それにひどく言いにくそうだった。まるで何十年も口にすることもなかった言葉を、久しぶりに声に出したかのように。

ぬっ、と灰色が大きくなった。一歩前に進んで扉に近付いたのだ。ガラス越しに肌色が見えた。灰色なのは服で、髪は黒い。ただ顔の造作は全く分からなかった。

「ちがつり。ギンジさん、ちがつり。ギンジさん」

ゆっくりした声。口元が動いているのが分かった。私の知らない言葉で、彼女は祖父

に何かを言っている。私はここでようやく、事態の異様さに気付いた。

　これはまともな訪問ではない。どんな用件であれ、人が人の家を訪ねる時の真っ当な段取りが行われていない。子供の狭い価値観でもそれは理解できた。

　そして論理的に、それが意味するところも推測できた。

　おそらく訪問客はまともな人間ではない。

　つまりこの扉は開けてはいけない。祖父がいると答えてもいけない。

　訪問客はいつの間にか、べったりと扉に密着せんばかりに近付いていた。両方の手のひらをガラス扉にペタンと押し当てている。身長に比べて手は大きく指は長い。

　だがもう私はそれ以上視線を持ち上げて、客の顔を見ることができなくなっていた。

　今までよりずっと大きな声がガラスを震わせた。

「ギンジさん、ギンジさん、ギンジさん、ヒサノリさん、の、ちが」

「帰れ！」

　出しぬけに奥から怒鳴り声がして、私は「わあ」と声を上げ尻《しり》もちをついた。

　慌てて振り返ったが、見えるのはベッドと、寝ている祖父の左手だけだった。その手は強く握りしめられ、血管が浮き出ていた。

　祖父が叫んだのだろうか。客を追い返そうとしたのだろうか。まさか。

　再び玄関に向き直って、今度は声もなく驚いた。

　ガラスのすぐ向こうにいた灰色の人影は消え失《う》せていて、ただ夏の日差しと鉢植えの緑が、薄ぼんやりと透けて見えるだけだった。

どれくらい放心していただろう。居間から呼ぶ声が聞こえて私は我に返った。

「秀樹《ひでき》」

今度は確実に祖父の声だった。それもここ何年かの朦朧《もうろう》としたうわ言ではなく、ハッキリとした声。何年振りだろう、名前を呼ばれるのは。

三歩ほど駆けて居間に飛び込むと、祖父は寝たまま、しっかりした視線で私を捉《とら》えた。

それだけで私は緊張に襲われる。

祖父は私の気持ちを知ってか知らずか、冷静な、低い声で、

「今の、戸ぉ開けんかったやろな?」

と訊いた。

私は首を振ってから「開けてへんよ」と答えた。

祖父は深い皺《しわ》をさらに深くし、口をへの字にして小さくうなずいて、

「あれは開けたらあかん……ほんまは答えてもあかんねや。怒鳴ってもうたけどな」

と言った。

私は当然の疑問を口にした。

「あれ、何なん……?」

声がうわずって恥ずかしくなったが、祖父は真面目な顔でしばらく黙り、

「今はあかん」

と、小さく答えた。

私が不満げな顔をしていたのだろう。祖父は左手を持ち上げ、玄関を指し示して、

「聞こえたら戻ってきよんで――帰ったんが信じられんくらいや」

と言って、大きな溜息《ためいき》を吐いた。

それから祖父とどういう遣り取りをしたのか、奇妙なことに私はまったく覚えていない。ただ祖母が戻って来た時には、祖父は既にいつもの状態に戻ってしまっていて、「おかあちゃん、おかあちゃん」と繰り返していた。祖母はハイハイと愛想よく服を着替えさせようとして、ふと手を止め、

「あら、どないしはったんや。汗びっしょりやがな。暑かったんかいなあ」

と、慌ててタオルを取りに行った。

三

私が中学三年になって間もなく、祖父はあっけなく死んだ。祖母が洗濯をしている間に再び脳出血を起こし、祖母が気付いた時には既に事切れていたという。

祖父は若い頃に親類を全て亡くし、晩年は人付き合いもほとんどなかった。だからといっていいのか、葬式は近所の人と、祖母の親戚《しんせき》合わせて十人足らず、そして父の会社の関係者が二人参列しただけの実にあっさりとしたものだった。盛大に弔ってほしい、などとは今も思わないが、たまに老いて死ぬことについて考えるたび、私はいつも祖父

の寂しい葬式が頭に浮かぶ。

だが、それよりも頻繁に思い出すのは通夜の席でのことだ。

葬儀会場の、一番狭い部屋。最低限の装飾が施された棺《ひつぎ》。

遺影は比較的最近のスナップ写真の、顔の部分を切り抜き、和装と合成したものだった。

喪服姿の祖母と母は、湯飲みで煎茶《せんちゃ》を飲みながら祖父の思い出を語っていた。父はほとんど話に参加せず最低限の相槌を打つばかりで、逆に母は驚くほどよく喋《しゃべ》った。

私は制服だった紺色のブレザーを着て、美味《おい》しくもない煎茶をひたすら飲んでいるだけだった。

「がんこいうて覚えてるか秀樹」

祖母から不意に話を振られて、私はすぐに言葉の意味を探った。

がんこ——そうだ、まだ幼い頃、なかなか寝なかったり、親の言いつけを守らなかったりすると、祖母が私を叱りつけることがあった。その際に口にしていた言葉だ。

「『がんこ来るでえ』って、おばあちゃん言うてたやつやろ」

「さすがやなあ、よう覚えてるわ」

「わたしもちっちゃい頃よう言われとったわ」

母が楽しそうに言う。数十分前は目を真っ赤にしていたのに。その前は祖母とケラケラ笑っていた。こういう場での女性の感情の切り替えの早さは、中年に差し掛かった今も感覚的に納得しがたい。

「がんこって何なん？」

私は率直に問うた。小さい頃は「お化けの一種」といういいかげんな認識だった。だがそれだけで、慌てて布団に飛び込むには十分なほど怖かった。

「何やろなあ……お化けとちゃうか」

祖母はあっさりと言い、私は拍子抜けした。聞けば祖母も幼い頃、ぐずったりすると曾祖母《そうそぼ》に同じように脅されていたらしい。要するに、「子供が怖がるもの」として、言葉だけが親から子へ伝わっているのだ。具体的に何なのかは誰も知らない。だがそれを言うなら「がんこ」以前に、「お化け」がどういうものか、説明できる人は少ないだろう。

「……そんでな、わたしの住んどった三重《みえ》のM——の辺りは、がんこ言うてたんや」

祖母は話を続けていて、母はそれに相槌を打つ。

「お父ちゃんとこは？　K——やったっけ」

母が祖父のことを「お父ちゃん」と呼ぶと知ったのは、この通夜でのことだった。

祖母は小さく笑いながら、

「知らん、言うてはったわ。聞いたこともないて」

「そうなんや」

話に加わった手前、私も適当に言葉を挟む。

祖母は皺くちゃの手でハンカチをくしゃくしゃともてあそんでいたが、ふとその手を止めて、真っ白な眉《まゆ》をひそめ、

「でもな、昔一回だけ、あっこにはもっと怖いのがおった、言わはって」

「おった、って何やの。がんこもおらん言うたらおらんやん」

母が身も蓋《ふた》もないことを言う。

祖母は、

「ひで──ちゃう、秀樹とちゃうわ、澄江《すみえ》、あんたや、あかんなあ、最近よう名前間違えてもうて。あんたが小さいときの話や」

と、呆《あき》れ笑いを浮かべて母を向き、

「あんたがまだ小そうて、よう泣いてた頃や。がんこ来るでって脅して寝かして、一息ついとったら、あの人がお酒飲んで笑《わ》ろてはったんや。わたしが苦労して子供寝かしてんのに酷《ひど》いわ言うたら、うるさいて怒鳴らはって、お猪口《ちょこ》投げつけられてん。わたし悔しくて泣いてしもてな」

今ならDV、話を聞いた当時でも家庭内暴力と呼ばれ、非難されるような行為だ。だが祖母は何でもないことのように話を続けた。

「そんで泣いてたらな、あの人、何でがんこなんかで子供が大人しゅうなるんや、あほちゃうか言わはってん。地元にはそんなんよりもっと怖いのがおったって」

「ふうん。そうかいな」

母は話題そのものには興味を失っている様子だったが、私は祖母の話を注意して聞いていた。

「それが来たら、絶対答えたり、入れたらあかんて。玄関来たら閉めて放っといたら仕舞いやけど、勝手口に来たら危ないて。んでな、勝手口が開いとったらもう駄目なんやて。捕まって山へ連れてかれるて。ほんまに連れてかれた人もぎょうさんおったって」

「何やのんそれ」

母が苦笑する。確かに話だけならどうということもない。昔話や妖怪《ようかい》辞典で読んだことがあった気すらする。だが祖母の話を聞いて、私は身体の奥底が小刻みに震えているような感覚に襲われていた。

母の言葉は疑問というより、呆れを表現したものだったのだろうが、祖母は前者だと受け取ったらしい。しばらくハンカチを見つめ、こめかみに指をやってから、

「――ぼぎわん、言うてはったわ、名前」

と言った。

ブレザーの下、ワイシャツのすぐ裏で、腕の毛が波打つように逆立っていくのが分かった。あの日、あの午後、祖父母の家を訪ねてきた灰色の影。

あれは祖父の地元に伝わる、ぼぎわんだったのだろうか。

あの時の怖れ方と祖母の話から察するに、祖父があの日の訪問客をそうだと思った可能性は高い。

だが、そもそもそんなものが実在するはずがない。だとすればあの客は誰だったのか。

それにあの奇妙な言葉――

母があっけなく切り捨てた。

「どこにでもおる、いうことですなあ。そういうもんは」

父がどうでもいいと言わんばかりの相槌を打った。

「せやな」

祖母は笑って答え、遺影を見つめながら、

「お酒飲んではったせいや思うけど、ようけ喋ってくれはったわ。普段から普通の話もほとんどせん人やったからなあ。友達とはよう電話してはったけど——」

と、たるんだまぶたに半分隠れた目を潤ませていた。

電話という言葉で、母は祖父との記憶を思い出したらしく、楽しげに語り出した。祖父が電話口で誰かを怒鳴りつけていた、というあいまいな話だった。途中何回も声を詰まらせ、涙を流すこともあったが、最後は笑っていた。

私は一人、背中を伝う汗に何度か身震いした。

その日は父の車で帰ったのか、祖父母の家に泊まったのか。葬儀会場は宿泊禁止だったので、どちらかには違いないのだが思い出せない。

次に覚えているのは葬式の翌朝だ。私は汗びっしょりで目覚めた。灰色をした塊に追いかけられる夢を見て飛び起きたのだ。だが灰色の塊そのものを夢に見たわけではない。ただそういう認識だけがあって、夢の中の私は祖父母の家の近所と、学校と、一度だけ行ったことのあった神戸《こうべ》の港が混ざったような場所を、もつれる足で走り回り、逃げ回っていた。

四

能面と能装束でナギナタを持った人物に、もう三日連続、夢の中で追いかけられている——

高校の同級生が言っていた。怖い話だと思う。だがそれがきっかけで、彼は伝統芸能に興味を持つようになり、今は京都で能面の工房を経営しているという。

私はあの日の出来事を忘れることはなかったが、それが情熱に変わることもなかった。自分の偏差値なら確実に合格できて、実家から通える大学に、大した希望もなく進学。サークルの友人たちと多くの時間を共有し、それ以外は様々なアルバイト。わずかながら恋愛もした。勉強はほとんどしなかった。

友人たちに流されるようにして東京《とうきょう》の企業にエントリーし、面接。いくつかから内定をもらった。就職したのはマイナーな製菓メーカー「とのだ製菓」の営業部だった。

東京各地のスーパーや小売店を巡る。自社商品の売れ行き、評価を、数値と実地調査で把握する。新商品の売込みをする。最初は上司に同行し、慣れれば一人で。さらに慣れれば部下を連れて。次第に訛《なま》りは抜けて、標準語で話すようになっていた。

勤務態度は可もなく不可もなく、というところだろう。年齢とともに担当する仕事の規模は大きくなり、扱う金額は大きくなり、使える人員も負わされる責任も増えた。決してつまらなくはなく、むしろやりがいや充実感を覚える局面の方が多かったが、確実にストレスは抱えていた。食事と酒の量が増え、入社して十年で体重は十五キロ増えた。

大学の同期が次々と結婚していく中、私は独身生活をそれなりに楽しんでいたが、やはり心のどこかで一人っ子であること、親の面倒をみなければいけないこと、それには伴侶《はんりょ》となる女性が必要であることを、常に感じていたのだろう。

香奈《かな》と知り合ったのは三十二歳の春先だった。彼女は二十九歳。得意先のスーパー「くらしマート」板橋《いたばし》店でパートリーダーをしている彼女と、仕事の話をしているうちに意気投合し、プライベートでも会うようになった。

基本的に土日、忙しくても日曜は休める私と違い、彼女は土日も働くことが多かった。会えない日々に苛立《いらだ》ったこともあったが、おっとりしていて優しい彼女のおかげだろう、交際二年目の冬に婚約。翌年に結婚することになった。

香奈を連れて暮れに帰省すると、実家のマンションには祖母がいた。かつて祖父と住んでいたあの家を数ヶ月前に引き払い、両親と一緒に暮らしているという。

両親は気立てのいい香奈に好感を抱いたようで、夕食で婚約の報告や、これからの予定を伝えると、頰をゆるめて喜んでいた。気の早い母は初孫の話題を出し、酔っ払った父親に半笑いでたしなめられていた。香奈は恥ずかしそうに笑っていた。

祖母はダイニングテーブルの片隅で、会話に参加することもなく、寂しそうに微笑していた。髪は驚くほど減って頭皮が見えていた。もともと小さかった身体は、以前に比べてさらに小さくなったように見えた。

元日の朝、近所の神社に初詣《はつもうで》に行く際も、祖母は留守番すると言って残った。両親と香奈はすっかり打ち解けた様子で、冬の朝の寒い中、人でにぎわう神社を談笑しながら歩いていた。

私は老いて弱った祖母のことが気がかりだった。

実家に戻ると父は居間の所定の位置に陣取り、正月特番を見始めた。母は祖母を除いた人数分のコーヒーを淹《い》れ、テーブルで香奈と向かい合って話し始めた。香奈はクッキーを摘み、テレビを横目で見ながら、楽しそうに母と最近のお笑い芸人について語っていた。

私はコーヒーを一口だけ飲んで祖母の部屋に行った。以前は物置だったカーペット敷きの六畳間だ。

カーテンを閉め切った薄暗い部屋で、祖母は仏壇に手を合わせていた。身体を縮めて、すり合わせる手には黒い数珠《じゅず》。か細い声で念仏か何かを唱えていた。扉に背を向けているので顔は見えない。

私はゆっくりと祖母の斜め前に回って、腰を下ろした。

祖母はしばらくブツブツと手を合わせて拝んでいたが、顔を上げて私を見、特に反応を示すでもなく再び仏壇を見て、か細く、それでいて長い溜息を吐いた。

部屋にまでやって来たのに、私は何も言えず、ただ彼女の動作を見ていた。

黙っていると、祖母はまた小さく溜息を吐き、垂れ下がったまぶたの奥から私を見て、

「香奈さん、大事にしいや」

と言った。

「うん、分かってる」

私がうなずくと、祖母は目を伏せ、

「優しゅうしたりな。ずっと、面倒見たらなあかんで」

と、語気を強めた。

「おばあちゃん」私は笑いながら、「そう思たから結婚するねんて。遊びで一緒になったりせえへん。もうええ歳なんやし……」

「ちゃうんや」

祖母は悲しげに首を振った。辛《つら》そうな表情。私の口から笑みが消えるのが分かった。

「嫁はな、耐えてまうんや。辛いことも、苦しいことも、悲しいことも。それがええことやと思て。どんなにえらい目に遭わされても」

私は真面目に聞いていたつもりだったが、心のどこかで古臭い考えだと思っていたのだろう。今時そこまで耐え忍ぶことを美徳だと思っている女性はいない、と。そしてそれが顔に出ていたのだろう。祖母は不意に私の手を握った。

皺くちゃの、乾いて骨ばった小さな手。こんなに儚《はかな》く脆《もろ》かっただろうか。

言葉を探していると、

「香奈さんが、そういう人かどうかは、分からん。今の女の人やったら、大丈夫かも分からん。でもな、大事にせなあかんのは、一緒や」

それはそのとおりだと思う。私はそう言った。

「大事にするし、ちゃんと会話とかしよ思てるよ」

「さよか」

祖母は三度目の溜息を吐き、顔を伏せた。ひどく疲れているようだった。

年を取ると悲観的になるのだろうか。それとも……。私は祖母の死を一瞬思って打ち消し、彼女の老いた手を軽く握り返した。

「約束するわ。香奈はずっと大事にする。仲良くする」

改めて口にすると気恥ずかしくなったが、同時に気が引き締まった気がした。これは自分と香奈だけの問題ではない。家族や周りの人の思い、期待を背負っているのだと。

祖母の目に、涙がかすかに光った。こぼれ落ちたかと思うと、一瞬で顔の深い皺に飲み込まれて消える。

嬉《うれ》し涙だ。私が結婚するから嬉しいのだろう。そう思って口元が緩んだ。声をかけようとした時、祖母は口を開いて、

「耐えてもええことなんかあらへんからな」

と、一息で言った。

意味が分からず固まっていると、祖母は唇を震わせて、

「我慢するとな、心の中に、悪いもんが溜《た》まるんや。ずっと後になって、しっぺ返しがくるんや。じっと我慢してたからて、正しいのとちゃう。わたしは耐えた、せやから許される、そんな簡単な話ちゃうんや。世の中は——この世は」

何を言っているのかよく分からなかった。あまり我慢するな、ということだろうか。それはたしかにそうだが、そこまで切羽詰って言うことだろうか。泣いてまで孫に伝えることだろうか。

薄暗い部屋で、私はあぐらをかいて、声もなくすすり泣く祖母を見ていた。困っていたし、少しうっとうしくもなっていた。理由も分からないまま、重苦しい雰囲気に包まれるのは耐え難かった。

「ありがとう。香奈にも伝えとくわ」

私はつとめて明るく言って、邪険にならないよう注意しながら祖母の手を離した。祖母は潤んだ赤い目で、立ち上がった私を見上げた。

私は祖母から目をそらし、壁の時計を見た。正午を回っていた。

「おせち食べるやろ。買《こ》うてきたやつあるって」

そう訊くと、祖母は首を振って、

「お腹空《す》いてへん」

と囁《ささや》くように言った。

「つまむだけでも元気になるで。香奈とも話したってや。な、リビング行こうや」

私が促すと、祖母は座ったままじっと私を見た。

「どないしたん？」

「あんた――」

垂れ下がったまぶたが開き、濡《ぬ》れた瞳《ひとみ》を大きくして、祖母は、

「――秀樹やな？ ご飯誘てくれてるんやな？」

と言った。

プッブッと首筋に鳥肌が立った。

それからどうしたのか、私の記憶は不鮮明だ。祖母を置き去りにしたはずはないから、おそらく平静を装って二人で居間に向かったのだろう。

六月、東京で式を挙げた時、両親や親戚を呼んだが、この時も祖母は一人で京都に残った。式が始まる前、それとなく母に祖母の様子を訊くと、「足腰がまた弱なったけど、それ以外は元気やで」という答えが返って来た。

認知症にかかってはいないか、と問い質すのは止めた。母が異状を認めていないのならば大丈夫だろう。そう自分に言い聞かせ、私は結婚式に頭を切り替えた。

実際、祖母は認知症ではなかった。

むしろ意識や記憶は全て明瞭《めいりょう》だったのだろう。今なら理解できる。

翌年の秋、祖母は他界した。

肺炎だった。享年九十二。死因と年齢だけ見れば大往生だ。

だが死ぬ少し前、病床の祖母が一度だけ、泣きわめいたことがあったらしい。

そのことについて語る時、母はいつも涙を流して「いよいよってなってもずっと冷静にしてたけど、やっぱり死ぬのが怖かったんやろうなあ」と口にする。

だが私には分かった。祖母は死に怯《おび》えていたのではない。

布団をはねのけ母の手を振り払い、祖母は小さな手足を懸命に振り回して、

「お願いします……どうぞお帰りください……」

「山は、山へだけは、連れて行かんといてください……」

「銀二さんか……？　銀二さんなんか……？」

と、拝むように繰り返していたという。

人を山へと連れ去る存在。

祖父と関わりのある何か。

これらから沸き起こる疑念は、たった一つ。

祖母はぼぎわんを恐れていたのではないか。

ちょうど祖母が亡くなって一ヶ月後、香奈は知紗《ちさ》を産んだ。

五

香奈のこと、娘の知紗のことを考えるたびに、私は「子供を持つ」ことについてはっ

きりと意識するようになった、ある出来事を思い出す。

結婚した直後。

新婚旅行で伊勢《いせ》神宮に参ったついでに祖父母の生地、三重県に行った時のことだ。祖母の実家があるM——地方。祖父の葬儀で会った記憶しかない、老いた親戚たちに会って、結婚の報告をした。

彼ら彼女らはそれなりに喜んでくれたが、訛りがきつくて具体的に何を言っているのかハッキリとは分からなかった。

それでも自分と香奈が祝福されることは嬉しかった。遠縁で交流もないのに申し訳ないと思いつつも、ご祝儀は有難く受け取った。

その足で私と香奈はK——地方にも向かった。

祖父の実家はとうの昔になくなった、と以前母から聞いていた。ただ、事前にネットで調べたところ最近温泉が湧き、それなりに評判を呼んでいるらしいと分かり「行くだけ行ってみよう」ということになっていた。

三両しかないローカル線。地域の名前と同じK——駅で降りる。西日の差す改札を出ると、駅前だというのにスーパーもコンビニもなければ、個人商店すら見当たらない。あるのはまばらに自転車が並んだトタン屋根の駐輪場と、ひび割れだらけのコンクリート敷きの駐車場だけだった。

こんな駅を利用する人がいるのだろうか、それとも自分は東京に慣れすぎたのだろうか。

私は駅前に広がる閑散とした景色をぼんやりと眺めていた。

今がこんな調子なら、祖父が住んでいた頃はもっと何もなかったのではないか。草木がもっとずっと生い茂っていたのではないか。舗装もされていなかったのではないか。夜ともなれば、目の前すら見えないほど真っ暗だったのではないか。

だとしたら、ここに住む人々がお化け——ぼぎわんを、本気で怖れるのも分かる気がする。

しかし、ならばなぜ祖母まで——

「あ」

香奈が小さく声を上げて私は我に返った。彼女は細い指で中空を指し示している。指先の延長線、十メートルほど先の錆《さ》び切ったプレハブ小屋に、場違いなほど真新しく大きな看板が立てかけられていた。

看板には大きくこう書かれていた。

〈含鉄泉　源泉かけ流し

子宝《こだから》温泉

⇒200メートル先右折〉

文字にはイラストが添えられていた。岩で囲われた湯に、老若男女がそれぞれ一人ずつ笑みを浮かべて浸《つ》かっている。ある者は岩に腰かけて膝《ひざ》まで、ある者は肩まで。人物の頭に載った白いタオル。その更に上に描かれた三本の波打つ縦線。余白を埋めるように配置された白い湯気。「温泉」を表現した典型的なイラストだった。

「あれじゃない？」

香奈が言った。

「そうだね、温泉」

つられて私の口からも声が漏れた。しかし、頭の中を占めていたのは「温泉」よりむしろ「子宝」という言葉の方だった。

子宝。子供。

もちろん、その時まで子供を作ること育てることについて、一度も考えなかったわけではない。香奈と話し合ったこともあった。だが、それらはいずれも空想、夢物語の域を出ない、他愛もないものだった。

「行ってみよっか」

香奈が言った。頬の汗をハンカチで拭《ぬぐ》う。

旅の汗を流したいだけだろうか。予定を消化するためだろうか。

それとも、もっと深い意図があるのだろうか。

妻の真意を測りかねた私は、とりあえず「そうだな」と答え、看板の矢印が指す方向に足を踏み出した。

灰色の瓦屋根《かわら》と、明るい茶色の木の柱。子宝温泉の入口は最近できたらしくピカピカで、私たちは「キレイっぽいね」「よかった」などと言って門をくぐった。

靴を入れるロッカーは思ったよりも埋まっていた。意外に流行《はや》っているんだな、などと語らいながら、自販機で入浴セット一式のボタンを押す。

ロビーの椅子には先客が何名か。同世代と思《おぼ》しき女性。中年女性。こうした施設に特有の湿った空気。

やはりと言うべきか、看板のイラストとは違って浴場は男女別だった。

なにやら効能だか由来だかがこまごまと書かれている、木製の大きなパネルの前で、私は香奈を呼び止めた。

「うん？」

彼女が私を見る。私は駅前からここに至る道のりで考えたことを、頭の中、というより胸の中でまとめた。

大事なのは香奈の、妻の心を推し量り、対処することではない。

夫である私がどう思うか、どう臨むか、だ。

私は彼女の額に顔を近付け、

「あのさ、俺は子供、欲しいな」

と言った。

入浴セットを抱えた香奈は、ぽかんと口を開けて固まった。すぐに、

「どうしたの、いきなりそんな――あ」

薄い唇の端が上がる。整った歯がのぞく。目が輝きを帯びる。

「それ、ここがこういう名前だから？」

「うん、まあ、考えてしまったというか」

香奈は「ふふ」と笑い、唐突に顔を歪めてうつむいた。

「えっ、どうし――」

「ううん、ごめんね」香奈は片手を目に当て、顔を上げて、

「嬉しいなって思って。そういうこと、ちゃんと考えてくれて」

そう言って、彼女はすん、と鼻を鳴らした。

抱きしめようとして慌てて止め、中途半端に香奈の肩に手を回した体勢のまま、

「香奈は？」

と訊くと、

「わたしも――秀樹の子供が欲しいよ」

香奈は目を潤ませてそう答えた。

脱衣所にも浴場にも先客はおらず、茶色く鉄臭い温泉に浸かりながら、私はちょっとした王様気分を満喫した。

ロビーでコーヒー牛乳を味わいながら彼女を待っている間、私はこれからの人生につ

いて考えていた。

子供のいる人生を。

子供を育てる自分のことを。

香奈に妊娠を告げられたのは、それから半年後のことだった。

子宝温泉ではああ言っていた彼女だが、子供を作ることの不安や戸惑いはあったのだろう。温泉からの帰り道でも、彼女は将来について思いあぐねているようだった。

そしていざ身ごもると、更にネガティブになっていろいろ考えてしまったのだろう。ホルモンやら何やらで心と身体のバランスが変わったことも、影響したのかもしれない。

ベッドの上で不安そうに顔を伏せ、搾り出すような声で言ってから、香奈は私を見上げた。

私は香奈の目を見返してはっきりと言った。

「おめでとう。二人で育てような」

子供が生まれたら、決して香奈だけに、母親だけに押し付けたりはしない。父親である自分も育児に参加する。夫婦で子育てを頑張ろう。私は続けてそう言った。

香奈は溢《あふ》れる涙をぬぐって笑った。

つわりが始まるのと前後して、香奈は「くらしマート」のパートを辞め、家で静養することになった。彼女は働きたがったが、私が厳しく言って辞めさせたのだ。

それまでは彼女の意見を尊重していたが、子供に関しては強気になっていた。それは自分でも意外なことだった。

　仕事は忙しかったがなるべく早く家に帰るようにした。香奈のつわりがひどく家事もままならない時は、彼女の負担が軽くなるように努めた。

　子供の名前をあれこれ話し合い、新生児グッズのカタログを一緒に眺めた。

「ちさ」という音は彼女が、「知紗」の字は私が決めた。言い争いになることもなく、スムーズに決まった方だと思う。決まったのは祖母の訃報《ふほう》を聞く一週間前だった。

　祖母の葬式から戻ってからは、香奈とともに出産の準備にあくせくする毎日だった。

　思い切ってマンションも購入し、「白物」と呼ばれる家電も全て新調した。

　新居は上井草《かみいぐさ》の、四階建ての小さなマンションの三階。

　中古の3LDK。私と香奈と知紗の家、家族の家だ。

　ローンを抱えることは不安だったが、それ以上に私は嬉しかった。

　臨月が迫り、入院の手続きを終えた頃の、昼下がりのことだった。

　私は営業回りからいったん会社のビルに戻り、四階の営業部で、間もなく行われる会議について上司と打ち合わせていた。一つ下の部下、高梨《たかなし》がやってきて「あ、田原さん」と私を呼んだ。

「どうした？」

　私が訊くと、高梨は困ったような顔をして歩み寄ってきて、

「お客さんですよ。何か田原さんに会いたいんですって」

と言った。

「アポはないけどなあ」私は首をかしげた。「どちらさん？」

「えーと、何つったかな」

高梨は考え込む仕草をしたが、すぐに止め、

「ああ、チサさんのことで田原さんに用がある、って言ってました」

「知紗の？」

思わず声が出た。知紗のこと、ということは香奈の親戚か、知り合いだろうか。あるいは今度入院する病院の関係者だろうか。

ひょっとして妻の身に何かあったのではないか。

私は高梨への礼もそこそこに一階に向かった。小さい会社なのでロビーなどと呼べるほどのスペースはない。小さな自社ビルの開けっ放しのドアの前にエレベーターと階段と、ローマの神殿の柱を模した大理石の電話台があるだけだ。来客はその電話を介して相手に来訪を伝えるが、今回はたまたま高梨が通りかかって客に対応したのだろう。どういうことだろう。

エレベーターを抜けると、電話台の前にもドアの周辺にも、誰もいなかった。

念のため入口を出て辺りを確認してみたが、秋風の吹く往来にもそれらしい人はいなかった。

再び入口をくぐると、階段から高梨がバタバタと下りてきた。

「あれ、お客さんは？」

早くも息を切らしている高梨に私は首を振った。

「いないよ。誰だったの？」

「いや、それが……」

高梨はフーフー言って上着を脱いだ。暑がりで汗かきなのだ。

「女の人で──」

「だから、誰？」

私は苛立ちが出ないように訊く。

「その、若くて──あれ？　え？」

高梨は視線を落として眉間《みけん》に皺を寄せた。上着を腕に抱え、そのままの形で固まる。

やがて高梨は呆然《ぼうぜん》とした顔で私を見た。

「──ごめんなさい、分からないです、全然」

「おいおい」

私は軽く笑った。

「名前くらいは聞いただろ」

「いや、それが」

高梨は入口を見た。つい数分前を必死で思い出しているようだった。

「おっかしいなあ、確かそこに立ってて、僕が声をかけて、それから──」

「知紗の件で、と言ったのか」

「ええ、そうです。ところでチサさんって誰です？　奥さんですか？」

「知紗は――」

ここでようやく私は思い当たる。

私はまだ誰にも娘の名前を言っていない。香奈も誰かに言ったはずはない。無事に生まれてから改めて皆に報告しよう。そう示し合わせていたからだ。

もちろん私の知らないところで、香奈が誰かに口を滑らせた可能性はある。病院の関係者ならその可能性は跳ね上がるだろう。しかし――

私は首をひねる高梨から目をそらし、内ポケットから携帯を取り出した。

登録されている香奈の番号を探し出し携帯を耳に当て、私は困り顔で再び上着を着ようとしている高梨を特に注意するでもなく見ていた。

袖《そで》に左腕を通しながら、高梨は右手で上着を引っ張り上げた。右腕の肘《ひじ》が持ち上がる。

「おい――」

思わず声が出ていた。高梨は「は？」と言わんばかりの表情で私を見る。

「――どうしたんだその手」

プルルル、という呼び出し音を聞きつつ、私は空いている手で高梨の右腕を示した。

二の腕の外側、というのだろうか。脂肪が付きやすいその部分に、べったりと赤い液体が付着していた。見ている間にも赤いシミがじわじわと白いシャツを濡らし、ますます広がっていく。

　血だ。

「えっ、何すか――げっ」

　シャツを引っ張り、ようやく高梨は自分の腕の血に気付いた。

「お前、怪我してるのか」

「いや、何すかこれ、どういうこと？」

　普段は呑気《のんき》で堂々としている高梨が珍しく慌てながら、真っ赤になっている右腕に触れた。その瞬間、

「いっ……痛《いて》えっ」

　高梨は小さく叫んで白い床にうずくまった。

　私は携帯を耳に当てたまま、中途半端な姿勢で彼を助けようと中腰になる。

「大丈夫か高梨」

「うわっ……痛っ……くう……」

　痛みでまともに喋ることもできないらしく、高梨は床に膝を落とした。顔に脂汗が浮かんでいる。

「もしもし」

　よりによってこのタイミングで香奈が出たが、今はそれどころではない。

「すまん、切る」

「え？　なに――」

返事を聞かず乱暴に通話を切り、私はしゃがんで高梨の背中に触れる。

高梨は右肘を抱えるようにして丸くなっている。シャツの右腕はすでに真っ赤に染まっている。

ぽたり、とシャツから染み出した血が白い床に落ちた。

「動くなよ、すぐ救急車呼んでくるから」と私は言い、呻《うめ》いている高梨を置いて、一一九番をプッシュしながら階段を駆け上がった。

ざわざわと驚き騒ぐ他の社員たちとともに、私は救急車で運ばれた高梨をビル前で見送った。遅れて会議に出席したが全く集中できなかった。

六

高梨は翌日、何事もなかったかのように出社したが、すぐまた次の日から会社に来なくなった。入院したという。彼の同期に早くも見舞いに行った人間が何人かいて、私は彼らから状況を聞いたがどうも要領を得ない。ただ断片的な話を総合すると、右腕の傷自体はそれほど深刻ではないが、傷口が化膿《かのう》したか何かで体調を崩し大事を取った、ということらしい。

仕事が忙しく、また香奈の出産が間近に迫っていることもあり、高梨の見舞いに行ったのは彼が怪我をしてから半月後、土曜日の午後のことだった。

「どうしたんだ」

古い総合病院の、個室のベッドの上。点滴を刺されて横たわる高梨を見て私は思わずそう口にした。肉付きがよく健康的だった彼はすっかりやせ細り、顔も肌もどす黒くなっていた。

右腕には何重にも包帯が巻かれていた。

「いや、なんかバイ菌が入ったらしくて……」

高梨はげっそりした頰を左手で撫《な》でながら言った。それを言うだけでも大変そうだった。昼間だというのに分厚いカーテンで遮光された薄暗い病室で、彼の目だけがギラギラと光っていた。

そんな容態の彼に会社の話や、まして雑談しようなどとはとても思えず、私は最小限のねぎらいの言葉をかけて、席を立った。

個室を出た途端、「すみません、あの」と慌てたような声が遠くから私を呼んだ。声のした方を向くと、禿《は》げ上がった小太りの初老の男性が、どたどたと駆け寄る。

「とのだ製菓の方ですか」

男性は訊いた。「ええ」と返事をすると、

「高梨の父です。息子が、重明《しげあき》がいつもお世話になっております」

ハァハァと荒い呼吸の合間にそう言って、男性は深く頭を下げた。

形式的な挨拶を交わし、近くにあったあずき色のソファに並んで座る。訊きたいことがある、と言われたからだ。彼の深刻な表情には有無を言わせぬ迫力があった。

秋田《あきた》から夜行バスに乗って今朝東京に着いた。息子には午前中に面会し、担当医からも個人的に話を聞いた。そう前置きして高梨の父親は、

「会社で知らない間に怪我したって、どういうことですか」

茶色いスラックスの膝に手を押し当て、前のめりになって訊いた。額と頭に汗がにじんでいる。普段なら「人懐っこい」という印象を与えそうな目は、射貫《いぬ》くような視線を私に投げかけている。よく分からない経緯で息子が入院することになって、心配でたまらないのだろう。本人や医者だけでなく、事情を知る人間に聞いて少しでも安心したいのだろう。

私は自分が見たことをかいつまんで聞かせた。ロビーで会って、いつの間にか腕から出血していた。急に痛がり始めたので救急車を呼んだ。その直前、オフィスで声をかけられた時は怪我をしている様子はなかった。

言い終わると、高梨の父親は太い眉を寄せて、

「失礼ですが、本当にそれだけですか」

と再び訊いた。

「どういうことですか」

私が訊き返すと、

「例えばですよ、例えば……会社には内緒というか公然の秘密で、社員みんなで野良犬

や野良猫なんかにエサやって、もう飼ってるも同然、なんてことはありませんか。それが今回表沙汰《おもてざた》になりそうで、皆さん知らぬ存ぜぬで通してる、なんてことは。重明も口裏合わせて」

「いいえ」

私は即座に否定した。質問の意味は分かったし、実際会社で犬猫を飼っている事実は無い。少なくとも私の知る範囲では。だからそれを隠すために動くこともない。

分からなかったのは質問の意図だった。高梨の父親は何故このタイミングで、こんなことを訊くのか。

疑念が顔に出ていたのだろう。彼はハンカチで額の汗をぬぐうと、声をひそめて、

「あの傷、噛《か》み傷だって言うんですよ、担当の先生が」

「えっ？」

「重明の腕は、噛まれたって言うんです。傷口から見てそうとしか考えられないと。重明はそんなことない、知らないうちに血が出てたんだって言い張るし、私にはもう何が何だか……」

最後の方はほとんど聞き取れなかった。高梨の父親はすがるような視線を私に向けたまま黙った。

「いや、ですが実際に息子さんは」

私は頭の中であの日あの時の光景を思い返し、一つの矛盾に思い至った。

「……シャツは、なんともなかったですよ。血で汚れてましたけど、破れたり穴が空いてるようには見えませんでした。嚙まれたのなら……」

「それは重明にも聞きました」

私の言葉を遮ると、彼は大きく溜息を吐いて、

「ええと……」

「田原です」

「失礼、田原さん。私はその、ヒスっていうか癇癪《かんしゃく》っていうかね、そういうのを起こしてるんじゃないんです。さっさと納得して安心したいわけでもない。ただその」

声が嗄《か》れる。何度も咳払《せきばら》いして、高梨の父親は、

「獣やなんかに嚙まれたんなら、真っ先に考えないといけないのは狂犬病です。私は昔これで友人を一人なくしてる。山で野犬に嚙まれて、あっという間に……まだ十五でした」

狂犬病の致死率は発症すればほぼ百パーセントだと、何かで聞いた記憶がある。高熱が続き全身が痙攣し、食べることも飲むこともできず、弱って苦しんで死に至るとも。

昔を、友人の最期を思い出したのだろう。彼は沈痛な面持ちで、

「だからここに来る前に、先生にも言いました。重明は狂犬病じゃないかって。ワクチンを打つ前に発症したんじゃないかって。だからあんな、あんな――」

再び声が小さくなり、消える。高梨の父親はうなだれて洟《はな》をすすった。パジャマ姿の患者が通り過ぎ、消毒液のにおいが一際ツンと漂って薄れていく。

彼が言いたかったことはたやすく推測できた。

高梨の身体は、だからあれほど変調をきたしているのではないか。

「それで——医者は何と」

私は訊いた。噛まれた、という前提がすでに事実と符合しないし、狂犬病の症状と高梨の様子は違っているように思えたが、訊かずにはいられなかった。

彼は小さく首を振って、

「狂犬病とは違います、と。検査でもハッキリ出てるから間違いない、そもそも噛み跡が犬でも猫でも、ネズミでもコウモリでもないと。それ以外にも狂犬病を媒介する動物はたくさんいるが、日本の都会にいるとは考えられないと」

「だったら何の」

「分からんそうです」

高梨の父親は引き攣《つ》ったような笑みを浮かべ、私を見た。鼻の下、うっすら剃《そ》り跡の残る肌に汗の粒が浮いている。たるんだ目の下に光るのも汗だろうか。

「頼み込んで見せてもらったんですよ」

不意に彼が言った。私は反射的に、

「何をですか」

「写真です。息子の、腕にある傷の」

高梨の父親は手の甲で口元をぬぐい、

「この目で確かめたかったんです。直接見せてもらえないなら、せめて写真だけでもって無理言って。でも余計に分からなくなりましたよ。あんな──」

「あんな？」

またしても声が途切れそうになって、私は顔を近付けた。鼻先で、老いた顔が小刻みに震えているのが分かった。

彼は私から目を逸《そ》らし、搾り出すように、

「あんな、が、ガッタガタの、めちゃくちゃな……んだ、ありゃ犬でね……猫でもね……んだば、んだばあれは」

そこまで言って、高梨の父親は完全に黙った。顎《あご》から汗が一滴、床へと滴った。

失礼します、ふらふらするもんで、と弁解して立ち上がると、彼は逃げるように廊下を歩き去った。

置いてきぼりにされた格好になったが後を追う気にはなれず、私は廊下の突き当たりの自販機で缶コーヒーを買って、その場で飲んでから帰宅した。

知紗が生まれたのはそれから一週間後の、秋にしては寒い昼過ぎのことだった。

香奈は華奢《きゃしゃ》なほうだが出産はそれほど大変だったわけでもないらしく、会社からかけつけた私に、脱力したような嬉しそうな笑顔を見せるほどの余裕はあった。

知紗は皺くちゃの猿にしか見えなかった。それでも私には他の誰よりも可愛く見えた。心の中から慈愛というか、喜びや感謝の気持ちが湧き上がって来るのが分かった。

香奈と二人で知紗の世話をし、仕事にも打ち込んで、私はそれからの時間をあくせくと、それでいて満たされた気持ちで過ごした。

年末。社内がバタバタしている最中に、高梨から郵送で退職願が届いた。

〈健康上の理由で退職させていただきます〉

彼の同期に聞いても、「本当に体調が悪いらしい」という程度のことしか分からず、私は再び彼が入院している病院に行った。

受付の看護師は内線で何事か話すと、申し訳なさそうな顔を作って、

「気分がすごい悪くてえ、お会いできないそうですぅ。本当に申し訳ありませえん、大丈夫でしたかあ」

と、幼児に言い聞かせるように言った。

病院の門を出る。私はふと足を止めて病棟を見上げた。古びた総合病院の病棟はものものしく、白く厚い雲の下に重そうに沈んでいた。

病室の番号を思い出す。頭の中で位置関係を憶測して、高梨がいるであろう病室の窓に視線を向けたちょうどその瞬間、サッとカーテンが閉まった。

直前に私は見た。

ほとんど黒に近い、細い枯れ木のような腕と、ぼさぼさの髪と。

そして不自然なほど大きく、真っ赤に充血した二つの目を。

私は逃げるように病院から離れた。

七

高梨の体調と退職は気になったが、知紗の面倒を見、香奈を助け、仕事と育児を両立させなければならない慌しさの中で、次第に彼のことは頭の中から消えて行った。

呑気なことだと今になって思う。不用心で無防備だと。

もちろん高梨について全く忘れたわけではなかった。

というより、その不合理さや不思議さに対する不安や恐れは、常にどこか心の隅に残っていたのだろう。

そして無意識にあれと結びつけて考えていたのだろう。

出先で霊験あらたかそうな寺社を見つけると、ついお守りを買って家に飾るようになった。玄関、台所、トイレ、テレビの上、寝室――

近所のお祭りや盆暮れのお参りでも、ご利益がありそうなもの、自分たち家族を守ってくれそうなものは、ためらうことなく購入した。

「そんなに買ってどうするの」

呆れ笑う香奈に、私は、

「家族を守るのは父親の役目だから」

と答えた。当然のことだが、自分の心に広がる不安について説明はしなかった。香奈も多くは訊かなかった。

そういった物を買うことで少しだけ不安は取り除くことができたが、やはり知紗の存在と、その笑顔と成長が、私を前向きにしたことは間違いない。

そして、これは予想していなかったことだが、私をさらに勇気づけ、不安を解消してくれたのは、子育てを率先して行う他の父親たちとの交流だった。

ネットで、SNSで、私は彼らと意見を交換しお互いを励まし合った。育児に参加しようとしない、多くの父親たちを啓蒙《けいもう》するような発言を、世界に向けて何度か発信したこともあった。

パパ友の大切さ

今日は近所のパパ友たちと、ロイヤルホ●トで会合〜。

いつもは誰かの家に行くことが多いですが、たまには、こういう贅沢《ぜいたく》もアリですよね。

そうそう、この集まりに先日、新メンバーが加入しました！

T夫妻はまだ二十代。

旦那《だんな》さんは某大手広告代理店（笑）勤務で、奥さんは現役のモデルさんだそう。

お二人の子供は先月生まれたばかり。生まれたてホヤホヤ！

さっそく、知紗のお古の服をプレゼントしたところ、とても喜んでくれました。まだ旦那さんは子供をだっこするのも慣れていないみたいで、ちょっと心配だけど、子供と一緒に、パパも成長する。

お、コツをつかんできたかな？　うんうん、偉いぞ、新米パパ！

近所づきあいが少なくなった、とお嘆きの向きもあるかもしれませんが、こんな時代だからこそ、人と人との繫《つな》がりを大事にしたいですね。


もちろん彼らと馴《な》れ合い、甘えていたわけではない。忙しくて寝る間もなく、へとへとになっても、私は主体的に知紗を愛し、世話をし、香奈を励ました。

私は充実していた。香奈も私が育児をすることを喜び感謝していた。

知紗が二歳になる少し前の、秋に差し掛かった頃だった。

夕方から予定していた会合がなくなり、早く家に帰れることになって、私は家に電話をかけてその旨を伝えた。

香奈は私の帰宅を喜びつつも困っている様子だった。聞けば近所づきあいのしがらみで、夕食を一緒に摂《と》らなければならないらしい。

相手は津田《つだ》という夫婦だった。知紗と同じくらいの娘が一人いる。

子育てには周囲との連携、連帯が欠かせない。それは私も普段から実感していた。しかし、

「……準備だってしてくれてるし、知紗だって……」

「……たまには友達とか、周りと交流するのも……」

香奈の口調はどこかよそよそしく、慎重に言葉を選んでいるようだった。

私は確信した。妻は近所づきあいに疲れている。それでも津田夫婦に気を遣い続け、それら全てを私に悟られまいとしている。

優しい香奈。立派な妻。

そんな彼女が困っているなら、助けるのが夫の役割だ。

私は香奈にねぎらいの言葉をかけ、今夜は家族だけで過ごすよう説得した。

津田夫妻には電話で丁寧に、夕食をキャンセルする旨を伝えた。

電車を乗り継いで、自宅のマンションに着いたのが午後七時。私は階段を駆け上がり、廊下を足早に歩き、玄関のドアを開けた。

真っ暗だった。玄関も廊下も、その向こうのリビングも。遠くでぼんやり光っているのはキッチンの灯《あか》りだろうか。

香奈と知紗はどうしたのだろう。

「おい香奈」

私は手探りで灯りのスイッチを探り当てた。

パチリと音がするとほぼ同時に、柔らかい光が玄関と廊下を照らした。

目の前に広がる光景の意味に気付いて、私は思わず一歩後ずさった。

フローリングの廊下一面に散らばる、キラキラ光る布切れと、細い組紐。そして紙切れ。ズタズタに引き裂かれ、切り刻まれ、破られ、ばら撒《ま》かれているそれらは――

私が買い集め、家に飾った、お守りと御札の残骸《ざんがい》だった。

「香奈！　知紗！」

私は乱暴に革靴を脱ぎ捨てリビングへと走った。お守りや御札を踏むことを一瞬だけためらったが、とても全てをよけて進むことなどできないと思い、踏みつけて走った。

リビングの電気を点けると、そこにもたくさんの布切れと紙くずが散らばっていた。

目を背けてキッチンに飛び込むと、知紗を抱いてうずくまっていた香奈がハッと顔を上げた。化粧をしていない顔はやつれ、蛍光灯のせいか目の下の隈《くま》が酷く目立つ。

「香奈」

私が呼ぶと彼女はあわあわと口を震わせた。みるみる目が潤み、涙が溢れ頬を伝う。

「どうしたんだ――これは」

私は香奈の足元に落ちていた、御札の残骸を摘み上げた。乱暴にちぎられグシャグシャに丸められていた。

「わ……わたし」

声がうわずって裏返り、涙はますます流れ落ちて知紗の頭に落ちる。すうすうという寝息の音。知紗は眠っていた。

私は香奈の肩を摑《つか》んで、できるだけ小さな声で言った。

「何があった？」

「こ、これは」

彼女はまだ震えていた。明らかに怯えている。私は思わず、

「何かが――来たんだな？」

「えっ……」

香奈はあからさまに狼狽《ろうばい》した。目は泳ぎ口は半開きのまま、青い顔をますます青くする。

「落ち着いてくれ香奈。とりあえず知紗を――」

ぷるるるる、と出し抜けに固定電話の呼び出し音が鳴り響いた。私も香奈も同時にビクリと痙攣した。

ぷるるるる
ぷるるるる
今は悠長に出ている場合ではない。私はそう判断して、改めて香奈の肩を優しく抱き、知紗を受け取って抱く。すやすや眠っている知紗の頰は真っ赤で、鼻水が乾いて上唇にまでこびり付いていた。泣いていたらしい。

私は娘を抱きながら香奈を立たせリビングに出て、並んでゆっくりと寝室に向かった。知紗を起こさないよう、お守りや御札を踏まないように、そろりそろりと歩く。呼び出し音が止まり、機械の音声が留守番電話の案内を告げ、「ピーという発信音」が鳴る。電話から出るサーサーというノイズを背に、私は寝室の前に立ち、香奈が扉を開けた。

〈もしもし〉
落ち着いた女の声が電話から聞こえた。
〈ギンジさんはいますか〉
全身が硬直した。足元が凍りついたように動かなかった。
雑音交じりで聞き取りづらくはあるが、間違えようがなかった。
小学生のあの日、祖父母の家の玄関で聞いた、あの声、あの言い回し。
香奈が不審げに私を見上げた。
〈シヅさんはいますか〉
声が死んだ祖母の名を呼んだ。
「これ……間違い電話、だよね……？」
香奈がか細い声で言って電話の方を向いた。私は言葉を探したが出てこない。
ノイズが続く。声は途絶えている。
私は平静を装って寝室に足を踏み出した。
〈ヒデキさん〉
心臓を鷲摑《わしづか》みにされるような感触がした。
「えっ……何、これ」
香奈が私の腕を摑む。
〈カナさん〉

ひっ、と息を呑《の》んで、香奈の手が力いっぱい私の腕を握り締める。私は彼女に知紗を差し出し、「持って」と言う。自分でも情けなくなるくらいうわずった声だった。

香奈は戸惑いながらも娘を抱き、それを確認してから私は大股《おおまた》で電話のもとへ駆け寄る。お守りを思い切り踏みつけたのが足の裏から伝わった。

乱暴に電話を抱え上げ、後ろの電話線を引き抜くと、ずっと流れていたノイズがブッリと途絶えた。

全身から力が抜け、大きな溜息が漏れた。ゆっくりと電話を置き、コードを持ったまま呆然としていると、

「どういうこと……？」

香奈の声がした。彼女は知紗を抱いて私をじっと見ていた。

「嫌がらせだよ。会社にも来る。誰かに逆恨みされてるらしい」

白々しい嘘をついて、私は妻と娘を寝室に連れて行った。

もちろん眠れるはずもなかった。翌朝、私は一睡もできないままいつもの時間に出社した。

八

あの日の訪問客が二十五年以上の後、私のもとへ来ようとしている――

祖父の田舎、三重県はK――に伝わる、ぼぎわんという名の化け物が。

誰もが妄想だと思うに違いない。或《あ》いは子供じみた空想だと。

これが他人から聞いた話なら、私もそう言って一笑に付しただろう。

だが高梨は現実に何かに嚙まれ、退職を余儀なくされた。

現実に我が家のお守りは破り捨てられ、奇怪な電話は鳴った。

そして香奈と知紗はひどく怖い思いをした。

真相がどうあれ、一家の主《あるじ》として、父親として、放っておくわけにはいかない。偶然か誰かのいたずらだと分かれば、それはそれで然《しか》るべき対応ができる。

しかし何をどうすればいいのか。どうすれば分かるのか。

玄関に監視カメラを取り付け、防犯対策をする一方、私は三重の伝承や都市伝説について調べてみた。

ネットで検索しても図書館で本を漁《あさ》っても、私の知りたい情報にはかすりもしなかった。お祓《はら》いや、いわゆる霊能者と呼ばれる人に頼ることも一瞬考えたが、どうしても胡《う》散《さん》臭さがぬぐえなかった。そんなものにすがるほど深刻な被害があったわけでもない、とも思うようになっていた。

私はほどなく、不安を抱えたまま、忙しさにかまけて、日常に埋没することを選んでしまった。

香奈はあの件以来、明らかに不安がっているようで、体調を崩したり、帰宅すると知紗と一緒に泣いていたりといったことが何度かあった。どう説明すればよいのか分からなかったし、ちゃんと説明したところで余計に戸惑わせ怖がらせるだけだろう。

あの日の件に関して、香奈は「よく覚えていない」と首をふるばかりだった。

恐ろしい記憶を封印したのかもしれない。

体調を崩す程度で済んでよかったのかもしれない。

だからといって、彼女がこのままの状態でいるべきではない。知紗の世話がおろそかになってはいけない。私はそう思った。

時に優しく、時に厳しく、私は彼女に言って、一緒に知紗の面倒を見た。

知紗もまたお守りの件を覚えていないようで、それとなく訊いてもきょとんとするだけだった。

誰にも相談できず何も知ることができず、私は一人悶々《もんもん》と仕事をこなし家族と過ごした。

だが巡り合わせというものはきっとあるのだろう。

年が明け、実家に三人で帰省した時、母親が私に言った。

「ダイちゃんから年賀状来てるで。久し振りやなあ。なんや学者さんやったかの仕事、今も頑張ってはるみたいやし」

母から受け取った年賀状には、筆使いの荒々しい、和風の馬のイラストがプリントされており、大きな賀正の文字と、小さく丁寧な手書きの挨拶が書いてあった。


〈明けましておめでとうございます。

今年から東京の大学で、准教授をやることになりました。
東京でお仕事されているそうで、今年はぜひ、東京で飲みましょう。〉

年賀状を裏返すと、私の名前が中央に、そして懐かしい名前が左隅に印刷されていた。

〈唐草大悟《からくさだいご》〉

中学時代の友人だ。入学直前に私の住むマンションに引っ越してきて、奇《く》しくも三年間、同じクラスだった。始業式で意気投合し遊んだ仲だった。部活こそ私はバドミントン部、彼はサッカー部で別々だったが、よく連れ立って登下校したものだ。

高校から別れ別れになったが、休みの日に遊んだりといった関係は続いた。

大学時代など、たまに近所で顔を合わせた時は、夜遅くまで公園で缶ビール片手に色々なことを語り合った。

彼が私大の大学院に進み、私が上京し、そういった交流は自然と途絶えていた。

懐かしさに自然と笑みが浮かんだ次の瞬間、頭の中に一筋の光が差し込んだような気がした。

唐草は大学時代、民俗学を専攻していたのではなかったか。

日本の——関西地方の民俗学を研究していたのではなかったか。

彼なら或いは、ぼぎわんについて知っているのではないか。
私はすぐさま、年賀状に書いてあった彼のアドレスにメールを送った。

一月下旬。私と唐草は新宿《しんじゅく》の居酒屋「どどんご」の、隅の小さなテーブルで酒を酌み交わしていた。

「ぼ……何だって？」

十数年ぶりに再会した唐草は、少し恰幅《かっぷく》が良くなったことを除けば、私の知っている頃とほとんど変わっていなかった。よく言えば昔のハンサム、悪く言えばバタ臭い顔。サッカーで汗を流していた中学時代とは違い、肌は焼けておらず、当時はなかった青い髭《ひげ》剃り跡がうっすらと頬から下に広がっていた。御茶《おちゃ》ノ水《みず》のS大学で民俗学の准教授をしているという。

活気のある大衆居酒屋で、声を気持ち大きくして近況報告をするだけで、うっかり一時間半も盛り上がってしまった。ようやく落ち着いた頃、私はごくシンプルに訊いた。

「だからな、ぼぎわんいう妖怪かお化けが三重県のK――に伝わってるって、祖父《じい》ちゃんに聞いたことあんねん。何か最近、変に気になってもうてな」

東京で久しぶりに関西弁で話していた。

「その名前は知らないな。聞いたことがない」

唐草は生まれてから小学校卒業まで埼玉《さいたま》に住んでいたので、私と知り合った頃からずっと標準語だった。再会した時もそれは変わっていなかった。落ち着いた静かな口調も。

彼はハイボールを片手に首をかしげていたが、やがて、

「いや――待てよ。あるかもしれない。あと、関係するかもしれない文献なら目を通したことがある気がする」

「何や、その回りくどい言い方は」

にぎわう居酒屋の喧騒《けんそう》と、ほろ酔いの勢いに任せて肩を小突くと、彼は曖昧な顔で、

「いや、うろ覚えだから後で調べてみないと分からないんだよ。すまん。でも、それはそれとして――」

一転、真剣な表情になると、

「――今は単純にその話に興味がある。知ってる範囲で教えてくれないか」

唐草の目は酒で少しだけ充血していたが、それ以上に生き生きと光っていた。好奇心、探究心の輝き。昔から、例えば近所の知らない路地を連れ立って歩いていた時など、彼はよくこんな風に目をキラキラとさせていた。

私は久々に再会した旧友をとても頼もしく思った。

とは言え不可解な数々の出来事については、この場で彼に教えるつもりはなかった。民俗学がそういう奇妙な出来事を扱う学問でないのは知っていたし、何より私が変になった、おかしくなったと彼に思われるのは嫌だったからだ。

祖父の通夜で祖母から聞いた話を、私はできるだけ素直に唐草に伝えた。

彼は私以上に飲んでいたはずだが、言葉を挟むことなく真剣に私の話を聞いていた。

「三重県……山に連れて行かれる……」

話し終えると、唐草は顎に手をやり壁の品書きを見ながら、私の言葉を断片的に繰り返していたが、やがて、

「調べとくよ。分かったら連絡する」

と真面目な顔で言った。

話題は自然と家族の話になり、仕事の話になり、ひとしきり盛り上がった後、私たちはJR新宿駅の東口で解散した。

別れの挨拶をする時、唐草は不意に、

「幸せそうだな。家で待ってる家族がいて」

と言った。彼は未婚だった。付き合っている相手もいないという。

自慢するわけにもいかず、かといってフォローするのも変な気がして、私は「ああ、まあな」とお茶を濁すに止《とど》めた。

唐草から連絡があったのは、それから一月《ひとつき》後のことだった。

日程をすり合わせ、土曜日の午後二時、私は彼の住む巣鴨《すがも》のマンションに向かった。

九

「中央《ちゆうおう》線沿いに住んだらよかったのに。大学て御茶ノ水やろ」

私が言うと、唐草は台所でやかんをコンロにかけながら、

「それが、御茶ノ水は山手線《やまのて》で、巣鴨の近くだ、って何でか思い込んでて」

と苦笑した。私も上京当時、JR新宿駅と西武《せいぶ》新宿駅は繋がっているものだ、と大した根拠もなく信じきっていて、そのせいで遅刻したことがあったので、その辺りのよく分からない印象は何となく理解できた。

一人暮らしには広すぎると言えば広すぎる2DKのマンションの、二階の角部屋。壁のほぼ全てが古い書棚と膨大な本で埋め尽くされていた。方角的にも近隣の建物との距離からしても日当たりはよいはずなのに、唐草の部屋はどこか薄暗く重々しい感じがした。それでいて陰鬱《いんうつ》ではないのは、本と本棚以外のものがほとんどなく、調度もシンプルなせいかもしれない。

彼に勧められるまま、私はダイニングの中央の、これまた古めかしいちゃぶ台の前に座った。座布団はふかふかで柔らかく、当時腰を痛めていた私にはありがたかった。

コーヒーの入った白いマグカップを二つちゃぶ台に置くと、唐草は近くの本棚から数冊の本を引っ張り出し、私の対面に腰を落ち着けた。

「この前は貴重な話を聞かせてくれてありがとう。興味深かったよ」

前置きもなしに唐草は言った。

「そんなおもろい話やったんか、あれが」

「面白い。ぼぎわんという言葉が載っている文献も見つけたしね」

「ほんまか？　なんていう本？」

「まあ、順を追って話すよ。まずはこれを見てくれ」

唐草は濃い顔にわずかに笑みを浮かべながら、一冊の和綴《わと》じの本を開いた。付箋《ふせん》を頼りに目的のページを見つけ出すと、彼はそれを私に向けて見せた。

草書というのだろうか。それとも行書。私には筆の跡がのたくっているようにしか見えず、何が書いてあるか分からなかった。

……請はれて翁曰くさは坊偽魔亦は撫偽女なり山に住まひかはたれ刻に表に来たりて人の名を呼はひ答ふれは上かり来て攫ひしなり人の貌に似て竹や沢の蟹野の実を食ひしか冬きたりなは降り来て婆啇婆邑と鳴く古より山に住まひし妖なりと言ひけりされは先刻は寝て……

「これは『紀伊雑葉《きいざつよう》』という文献でね」唐草が話し始めた。「江戸《えど》時代末期に、紀伊の国の小杉哲舟《こすぎてつしゅう》という儒学者が書いた随想だ。そこらで聞いたり見たりしたエピソードが書き連ねてあるんだけど、まあ花が咲いたの雪が降ったのそんな話ばっかりで基本的には大して面白くない。民俗学史的にもあまり重要じゃない。ただ、当時の伝承や何かが少しだけ記録されているんだよ。だから俺も目を通したことがあって、それでこないだ話を聞いた時に、何となく引っかかったんだ。つまり――」

次第に速度を上げて説明する彼を、私は手を掲げて制止した。

「急すぎる、もうちょっとゆっくり説明してくれへん？」

彼は一瞬ぽかんとした表情をし、続けて「ああー」と小声で言うと、

「悪い。こういう時、つい最初っから飛ばしてしまうんだ。講義でも学生に指摘されたりするしなあ」

頭をかいて反省する唐草に、私はついおかしくなって笑った。

中学時代から、唐草は人の家でマンガを黙々と何十冊も読み漁ったりと、熱中すると周りが見えなくなることがあった。この歳になってもそれは変わらないらしい。

コーヒーを啜り、少しだけ准教授の業務や講義の話をしてから、彼は再び話し始めた。

「ここに書いてあるのは、紀伊の国の山村部に伝えられていた妖怪についての事柄だ。人をさらって山に連れて行く、とある。名前はこれだ」

彼は指で筆文字を指し示した。「坊偽魔亦は撫偽女なり」とある。

「何て書いてあるんや」

「読みは分からないけど、普通に読めば『ぼうぎま』または『ぶぎめ』なり、かな」

「ん？」

私が顔を上げると、唐草は小さくうなずいて、

「江戸時代にそう呼ばれていた妖怪が、時代を経てどんどん転訛《てんか》――つまり訛って砕け

ていって――田原のお祖父ちゃんが生まれ育った明治の終わり頃には、或いは『ぼぎわん』と呼ばれるようになっていたのかもしれない」

と言った。

「そ、そうなんや。ちょっと苦しい気もするけどなあ」

話に食いついたふりをしつつ、私は内心がっかりしていた。今の自分に役立つとは思えなかったからだ。虫が良すぎる、身勝手すぎると頭では分かっていたが、台所で知紗を抱き、怯えていた香奈のことを思い出すと、なおさら今さっきまでの会話が不毛に思えた。

「まあ、『がんごうじ』が『がごぜ』とか『がんこ』になったりする世界だから」

唐草がつぶやいた。発言の意味や意図はよく分からなかったが、とっさに、

「がんこ？　それ聞いたことあるで」

と反応していた。

「有名っちゃ有名だからね」唐草は話し出した。「『がごぜ』は飛鳥《あすか》時代、奈良《なら》の元興寺《がんごうじ》に現れたとされる妖怪……というか、鬼の名前だ。『日本霊異記《にほんりょういき》』なんかに記述がある。出没場所が訛りに訛って、そのまま鬼の名前になっているんだ。全国にも同じような名前の妖怪がいて、ルーツはおそらく全て元興寺だろう、と言われている。『がんこ』もその一つさ」

「奈良か……」

祖母が口にし、幼い私を怖がらせた「がんこ」の起源が、図らずもこの場で判明した。三重と奈良は隣だ。それなりに信憑性《しんぴょう》がある。私はそう思った。

と同時に、つい先ほどまでの落胆はいくらか軽減されていた。

「しかしまあ、教授とか准教授とかも偉いな。そんな別に大事じゃない本も、一応読んどいて調べといて、そんで今回みたいに、いろいろ繋げたりして研究すんねやろ」

素人のような言い草だったが、私は素直に感心を表明した。自分にとって身近な思い出と関連したことで、学問の面白さのようなものを少しだけ知った気がした。

唐草は「いやいや」と苦笑して、

「基本は地味で単純な作業さ。今回だって偶然知ってただけだ。ただ――」

言葉を切り、『紀伊雑葉』の隣に置いてある本を手に取って、

「俺が『紀伊雑葉』のこの箇所を覚えていたのは、この本を読んでいたからなんだ」

と、今度はごく普通の、どこにでもあるような書籍を私に向けて見せた。

いかにも「昔の日本についての本でござい」と言わんばかりの古文書めいた文字と、古びた紙のような黄ばんだテクスチャー。タイトルは『宣教師たちの足跡《あしあと》』。

「十五年くらい前の本だ。書いた人は瀬尾恭一《せおきょういち》といって、もともとは東西《とうざい》新聞の文化部の記者だった人だ。戦国《せんごく》時代や江戸時代の歴史についてよく書いてた。もう亡くなったけど昔はよくテレビに出てたよ。田原も知ってるんじゃないか」

「顔見たら分かるかもな。准教授的にはどうなん？」

私が訊くと、

「まあ、一般受けしそうな、大胆な仮説をブチ上げるのは得意な人だったね」

唐草はテレビ文化人への批判をわずかにほのめかし、サッとページをめくった。折り癖がついていて、すぐに目当てのページが開いたようだ。

当然のごとく今度は活字だった。字も大きい。とはいえ、いちいち読んでから話を進めるのはもどかしい。私は字面を追うフリだけをして、

「何て書いてあるんや」と再び訊いた。

唐草は眉を寄せ、顎に手をやって、

「日本に渡来したバテレン――イエズス会の宣教師は、フランシスコ・ザビエルだけじゃない、というのは分かるな？　というより、布教活動の面では後続のバテレンの方がずっと成功しているんだ。後に『日本史』を書いたルイス・フロイスしかり、ヴァリニャーノしかり、あとはロドリ……おっと」

私が制止しようとするのを身振りで察して、彼はコーヒーをひと啜りした。

「すまんな」と私が言うと、

「いや、俺は回りくどいんだよやっぱり。で、だ」

唐草は開いた『宣教師たちの足跡』に、トンと指を置くと、

「歴史に名を残してる宣教師は何人かいるけど、だからといって彼らだけが日本に来たわけじゃない。当然、それぞれの渡航には大勢の関係者が同行していた。使節団だね」

「まあ普通に考えたらな」

「そう。船乗りやらを加えると結構な人数になる。この本によると百人近く乗船していた船もあったそうだ。中にはイエズス会と直接関係ない人間も当然いただろう。カトリックではない、違う宗派の人間も。そして布教なんかに興味がない人間も」

「興味がない……？」

話が展開しようとしている。自然と身を乗り出して聞こうとしている自分がいる。

唐草は自分の講義のやり方に難があると考えているようだが、それなりに学生の評判はいいのではないか。

「宣教師たちは明《みん》——中国《ちゅうごく》だね——を中継して、海を渡って長崎《ながさき》に辿《たど》り着く。そこから九州《きゅうしゅう》地方、山口《やまぐち》で布教に励んだ人もいれば、はるばる京都や尾張《おわり》の辺りまで行った人もいる。信長《のぶなが》に会ったというフロイスもそうだ」

話題が変わったが今度は気にならない。唐草は一呼吸置いて、

「この本には、十六世紀末、京都や尾張に向かうバテレンたちと途中で別れて、伊勢、あるいは伊賀《いが》の辺りに腰を落ち着けた人間が少なからずいるんじゃないか、と書いているんだ。伊勢や伊賀といえば今の三重県だ」

唐草は黙った。が、私には何が大事なのかほとんど分からなかった。安土桃山《あづちももやま》時代の頃に、欧州《おうしゅう》人が三重県の辺りに来た、ということは理解できたが、だから何だというのか。

困惑が顔に出ていたのだろう。唐草は不意に、

『『ハロウィン』という映画を観たことはあるか、田原。昔のホラー映画だけど、最近リメイクもされてる」

と、またしても話題を変えて訊いた。

「は？　いや、ないけど」

とりあえずそれだけ答えると、

「じゃあ『モンスターズ・プリスクール』は？」

「それはある。流行《はや》ったやつやろ。ええ話やったな、くらいしか覚えてへんけど。でもそれが——」

「あそこに出てくるモンスターたちが、原語では何と呼ばれていたか、なんてのは……？」

「いや、覚えてる覚えてない以前に、そもそもテレビで、吹替で見たからな」

「そうか……」

唐草は少し肩を落としたが、すぐに姿勢を正して、

「あいつらは、『bogeyman《ブギーマン》』って呼ばれてるんだ。『ハロウィン』のマスクの殺人鬼も、ハロウィン当日にやってくるブギーマンになぞらえられる。ブギーマンっていうのは、分かりやすく言えばお化けの総称だ。みんなめいめいに仮装するだろ？　ハロウィンのお祭りで」

「ああ、そんで近所の玄関で『トリック・オア・トリート』とか言うてお菓子もろて」

「『ハッピーハロウィン』とか返されてね。で、何でいろんな仮装をするのかっていう

と、ブギーマンが特定の形や性質を持っていないからなんだ。それこそ『お化け』くらいのニュアンスかもしれないね」

「なるほど」

通夜で祖母とした会話を思い出し、私は頷《うなず》いた。

「で、ブギーマンって言葉。これ自体は英語だけど、似たような意味と発音の言葉は、ヨーロッパ全土に古くから存在している」

彼は一呼吸置いて、

「この瀬尾さんは、伊賀や伊勢の農村や、あるいは伊賀忍者たちに、当時の欧州の文化や技術が伝わった可能性がある、方言にその名残があるし、一部の忍術は欧州の技術そのものだ、とまで書いているんだ。これは思いつきの域を出ていない。サンプルだって恣意《しい》的だし、何より文献資料の扱いが不十分すぎる。出典も書いてないことが多いしね。学術的には、この仮説には何の価値もないだろう。けど面白いことに、根拠の一つとして、こんなことが書いてあるんだ。『三重のK――近隣に伝わる妖怪、ぼぎわんはブギーマンに通じる。おそらく使節団の一部の集団から、ブギーマン伝承が受け継がれたのだ。宣教師たちはキリスト教を持ち込んだが、妖怪もまた、はるか西方から大陸を横断し、海を渡ってやって来たのだ――』ってね」

はるか西方から。

海を渡って。

私は長崎に到着した船を思い描いた。髷《まげ》を結った昔の日本人たちが見守る中、デッキから陸地へとバテレン一行が降りて行く。雑然とした暗い船底から、何かが出てくる。灰色の、ぶよぶよとした、形をもたない何かが。西の彼方《かなた》ではブギーマンと呼ばれた存在が。

人々が使節団を迎えている間に、それはゆっくりと陸地に降り立ち、港町の人ごみに消えて行く――

「でも瀬尾さんの文章は文学的すぎるな。雰囲気と勢いだけだ。それに根拠がほとんどない」

唐草の声で我に返り、顔を上げると、彼は瀬尾の著作を手にし、困った顔で読んでいた。

「一万歩くらい譲ってこれが事実だとしても、肝心のぼぎわんの出典が明記されていない。この名前をどこで知ったのか分からないよ。せめて巻末に書名なり論文のタイトルなんかは書いてほしかったな。亡くなった今じゃ本人に訊くこともできないし――」

要は「ウラが取れない」と言いたいのだろう。だがそうした客観性とは全く関係なく、私は「海を渡ってきた妖怪」というイメージを頭から振り払えなくなっていた。

「ほ、ほんまに、海を越えて来るもんなんやろか……？」

つぶやきを耳ざとく聞いた唐草は、「おいおい」と笑みを浮かべ、

「技術や物資ならともかく、妖怪なんかが本当に船に乗って来るわけないだろ。言葉が伝わるんだ。そういう伝承なり信仰なんてものはさ」

「言葉?」

そう訊くと、唐草は本を手にしたまま首をひねり、

「そうだなあ……例えば、そういう欧州の一派が、伊勢なり伊賀なりで何か不思議な、恐ろしい体験をしたとしよう。そしたら彼らは人にこう説明するんじゃないかな、『ブギーマンが出たぞ!《That's bogeyman!》』とか何とか。それを聞いた地元の人たちは、こんな風に解釈するわけだ。『そうか、山で起こる変なことは、ぶぎいまんとかいうやつの仕業なんだな、あの南蛮人たちは詳しいなあ』とね」

「ああ、カンガルーの名前の由来みたいなもんかな。いや、あれは逆か」

そう言うと、彼は大きくうなずいて、

「俗説というかガセらしいけどね。とはいえ田原は俺の説明である程度の理解はできてると思う。そうやって自分なりに知識や経験と結びつけて考えられるのは、少なくとも頭で考えて咀嚼《そしやく》しようとしている証拠だ。受講してる学生でも一握りしかいないよ」

学者先生に誉められて、私は無邪気にも少し嬉しくなった。そしてこれまでの話を頭の中でまとめてみる。

安土桃山時代、ヨーロッパから伝わったブギーマンという言葉が、江戸時代には「坊偽魔」や「撫偽女」などと字が宛てられ、訛り、祖父のいた頃にはぼぎわんと呼ばれるようになった。山に棲《す》む妖怪はそれ以前にもいただろう。しかし、それがそう呼ばれるようになったのは、使節団の一派、欧州文化の伝播《でんぱ》が理由らしい。なるほど、文化的、

民俗学的なことは理解できた。では……。

私は既に閉じられ、ちゃぶ台の隅に置かれた『紀伊雑葉』を指差し、

「で、その江戸時代の人らは、どう対処しとったんや？　ぼうぎまとかぶぎめが来たら」

「名前を呼ばれても返事はするな、ってだけだね。よくあるパターンだよ」

唐草は即答した。私は気落ちしつつも、

「『女』の字が宛てられてるみたいやけど、これ、女の妖怪なんか？」

「どうだろう。女だと解釈されることもあった、って話じゃないかな。女の字が宛てられていないケースもあるわけだし」

「退治とかせんかったんか」

「そういう記述はないね。というか――」

唐草は私を見つめ、曖昧な顔で、

「――何か、気になるのか？」

と訊いた。

「いや、そんなことも書いてあるんちゃうかなって」

私は平静を装い答えた。

「この手の話にはね、そんな記述はあんまり残ってないよ。誰かの怨霊《おんりょう》とか、古くなって捨てられた器物の類《たぐい》なら別だけど。お祓いしたら丸く収まったとか、焼いて供養したら化けて出なくなったとか、そういうやつだね」

唐草は冷静に、それでいて楽しそうに言った。私の前のめりの姿勢を、単なる興味だと思ってくれたようだった。

「そうかあ、怨霊とか妖怪とか、違いがあんねんなあ」

話がそれた歯がゆさを悟られないよう、私は相槌を打った。

その辺りから話は民俗学の枠を越え、オカルト番組の在り方や自称「霊感体質」のタレントの批判まで、様々な方向へと飛んだ。同級生の近況や大学教員の日常の話もした。

その間、香奈から何度かLINEで連絡が来て、私はそのつど返事をした。

どこかに置いてあるらしい唐草の携帯が、幾たびか数秒ほど振動しているのも聞こえたが、彼は話に夢中なのか、確認しに行こうとはしなかった。

コーヒーのせいか不意に催し、トイレから戻ると唐草が携帯を操作していた。古びてはいるが塗装が剝《は》げたりはしていない、黒いガラケーだった。

「何回か鳴ってたみたいやけどアレか、女か」

私が訊くと彼は顔を上げ、「まさか」と笑って、

「スパムだよ。何回アドレスを変えても狙ったみたいに来るんだ。大学からの連絡もこれで見たいから、PCメールを拒否るのはイヤだし――ああ、また岩田《いわた》君が重い画像送って来てるよ」

「どしたん」

「いや、ゼミの院生の子でね、真面目っちゃ真面目なんだけど、無駄に高解像度でスキ

ャンして添付するから、メール開くたびに処理落ちするんだよなあ」

唐草は再び携帯に視線を戻した。学生や院生の面倒を見るのも准教授の仕事の一つなのだろう。大変だな、と思いながら私は窓の外に目をやった。

薄暗くなっていた。腕時計を見ると四時を回っていた。

「話し込んでもうたなあ。ありがとう。色々調べてくれて」

伸びをして隣のアパートを眺めながら、私は彼に言った。

返事がない。

振り向いてちゃぶ台を見ると、唐草はじっと携帯の画面を見ていた。

「唐草？」

呼びかけても顔を上げようとせず、画面を見たまま唐草は、

「田原の奥さん、何て名前だっけ？」

と訊いた。私は面食らいながらも、

「香奈やけど」

「子供の名前はチサちゃんか？」

即座に次の質問が来た。どういうことだろう。唐草はこちらを見ない。座布団にあぐらをかいて、操作するわけでもなく携帯に視線を落としていた。

「何かあったんか」

しばらく間を置いてから、唐草は立ち上がって私を見た。携帯を私の胸元に差し出し、

「これ、意味分かるか」

「何の話や？」

「スパムの中に紛れてた。田原の——家族の名前が書いてある」

「はあ？」

私は黒いガラケーを受け取って画面を見た。

件名は空欄だった。

差出人も空欄だった。そんなことが有り得るのだろうか。

本文には、私と家族の名前が書いてあった。

そしてもう一つ、ごく短い文が。

〈たはらひでき
たはらかな
たはらちさ

どこだ〉

自分が口も開いたまま硬直しているのに気付いたのは、唐草に大きな声で呼ばれた時だった。ガラケーを持つ手は力が入って真っ白になっていた。

唐草は濃い顔を曇らせ、真剣な表情で私を見ていた。

「す、すまん……ちょっと、テンパってもうて」

「何かあったのか」

唐草は訊いた。

余計なことを言った。唐草を心配させている。私は適当にはぐらかそうとした。

そして思い止まった。

ここで言わなければ、いつ言えるというのだろう。

唐草に言わなければ、誰に言えるというのだろう。

「唐草……あのな」

私は大きく息を吸って、吐いてから、

「お前の専門じゃないことは分かってる。でもな、俺、今ちょっと困ってんねん。ワケ分からんかもしれんけど、き、聞いてくれへんかな……？」

唐草は小さく、それでいてしっかりとうなずいた。

すっかり暗くなった部屋で、私と唐草はしばらくそのまま突っ立っていた。

十

野崎《のざき》は小ぎれいな格好をした、線の細い男だった。年齢は三十二歳だそうだが、服装と丁寧に整えた黒い髪、そして瑞々《みずみず》しい肌のせいか、ずっと若く見えた。その一方で抜け目のなさそうな顔つきは、もっと年上のようでもあった。

「雑誌の取材を受けたことがあってね。オカルトライター、なんて胡散臭い肩書きだけど、彼は真面目だしアカデミックな分野にも明るい。それに田原の力になりそうな知り合いがいるらしい。聞いてみたらいいんじゃないか」

あの日、私がぼぎわんについての長い話を終えると、唐草はそう言って私に一枚の名刺を渡した。黒地に白でシンプルな字体が並んでいた。

〈取材・執筆
オカルトライター
野崎昆《こん》
KON NOZAKI
090××××〇〇〇〇
konnozaki @ xxxxxxxx〉

彼に指定されたとおり、私は三月上旬の日曜の午後二時、阿佐ヶ谷《あさがや》駅の近くにある小さな喫茶店に行った。

オレンジ色の柔らかい照明の下。アンティーク調の小さなテーブルの向かいで、私の話を聞き終えた野崎は、まだ寒いというのにアイスコーヒーを一口啜ってから、

「胸中お察しします。お辛かったでしょう」

と、真剣な顔で言った。

いかにもオカルトめいた単語を並べ立てられたり、興味本位であれこれ訊かれたりするのではないか、と思っていたので、彼の社交辞令的ながら優しい言葉は意外だった。

私の身体から一気に緊張が抜けた。

返事ともつかない返事をごにょごにょ口にすると、野崎はニコリとして、

「田原さんのご意向としては、要はそのバケモンを何とかして欲しい、ってことでいいんですかね？」

と、実にあっさり言った。

正直そのとおりだった。だが単刀直入に言われると、悩んでいる自分が馬鹿みたいに思えた。私は返答に窮した。妖怪やオカルトをおめでたくも頭から信じている人間だ、と値踏みされているようにも思え、もやもやした気分にもなっていた。

「いや、というか原因が分かれば、別に……」

「家の監視カメラにはその後、誰か不審人物は映っていましたか？」

野崎は鋭く訊いた。一度もメモを取っていないのに、私の話は細かく頭に入っているらしい。

「いいえ」

「だったらまあ、バケモンってことも有り得ると思いますよ。そういうのはいるんで」

これまたあっさりと野崎は言った。

言っていることは明瞭だが、摑みどころがない。胡散臭いというより、一筋縄ではいかない人間だ。私は野崎の人物像を測りかねていた。

「いや、そんな有り得ない話……」

「田原さん」

野崎は薄笑みを浮かべて、

「怨霊だの妖怪だの、そういう非科学的な話はまっぴら御免だとお考えなら、そのように対処なさったらいい。要はセキュリティの強化と周囲の調査、あとは精神の安定です。専門の業者や医者やセラピストに相談すればいいと思います。そうでないなら、ちゃんと非科学的な対策をなさったらいい。中途半端が一番よくないんですよ。専門外の学者センセイに遠回しに聞いたりとか」

皮肉を言われているのは分かったので、私はむっとして野崎を見た。彼は微笑を崩さず再びアイスコーヒーを飲んで、

「しかもそれは田原さんの思想信条なり立ち位置なりの問題であって、ご家族の問題じゃない。ご家族の不安や、この先起こるかもしれない脅威を取り除く。それが何よりも大事なんじゃないですか？」

「そんなことは分かっています」

「そうですかね」

野崎はポケットから煙草を取り出して咥《くわ》え、火を点けた。

彼がどういう人間なのかは知らないが、明らかに無礼だ。

当初の誠実そうな態度は勘違いだったのか、と思いながら睨み付けていると、野崎は煙草を深々と吸い、ふーっと紫煙を吐いて、

「まあ、テレビソースの知識しか持ってないくせに、守護霊だのオーラだの全肯定してる輩《やから》よりは、田原さんははるかにマシですよ。逆に科学を妄信してるヤツよりもマシだ。処世術としちゃ妥当だと言えるかもしれない。ただ――」

彼は真剣な表情で私を見て、

「――そういうあやふやな態度は、あんまり好きじゃないんですよ。真琴《まこと》は」

と言った。

「まこと？」

話の急な飛躍に、私はオウム返しすることしかできなかった。

野崎はスマホを取り出して再び笑みを浮かべ、

「まじないやらお祓いみたいなことをやってる知り合いですよ。唐草さんにも話した記憶がある。そういう人間をご所望なんでしょう？　オカルトライターに用があるわけじゃないのは、メールをいただいた段階で分かってましたよ」

そう言ってスマホを操作し始めた。

金になりそうもないコーディネートをやらされて、機嫌が悪いのかもしれない。

フリーランスはその辺りに神経質だ、という話を思い出して、私は少しだけ申し訳ない気持ちになった。とは言え失礼な物言いをした彼への苛立ちは、完全に収まったりはしなかった。

しばらく無言のまま、野崎は煙草を咥えながらスマホを弄《いじ》っていた。私も黙っていた。やがて彼はちびた煙草を小さな灰皿でもみ消すと、

「この後のご予定は？」

と訊いた。

「いえ、特に」

私が答えると、彼は、

「話は早いほうがいいでしょう。その知り合い——真琴ん家《ち》に、これから行きませんか。歩いて十五分ほどです。呼ぶつもりでしたが今起きたらしい」

と苦笑した。

「いいでしょう」

このまま彼と顔を合わせ続けるのは楽しくなかったが、私は承諾し、伝票に手を伸ばした。一瞬早く野崎は伝票を指先で摘み上げると、

「これくらいは出しますよ」

と、にやにやしながら出入口前のレジに歩いて行った。

表に出ると風が冷たく、私はコートの襟を立てて野崎の後に続いた。

「バラバラにされたお守りやなんかの写真はお持ちですか」

不意に振り返って野崎が訊いてきたので、ないと答えると、

「部下の方の、怪我の写真は？」

「何でそんなことを訊くんですか」

私が憮然《ぶぜん》として問うと、彼は平気な顔で、

「いや、写真素材があれば雑誌に持ち込みやすいと思ったんで。予算引っ張ってこれれば、金ごときで困ったりせずに進められますからね」

と、白い息を吐いた。

金ごとき。その言葉で、野崎のこういう分野に対する興味や関心は、真剣なものなのだろう、と私は思った。

十一

早稲田《わせだ》通りの近くまで来ると、彼は住宅街の真ん中にある古ぼけた雑居ビルに入り、暗い階段を上り始めた。真琴とかいう知人は専門の事務所を構えているのだろうか。

「いや、自宅ですよ。他の階は知りませんけど普通の部屋です。五十平米で風呂《ふろ》トイレ別で家賃五万。この辺だと格安どころか激安ですね。何でもここのオーナー氏の、別の物件に憑《つ》いてた悪霊を追い払ったお礼に、安く貸してもらってるらしい」

重く響く足音を鳴らしながら、野崎はくすくすと笑った。

四階に着くと、彼はベルも鳴らさず目の前のドアを開け放った。驚いていると、そのまま靴を脱いで、「どうぞ遠慮なく」と言ってずかずかと奥へ歩いていく。

これでよいものなのか。失礼しますと小声で言って、私は長く薄暗い廊下を進んだ。リビングに入るなり青白い明かりが灯《とも》った。野崎が蛍光灯の紐から手を離すと、

「真琴、お客さんだ」

と大きな声で言った。私は彼の視線を追った。

広いリビングの半分近くを占める大きなベッドに、カラフルな服や布切れ、ティッシュの箱、その他もろもろが雑然と散らばっていた。その真ん中で分厚い毛布が膨れ上がっている。中に人がいるらしい。

毛布がもぞもぞと動き、ゆっくりと小さな手足が出てくる。女の手足。マニキュアとペディキュアは黒に統一されていた。右手の薬指には銀色の太い指輪。

バサリと毛布が跳ねのけられた。現れたのはショッキングピンクのショートボブで、目の周りを真っ黒にした若い女性だった。青いジャージに赤い半纏《はんてん》を着ている。

女性は不機嫌そうな顔で野崎を見上げ、続いて私を見た。目の周りが黒いのはメイクが落ちて崩れて広がっているせいらしい。リップグロスも半分取れかかっている。

これが真琴とかいう人か。正直、お祓いができるような人間には見えない。ならばお祓いができそうな人というのは、どんな外見をしているというのか。

　彼女の見た目と自分の思考に戸惑いながらも、とりあえず挨拶しようと口を開いた瞬間、

「LINEで言ってた田原さん。バケモンに狙われてお困りだそうだ」

　野崎が簡潔に説明した。

「た、田原です」軽く頭を下げると、彼女は「んー」と呻いてピンクの頭を掻《か》きむしり、顔をしかめながら、

「比嘉《ひが》真琴です。あー、あの」

　と鼻にかかった声で言ってから不意に顔を伏せ、

「ちょっと、顔洗ってきます」

　と立ち上がり、うつむいたままふらふらと廊下へ歩いて行った。私より頭一つ以上背が低い。側を通り抜ける時、かすかに酒の匂いがした。

「二日酔いですよ。朝まで友達と飲んでたらしい」

　野崎が呆れ顔で言った。

　本当に大丈夫だろうか。私は不安になっていた。

　野崎に椅子を勧められ、コートを抱えて座ると、廊下の向こうからジャバジャバと水の音が聞こえた。

　真琴がさっぱりした顔と、細いデニムのジーンズ、紺色のセーターで戻ってきた頃、野崎は台所から緑茶のペットボトルとコップを用意し、ベッド脇の小さなテーブルに置

いていた。彼女も特に何も言わず、何杯か茶を注いで飲んだ。

勝手知ったる仲らしい。あるいは交際しているのかもしれない。

真琴がベッドにあぐらをかいて座ると、野崎はベッドに腰かけ、すぐにこれまでの話を語って聞かせた。

簡潔にまとまっていながら、経緯や状況は分かりやすい。

私は時折、彼に訊かれて固有名詞や位置関係の補足をするだけでよかった。

真琴は特に相槌を打つこともなく、野崎の説明を聞いていた。途中、何度か頭を振ってピンクの髪をバサバサと揺らしていた。

話が終わると、彼女は大きな溜息を吐いて顔を上げ、私を見た。

化粧を洗い落とした真琴の顔は肌の色こそ白いが、頬骨や目の形がどことなく南国の少女を思わせた。整えた眉毛の周りは青々としていた。本来ならとても濃くキリリとした眉なのだろう。はっきりした顔は派手な髪色と不思議と調和していた。

「そういうわけで真琴、何か分かることはあるか」

野崎が促すと、彼女は口を尖《とが》らせて、

「まあ、うん、ある」

と不満そうな顔で言った。

「本当に分かるんですか」

私は思わず訊いた。野崎が話しただけで、私はほんの少し言葉を挟んだに過ぎない。

それだけで何が分かるというのだろう。私と私の家族を狙っているらしい得体の知れない存在について、どれだけのことが理解できるというのだろう。

真琴は私の目を見て、

「対策っていうか、こうしたら大丈夫なんじゃないかなあっていうのは、大体分かりますよ」

と答えた。不満げな表情は変わらない。

「じゃあ、そもそも何なんですか、あれはいったい——」

私が訊くと、彼女は首を振り、

「そういうのは分からないです。理屈を説明しろとか言われても無理です。わたしバカだし、調べたりもしてないし」

「だ、だけど」

「わたしが言えるのは、風邪引きたくなかったらあったかくしてください、みたいなことだけです。どうして風邪引くのとか、風邪って何なのとかは基本的にダメ」

「それじゃ……」

「田原さん」

野崎が言った。彼は私を見て、

「ご家族の不安なり、危険なりを解消するのが大事なのでは？」

と、片側の口だけで笑った。

それはそうだ。私は説明を受けて納得したいのではなく、家族を守りたいのだ。理解できる／できない、腑《ふ》に落ちる／落ちないは、この際どうでもいいのかも。

考えてみればお守りや護符の類だって、どういう理屈で効果――ご利益があるのかなど、これまで気にしたことはなかった。おそらく説明できる人もいないだろう。にもかかわらず私は出先でそれらを買い漁り、家に飾っていたではないか。

喫茶店で野崎が言った、「ちゃんと非科学的な対策をする」という言葉の意味に、わずかではあるが触れた気がした。

「まあ、何にも分かんないままじゃ誰でもモヤるから、わたしの分かる範囲で言いますけど……」

真琴は顔を傾け、しばらく黙ってから、

「あの、よく言う『取り憑く』っていうのとは違いますよ。その何とかいうヤツは」

「ぼぎわん、が、ですか」

「はい。基本どっか――遠くにいる」

「遠く？」

「遠く」

真琴は私の言葉を繰り返してうなずき、

「だからって言っていいか分からないけど、毎回遠くからやって来て、狙ってるのはいいけど合ってるか自信なくて、だから名前呼ぶんだと思う」

全く理解できない話ではなかった。それなりに筋が通っている。

真琴の言う「モヤる」感覚が、少し薄れていくのが分かった。

「なるほど、それで私はいったい何をすれば……？」

私が訊くと、真琴は困ったような顔をして、

「家に帰って奥さんとお子さんに優しくしてあげてください」

と言った。

「はあ？」

あまりにも呆れたので思わず声が出た。椅子から立ち上がっていた。

馬鹿にされているのか。それともカモにされているのか。

おそらくその両方だ。

私の中で怒りが沸き起こってきた。顔が引きつっていくのが自分でも分かった。

真琴はしかめっ面をして私を見ていた。それがいっそう腹立たしく思えた。

「どういうつもりですか。それを聞いて、ハイ分かりました、と言うとでも思ったんですか」

震える声でそう言うと、

「それでたぶん、来なくなると思いますよ」

真琴はそう答えた。

「今のは——マザー・テレサの格言じゃないか！　多少アレンジしてはいるけど、誰で

も知ってる格言だ！　そんなものに引っかかると思ったのか、あんたは」

　ほとんど怒鳴り声で私は言った。彼女はすっぴんの顔をぽかんとさせて、

「そうなんですか」

「ふ、ふざ――」

「真琴は真面目ですよ」

　野崎が低い声で言った。冷ややかに私を見つめていた。

「耳に心地よいことを言ってその場だけ癒された気にしてやろうとか、自分が感謝されようだとか、そんな計算はしない。学も知識もないし世渡りだって下手だ」

「ちょっと」

　真琴が突っ込んだが、野崎は無視して私を見据え、

「こいつがそう言うんです。ご家族に優しくしてあげればいいじゃないですか。そんなに難しいことなんですか、田原さんには」

　と言った。

　私はますます腹が立った。野崎を睨みつけコートを握り締めると、

「謝礼を払うつもりもあったが、こんな馬鹿げた話には付き合ってられない。帰らせてもらう」

　と言った。

　野崎はやれやれといった顔をした。

「お金なんか最初からもらう気ないです」

真琴が言った。彼女は背筋を伸ばして、

「姉ちゃんくらいやんないと、お金とかもらえないから」

と、意味深なことを口にした。

だが私はこれ以上、話を聞くつもりはなかった。真琴の「姉ちゃん」など知ったことではなかった。

私は無言で廊下を抜けドアを開け、階段を駆け下り駅へと向かった。

冷たい風が熱くなった頭には心地よかったが、だからと言って彼らへの怒りが収まったりはしなかった。

十二

私は仕事と育児の日常に戻った。新年度に入っても香奈は気分がすぐれないようだったが、それでも立派に知紗の面倒を見ていた。娘だけでなく、妻に注意を払う日々は大変だったが、それでも私はめげることなく彼女たちを愛した。

比嘉真琴の言葉に従ったつもりは一切なかった。私は自分の意志で香奈と知紗に優しくした。

もちろん何もかもがうまく行ったわけではなかった。

緊急時こそパパは冷静に

知紗がテーブルの角で、頭をぶつけた。
血が出て、大泣きして。
妻はパニックに陥っていたけど、こんな時こそ冷静にならねば。
落ち着いて妻に処置を指示し、救急車を呼んで、事なきを得た。
待合室で取り乱していた妻をなだめるのも、夫としての、大事な役割だ。
まだまだ未熟者だけど、娘のこと、家族のことになると、
熱くなるのと並行して、冷静になれる。
自分でも驚くほど、テキパキと動ける。
子供を育てるプレッシャーはある。今回みたいなアクシデントもある。
けれど、それと引き換えの誇り、充実感を糧に、これからもパパを続けようと思う。

また出先でお守りを買い集め、家に飾るようになった。気分の問題かもしれないが、
ほんの少し家の中が明るくなった気がした。
だからといって毎日が楽しくなったわけではなかった。むしろその逆だった。
あの件以来、精神的にも落ち込み、笑顔どころか表情さえ乏しくなった香奈。
その影響か、起きているときはひどく大人しく、逆に寝ていると不意に泣き出すよう

になった知紗。

どうにもならなくなって一度実家の母に来てもらったが、そう何度も頼ってはいられない。

五月になって、ゴールデンウィーク最後の連休に突入した。

私たち家族は旅行や観光に行くこともなく、家の中と近所の公園で遊ぶだけだった。私は疲れていたし、香奈も知紗もどこかへ行きたがりはしなかったからだ。

残りの連休も同じように過ごすのだろう。

それはそれで構わない。そう思っていた。

いつもより人気《ひとけ》の少ない昼過ぎの公園で、私は知紗をジャングルジムに乗せてやっていた。分厚い雲が張っていて薄暗く、肌寒い。

知紗がコツンと軽く、ジャングルジムの骨組みに頭をぶつけ、それだけで泣きそうな顔をする。必死になだめるが彼女は耐え切れず、遂に大声を上げて泣き喚《わめ》く。

頭をなで、抱きかかえてあやしても、知紗はなかなか泣き止まなかった。

よしよし、と無理に笑顔を作りながら、心の中で途方に暮れていると、不意に周囲が騒がしくなった。視界の隅で小さな子が何人か、公園の門と反対方向に走っていくのが見えた。

門の方を見て、私はぎょっとした。知紗を抱く手に力が入って慌てて緩める。

たくさんの鳩がわさわさと群れをなして、公園の地面を覆っていた。少なく見積もっても三十羽は下らない。鳩たちはてんでばらばらに動いているようで、群れ全体としては公園の中へ、私たちのいる方へと向かってくる。灰色の動く絨毯《じゅうたん》。

群れの中央には人がいた。ホームレスがエサでも撒いているのだろうか、迷惑なことだと一瞬思って、私は二度驚いた。

細身のグレーのパーカーに黒いジーンズ。手足は細く背も低い。

ショッキングピンクのショートボブが、灰色の鳩とモノトーンの服のせいで一際目立つ。

比嘉真琴だった。

鳩を従えてこちらに近づいてくる。

その隣を抜き足で野崎が歩いていた。

鳩たちのクルクルと鳴く声が次第に騒々しくなって、他の親子連れや子供の集団や老人たちが遠巻きに見守る中、真琴と野崎は私たちの数メートル手前で立ち止まった。

知紗はいつの間にか泣き止んでいた。周囲の地面を覆う鳩を、私の腕の中で興味深げに見つめていた。

「こんにちは」

真琴が微笑みながら言った。自宅で見た時と違い、きちんと化粧をしていた。マスカラとアイシャドーで大きな目が強調されている。眉毛も丁寧に描いてあった。

「……どうして、ここが？」

色々考えて、私はとりあえずそう訊いた。野崎にも住所を教えた覚えはなかった。

「上井草だってのは唐草さんに聞きましてね。別件で連絡したついでに」

野崎が言って、足元の鳩たちを睨みつける。

「あとは何となく」

真琴が続けた。

何の用ですか、と訊くのが先だろう。私に用があるのは間違いないらしい。

だが、それよりも、

「この鳩は、な、何なんですか」

目の前の滑稽《こっけい》な状況に口の端が上がりそうになるのをこらえて、私は尋ねた。周囲の視線が気にはなったし、用があるならあるでさっさと済ませたいと思ってはいたが、それでも訊かずにはいられなかった。

「よく、なるんです」

ばつが悪そうに肩をすくめ、真琴は、

「だから昼間は出歩きたくないんですけど、行かないとなあって」

と言った。

「何でですか」

「あんまりよく知らないで、偉そうなこと言って終わり、みたいなのはどうかなって思って」

彼女は視線を私の胸元へ向けた。知紗を見ているのだ。娘は指を口元にやって、目の前のピンクの髪の女をじっと見ていた。

「じゃ、じゃあ」

娘を抱え直して、私は、

「具体的に何かするんですか。お祓いとか……」

「いえ」

答えたのは野崎だった。直立して私と知紗を見ていた。足首にまとわりつく鳩に構うのは諦《あきら》めたらしい。

「言いましたよね、真琴は。家に帰って何をしたらいいか」

あの日のことを思い出して、苛立ちが心の中に灯った瞬間、

「だから、わたしも優しくしてみようと思ったんです」

と真琴が言った。

「は?」

「えと、田原さんの奥さんと、お子さんに」

どういうことなのかさっぱり分からない。鳩たちの鳴き声が騒々しい。いつの間にか、鳩たちは私と知紗をぐるりと取り囲んでいた。グルグルポッポとバラバラに鳴きながら私たちの周りを歩き回っていた。

「お祓いやらが必要になるとしたらその後です。その必要があるかないか、調査も兼ねて、真琴は田原さんに会いたい、と言い出した。だから来たんです。アポを取らなかっ

たことについてはお詫《わ》びします」

野崎が真面目な顔で頭を下げた。

真琴も小さくお辞儀をした。

ようやく状況が呑み込めてきた。もちろん、まだ分からないことはある。急な話に対する戸惑いもある。

それに一度会っただけの、素性のよく分からない失礼な女と男に、そう愛想よく振舞うつもりもなかった。

しかし。

「……ぴんく」

知紗が小さな手を差し出して、拙《つたな》い手つきで真琴を指した。

真琴は一瞬きょとんとしたが、すぐ自分の髪を示して、

「そうだよ。ピンクお姉ちゃんだよー」

と笑った。

知紗も「うふふー」と笑った。

そんな娘の姿を見てホッとしている自分に、一瞬遅れて私は気付いた。

真琴が自分の髪を両手で摘んで持ち上げ、「ピンクうさちゃん」と言って寄り目にし、前歯を突き出すと、知紗はキャッキャと手を叩《たた》いた。

その仕草に思わず頰が弛《ゆる》む。

「重ね重ね申し訳ありませんが、お宅にお邪魔しても構いませんか」

野崎が言った。再びわずらわしそうに足で鳩たちを払っている。

突然の話に面食らっていると、

「もちろん調査も兼ねて、です。遊びに来たわけじゃない。お願いします」

彼は再び頭を下げた。遅れて真琴が笑顔のまま「お願いします」と続ける。

二人は私や家族の困難を、真剣に受け止めている。

先日の彼らに対する憤りが、ほぐれて小さくなっていくような気がした。

私は彼らを家に案内した。

十三

週に一度、土日いずれかの午後から夕方にかけて、真琴と野崎は私の家に遊びに来るようになった。来訪は調査目的だと野崎はくどいほど繰り返していたが、客観的に見て彼ら——特に真琴は、遊んでいるようにしか見えなかった。

不満ではなかった。それどころかいつの間にか、私は彼らを歓迎するようになっていた。香奈と知紗が楽しそうだったからだ。

知紗がよく笑い、はしゃぐようになったのは嬉しかったが、それ以上に香奈が真琴と笑いながら語らうのを見て、私は安心するようになっていた。

セラピー的な効果なのか、専門的なことは私には分からない。だが家族以外にも話し相手ができたことが、妻を元気にさせたことは間違いない。そう思えた。

真琴は子供が好きらしく、二歳児の支離滅裂な言葉にも、独自設定した奇妙なオモチャ遊びのルールにも楽しげに付き合い、よく一緒に笑っていた。

野崎は時折ノートパソコンを持参しては、家の周囲や室内の様子を見、私や香奈の話を聞きながら、カタカタと何やら打ち込んでいた。あまり子供には興味がないらしく、それどころか子供が嫌いだと言わんばかりのオーラを漂わせたりもしていたが、真琴に誘われてしぶしぶ、知紗と三人で遊ぶこともあった。

野崎が同伴せず真琴だけで来ることもあった。取材だという。ライターに土日の概念がないというのは事実のようだったが、真琴に付き合っているだけで本当はこの家に来るのが嫌なのかもしれない。そう思ったこともあった。

しかし、

「わたしが作ったんじゃないです。野崎です」

タッパーを開け、密度の高そうなブラウニーを見せて真琴が言った時は、私も香奈も意外すぎて言葉が出なかった。ブラウニーは濃厚で美味だった。

翌週、真琴と来た野崎に礼を言うと、彼は口の端だけで笑い、すぐにこれまでの調査の結果を報告し始めた。

野崎は唐草にも協力を仰ぎ、ぼぎわんについて調べていた。驚いたことに、『宣教師たちの足跡』の著者・瀬尾恭一の遺族にまで会ったらしく、私は彼の働きに感心するとともに、感謝の念を抱かずにはいられなかった。

とはいえ、ぼぎわんについて分かったことはわずかしかなく、それも学問的・歴史的な資料が少しばかり見つかったという程度のことで、具体的な対策は分からなかった。

「まあ、何であるか分からない以上、『寄せ付けない』というのが一番妥当な対策かもしれませんね。実際、最近は来ていないようだし」

七月の初旬。黒いポロシャツを着た野崎は、そう言って私の後ろへと視線を向けた。壁のコルクボードを見ているのだ。ボードには私が再び集めたお守りが十個、並んでぶら下がっている。

いよいよ暑くなってきた日曜の午後。野崎とダイニングテーブルを挟んで向かいに、私と香奈は並んで座っていた。

知紗と真琴はリビングの、テレビとソファの間の空間いっぱいに積み木を並べて遊んでいた。少しずつ積み上げてお城か何かを作っている。

「こういうことって、よくあるんですか」

香奈が訊いた。真琴たちが来るようになって隠し通すこともできず、私は彼女にぼぎわんについて大まかに説明していた。香奈は不審がっていたが、目の前で起こったお守りの件と電話の件もあり、全面的に受け入れるほどではないにせよ、得体の知れない何かがいる、ということは信じたようだった。

「さあ、どうでしょう」

野崎はあやふやに言った。私と香奈が戸惑っていると、彼は皮肉な笑みを浮かべ、

「奇妙な出来事っていうのは、ほとんどの場合ちょっとしたことなんです。『変なこともあるんだなあ』で終わってしまう。気になってすぐに調べるような人間はゼロに近い。証言だけが無数にあって真相は分からない。ただの偶然か、オカルト的なものが嚙んでいるのか、後になって検証し区別するのはまず不可能です」

一呼吸置いて野崎は、

「そういう意味では、『よくある』と言えます。ただ、こういうスパンで、ある程度方向性が一貫していて、しかも伝承に関連しているケースに限定すれば『珍しい』と言っていいでしょう。質問の答えになってますかね」

香奈はあいまいな返事をして黙った。私は彼女の肩にそっと手を置いた。

不意にガラガラと音がして、私はリビングを見た。

積み木が崩れている。その真ん中で真琴が、両手を床につけて硬直していた。

英字プリントの白いTシャツと、紺色のバミューダパンツをまとった彼女の、小さく細い身体が小刻みに震えている。顔は真っ青だった。

遅れて知紗が泣き声を上げ始めた。

「どうした」

野崎が席を立って一歩で真琴に駆け寄る。香奈が小走りで知紗を抱き上げてあやす。

私は立ち上がったが何もできず、ただ各人の顔を見回しただけだった。

「真琴」

野崎が彼女の肩を摑んだ。真琴は今気付いたかのように野崎を見、続いてゆっくり振り向いて玄関のある方を見た。そして、

「ウソだ……」

と小さな声で言った。

どうしたというのだろう。知紗の泣き声と香奈のあやす声が部屋に響く中、私は真琴から目が離せなくなっていた。

「説明しろ」

野崎の声が聞こえていないのか、真琴はじっと玄関の方を見ていた。大きな目がさらに大きく開いている。

「どうしよう……どうしよう……」

「何がどうなってるんだ。分かるように言ってくれ」

野崎が肩を何度も揺する。

真琴はハッとして野崎に顔を寄せ、

「あ……あんなの、が……」

と、搾り出すような声で言った。

「あんなの来たら、わたし、わたし……」

グロスを塗っているはずの唇は青紫色になっている。全身が硬直している。

真琴は明らかに怯えていた。

「感知したのか、その――バケモンを」

野崎が言った。真琴に訊いたというより、私と香奈に、彼女がこうなった理由を説明しているように聞こえた。

野崎の目を見て、真琴は微《かす》かに頭を痙攣させた。

うなずいているのだ。

彼女には分かったのだろう。霊感というのか知らないが、その能力で、あれの存在をはっきりと認識したのだろう。

なぜ、今このタイミングで――？

疑問は即座に一つの仮説へと行き着いた。それもほとんど確信に近い仮説へ。

来ているのだ。

遠くにいるあれが。西の彼方から来たブギーマン――ぼぎわんが。

真琴の――喩《たと》えて言うなら、アンテナが拾える範囲内まで。

香奈と知紗の方を向こうとした時、ブツリ、と乾いた音が聞こえた。

音のした方を見て、私はあっ、と小さく声を漏らした。

コルクボードのお守りの、一番右の一つが、真ん中から真横に裂けていた。

いや――今まさに裂けようとしていた。

私たちが見ている前で、お守り袋が揺れ、布地がブツリブツリと切れ、白と赤の糸が飛び散っていく。裂け目がみるみる大きく広がり、中の護符が見えた。それもまた千切れようとしている。

ブチ、と一際大きな音がして、お守り袋が護符ごと真っ二つになった。下半分がストンとフローリングへと落下した。

続いてまたブツリと音がした。

隣のお守り袋に小さな裂け目ができていた。

ブツリ。その隣も。

ブツリ。そのまた隣も。

残り九個のお守り全てが、縦に、横に、斜めに裂け始めていた。

香奈が小さく叫んで後ずさり、ベランダの窓に背をぶつけた。

知紗がいっそう声を大きくして泣き出した。

無理もない。こんな状況下で私は妙に納得していた。あの時と——去年の秋と同じことが今また起こっているのだ。記憶と感情が呼び戻されたのだ。恐れ慄《おのの》いて当然だ。

台所から野崎が出てきた。いつの間にそんなところへ行ったのだろう、と思った次の瞬間、彼は手に持ったものをコルクボードに向かって投げつけた。白い結晶がパラパラと、壁とコルクボードとお守りに当たって散る。

塩だった。誰もが何となく知っている清めの道具だ。

効果は確かめるまでもなかった。

ブチブチブチブチブチと音が連続した。お守り袋が次々に裂けた。

「イヤ！」

知紗を抱えたまま、香奈が叫んでズルズルと足から崩れ落ちる。知紗はますます激しく泣き喚く。

「真琴！」

野崎が振り向いて怒鳴る。

彼女はうずくまったままだったが、視線はついさっきとは打って変わって、しっかりと野崎とコルクボードを見ていた。

額と頬には驚くほど大量の汗が光っていた。ピンクの髪が幾本か頬にべたりとへばりついていた。

真琴は歯を食いしばっていた。眉間に皺を寄せ、苦しげな息を漏らして、

「やってる」

と小さな声で言った。ゆっくりと立ち上がって右手を胸の前に構え、左手で指輪に触れる。

目を閉じ、唇を微かに動かして、真琴は何事かを唱えた。

パンッ、と音がして、お守り袋が二つ同時に弾《はじ》け飛んだ。

真琴が玄関を向いた。構えている両手が真っ白だ。力が入っているのが分かる。

「来んなよ……絶対来んな」

彼女が苦しい息の間でそうつぶやいた。

ミリミリ、と繊維の裂ける音がその後に続いた。

お守りが突破されようとしている。真琴のお祓いも効果がない。来る——

そう思った矢先、不意に空気が変わった。

部屋を漂っていた緊張が消えている。知紗の泣き声は続いていたが、怯えていた香奈が我に返り、慌てて娘をあやす。

お守り袋が裂ける音も途絶えていた。

ややあって、真琴がゆっくりと姿勢を崩し、両手をだらりと下ろして、

「——帰った。とりあえず、今は」

と、微かな声で言った。

もちろん安心などできなかった。常識では考え難い現象を目の当たりにして、すぐに平静を取り戻すことは不可能だった。

例えば次の瞬間、再びパンパンと音を立ててお守り袋が。

あるいは呼び鈴が。電話が。

ジリリリリリリ、と音がして、私はビクリと震え上がった。香奈が声にならない叫びをあげ、泣き止みかけていた知紗がまた泣いた。

家の電話ではない。音が違う。

私のスマホでもない。だとしたら——

真琴がポケットから白いスマホを取り出した。

広い液晶の真ん中に、大きく「通知不可能」と表示されていた。

画面に触れ、耳元に当てて少しして、真琴は、

「え、ね——姉ちゃん？」

信じられないといった声で答えた。

そのままリビングの隅、テレビの横に向かい、何事か喋っている。展開が早い。頭の回転も感情も追いつかない。私は途方に暮れて、身体を小さくして電話を続ける真琴を見ていた。「田原さんて人」と彼女が言ったのだけは分かった。

真琴が顔を上げた。ゆっくりと私の側を通り過ぎ、ダイニングテーブルにスマホを置いた。表情はすっかり疲れていたが、どこか安心しているようでもあった。

真琴が指先で液晶を叩く。サーという音がスマホのスピーカーから響いた。

「田原さん——いらっしゃいますか」

女の声がスピーカーから部屋へと広がった。静かで力強い声。

「は、はい。私ですが」

中空に向かって心許《こころもと》なく答えると、少しの間があってから、

「はじめまして。比嘉真琴の姉です。いつも妹がお世話になっております」

と声がした。

初めて会った時、真琴が言った「姉ちゃん」というのは、本当に姉のことだったわけ

だ。しかしこんな時に何の用だろう。

「事情があって名前を申し上げることはできませんが」真琴の姉はそこまで言って言葉を句切り、「用件を端的に申しますと、あれは相当に厄介なので、微力ながらお力添えをさせていただきたくお電話いたしました」

野崎が真琴の側で何かを囁いている。真琴は力なくうなずいている。

言葉の意味は理解できた。彼女は私たちの置かれている状況を把握している。

しかし、

「あの、そちらはどういう……」

「失礼しました。端的に過ぎましたね」

彼女は言った。笑い声が聞こえたわけでもないのに、優しく微笑したように思えた。

知紗の泣き声が聞こえなくなっている。見ると香奈の腕の中で、知紗はしゃくりあげながら、涙の浮かんだ目でテーブルのスマホを凝視していた。

「わたしと真琴は――」声がスマホから響いた。「人に害をなしたり、迷わせ惑わせたりするモノを、祓ったり鎮めたり、あるいはお帰りいただいたりする、特殊な能力や技術を持っております。一般的には霊媒、シャーマン、巫女《みこ》、などと呼ばれる者です。真琴とはそういう能力で通じているので、先ほど状況をある程度察知し、お電話することにした次第です。ここまでご理解いただけますでしょうか」

これがテレビの特番やネットの記事なら、鼻で笑って聞き流し読み流すような言葉だった。だが彼女の静かで力強い声と、淀《よど》みない話し方には不思議と説得力があり、私は自然とうなずいていた。

「え、ええ」

「ありがとうございます」

沈黙。電話の向こうで彼女が頭を下げている光景を想像していると、

「わたしは幼い頃から、俗に言う『怨霊』だとか『妖怪』といったモノと、これまで何度も相対してきました。その経験から申しますと――」

一呼吸置いて、彼女は、

「――あなたに近づこうとしているモノは、極めて凶悪です」

香奈が微かに、息だけで叫ぶのが聞こえた。

「そして極めて執念深い。田原さんも思い当たる点があるはずです」

「はい」

「さらに、極めて強い。真琴ではどうにもなりません」

私は真琴をちらりと見た。姉に言い切られた妹は、うつむいて唇を噛んでいた。

いわゆる霊感商法は客を不安がらせ、恐れさせて商品を購入させたくするのが定石だ、と何かのニュースで聞いたことがあった。彼女の言葉も私の心を揺さぶり、震え上がらせるには十分だった。

だが、私は彼女に不信感や警戒心は一切抱かなかった。それがこの手の連中のテクニ

ックだと言われればそれまでだが、そうやって心を許してしまうほど彼女の言葉には真実味があった。

私はすがる思いで、

「で、でしたら、その——ぜひ、お祓いやなんかを」

「残念ながらできません」

彼女は今までと変わらない調子で言った。

「今のわたしは、すぐそちらにお伺いすることができないのです」

突き放されたような気がして私は言葉を失った。壁際で真琴が悲しそうに天井を見ていた。

「ですが」彼女の声がした。「わたしの知り合いで何人か、田原さんの助けになりそうな人がいます。皆さん経験も知識も、力もお持ちです。それに——」

「それに?」

「——わたしの紹介だと言えば、無料《ただ》にしてくれると思いますよ」

不意に金銭の話が出てきて私は混乱した。場を和ませる意図があるのかもしれないが、冷静な口調なので真剣なのかもしれない。黙っていると、彼女は、

「真琴」

と妹の名を呼んだ。

真琴が「なに」と答えると、

「あなたのやり方は間違ってはいないわ。普通ならわたしだってそうしてた。ただ――」

私に対する時とは違った口調で、彼女は、

「――相手があれじゃあね」

と、溜息混じりで言った。

真琴がぶるりと小さな身体を震わせた。

時計を見ると四時だった。わずかに西に差し掛かった日が部屋の中を照らしている。まだまだ明るい。日が落ちるのはずっと先だ。

そんな当たり前のことが、その時の私には信じられなかった。

十四

野崎から連絡があったのは二日後の昼休みだった。

真琴の姉が言うところの「助けになりそうな人」の一人に、早くも連絡を取ったという。

「話は早い方がいいでしょう。最近一誌休刊になってヒマなんですよ」

電話口で野崎はそう言ったが、私は嬉しかった。香奈と知紗を助けてくれる人が何人もいてありがたいと思った。

相手は兵庫《ひょうご》県の山寺の高名な住職だという。真琴の姉の名前を出すと二つ返事でこちらに来ると快諾したそうだ。これもまたありがたい話だった。

その週の土曜の朝。私は野崎の借りたレンタカーに乗って羽田《はねだ》空港へと向かった。

高速道路から東京の町並みを見ていると、いろいろなことが頭に浮かんだ。あの日の祖父母の家、祖父の皺だらけの顔。疲れた祖母の顔。香奈の怯えた顔。知紗の泣き顔。不可解なこと、不安なこと、恐ろしいこと。

それら全てが、もうすぐ終わるのだ。

「帰った?」

野崎がスマホに向けて、呆れた声で言った。

指定された便の到着から二時間過ぎても住職は現れず連絡もつかず、空港の前に路上駐車した車に戻って野崎がもう一度電話をかけた、直後のことだった。

私は運転席の野崎を見た。彼は私と目を合わせ、すぐにスマホをスピーカーに切り替えた。

「……してるとは思わんがな」

やけに元気な老人の声が、エアコンを回してもなお蒸し暑い車内に響いた。

「何です?」

野崎が苛立ちのこもった声で訊く。唇を舐《な》める音がして、

「せやからまさかあんたらが、あんなもん相手にしてるとは思わんかった、言うてますねや」

「どういうことですか」

私は言った。

「空港着いてピーン、て来たんですわ。わしなんかにはどうにもならんて」

あっけらかんと住職は答えた。

「しかし、比嘉さん――」

野崎の声を遮るようにして、

「比嘉のお嬢ちゃんのツテでも、こればっかりはどうしょうもないですわ。わしかて命は惜しい。坊主やからて好き好んで死にたいわけちゃいますねや」

野崎は聞こえよがしにフンと鼻を鳴らすと、

「そんなにヤバいんですか。今回の件は」

と訊いた。

ぼやく声が小さく続いた後、「んなもんなあ」と一際大きな声がし、

「何を今更言うてんねんな。あんなえらいもん、呼ばな来《こ》ぉへんやろ」

住職は投げ遣りに言い放った。ブツリと通話が切れた。

「呼ばないと、来ない……？」

野崎が口元に手をやり、眉間に皺を寄せて、私を見た。

私は首をかしげた。住職の言葉は、少なくとも私には意味不明だった。

帰りの道行きでは、私も野崎もほとんど喋らなかった。

野崎によると、真琴の姉が紹介した人物は全部で五人。

一人目である住職には、こうして不可解な形で断られた。

二人目にも、三人目にも四人目にも会うことはできなかった。

彼ら三人は野崎が電話をしてもメールを打っても、なしのつぶてだったという。

「ビビったんでしょう」

ベランダで煙草を不味《まず》そうに吸いながら、野崎は皮肉な笑みを浮かべた。

修練や経験を積んだはずの、こういった道のエキスパートたちが、ことごとく私たちをシャットアウトする。その事実に、私は改めてぼぎわんの不気味さ――それも強大な力に裏打ちされた不気味さを感じていた。

八月も終わろうかというある平日の夕方。

私は野崎と、吉祥寺《きちじょうじ》のみすぼらしい純喫茶の、窓際のテーブル席に並んで座っていた。

「いまだに信じられない……」

野崎がつぶやいた。手付かずのアイスコーヒーの、ストローを指先でもてあそんでいる。どうにか平静を装っているが興奮しているのは明らかだった。

昼過ぎ。何の予告もなく野崎に電話で呼ばれ、会社に無理を言って早退した。一旦《いったん》帰宅すると、家には野崎と真琴が待っていた。急《せ》かされるまま普段着に着替え、私は野崎に連れ出された。

彼によると、五人目――最後の人物は、オカルト界ではかなり有名なアマチュアの霊媒師らしい。しかしメディア出演はおろか、メディア関係者との接触すら過去二十年間、全て拒否しているという。ここ最近は実在するのかどうかさえ疑問視され始めているとのことだった。

喫茶店までのバスと電車、そして店に入って席についてからも、野崎はいつもより早口で、その人物の数々の偉業や逸話を問わず語りしていた。

約束の五時半ぴったりに、その人物——逢坂《おうさか》勢《せ》津子《つこ》が私たちの前に現れた。

「比嘉さんの、お姉さんの方でしょ？　あの子が高校の時に知り合ったのかなあ。こっちが何喋ってもニコリともしないから、最初は変な子だなーって思ってたけど、すごい天然っていうの？　真顔でとんでもないこと言うから、もうわたしドッカンドッカンって……」

逢坂は快活でケラケラとよく笑い、太い声でよく喋るふくよかな中年女性だった。

野崎は最初こそ拍子抜けしたというか、呆気《あっけ》に取られているようだったが、すぐに普段の余裕を取り戻し、逢坂の膨大な雑談の合間に、今回の件のあらましを的確に挟んでいった。私は例のごとくほとんど話さなくてよかった。

逢坂は会社員の夫と三人の子供を持つごく普通の主婦らしく、霊媒師の活動は家族にも内緒にしているという。逢坂勢津子という名前も偽名だそうだ。

「ホラ、なんかアメリカの映画であったでしょう、大いなる力には何とかかんとかって、あれよ、あれ。何て言ったっけ？　ここまで出かかってるんだけどなあ」

「スパイダーマンですか」

「あはははは、それ！　それがね、わたしの主義っていうの？　ポリシーと一緒なの。

はあ、アメリカ人にもこういう人はいるんだなあって、わたし、息子と観て感動しちゃって」

「彼よりずっと立派だと思いますよ。ご活躍は存じております」

「あらー、そう？　何だか恥ずかしいわあ」

逢坂は分厚い手で顔をパタパタと扇《あお》いだ。

六時半を回り表の景色が青く沈んできた頃、話題はようやく本題に移った。

「軽い気持ちで受けたわけじゃないの。危ないのは分かってるわ」

逢坂は丸い顔に柔和な笑みを浮かべたまま言った。

「でもね、わたしならできることがあるかもしれない。仮にできなかったって、やれるだけやってみようって、そう思って今までずっとやってきたの。今回だってそうよ」

「あ——ありがとうございます」

私が頭を下げると、彼女は「いいのいいの」と手を振って、

「それにね、このお店、何ていうのかな、あの、自分の場所っていうか、何だっけ？　ハウスじゃなくて……」

「ホームですか」

「そう。もうずっと常連さんしか来ないようなお店だけど、みんな落ち着いてらして静かでしょ。居心地がいいの。だから精神集中にはぴったり」

逢坂は目を細めて店内を眺めた。私も改めて見渡してみる。せいぜい三十平米ほどの

小さな、間接照明のホール。五つあるテーブル席、五人がけのカウンター席。そのほぼ全てに中高年の一人客たちが座り、めいめい本を読んだり煙草を吹かしたりしていた。

「集中、ということは――」

不意に野崎が言った。身体をわずかばかり前のめりにして、彼は声をひそめ、

「まさか……」

「ええ、もうすぐ来るわ」

逢坂はうなずいた。口元は微笑を保っていたが目は真剣だった。私の身体に緊張が走る。BGMのジャズが私たちの間を通り抜けていった。

「タハラさんは、どっちのお客様？」

低い声が上から響き、私は顔を上げた。店長と思しきロマンスグレーの髪と口ひげの痩《や》せた眼鏡の中年男性が、私たちのテーブルの前に立っていた。

「私ですが」

そう言うと、彼はメモを差し出して、

「お電話です」

カウンターの隅の黒電話を手で示しながら歩き去った。

私は二つ折りのメモを開く。無地の用紙に青いインクで、こう書かれていた。

〈タハラ様宛

シヅ様より
チサ様の件〉

読む前から覚悟はできていた。逢坂が事前に教えてくれたから、というのももちろんあるが、あれがどういう手口で人を呼び惑わせるのか、把握しつつあったからだ。

だが、こうして改めて死んだ祖母の名と、二歳の娘の名を出され、目の前に突きつけられると冷静ではいられなかった。いつの間にか顎を伝っていた汗をぬぐっていると、

「聞いているだけなら、大丈夫だわ」

逢坂が言った。先ほどまでの陽気な表情は完全に消えていた。

「答えなければいいの。耳をつけて、ただ聞いてて。そうすれば――」

声が嗄れる。逢坂はグラスの水をゴクリと一口で飲み干して、

「ずっと喋ってる間に隙ができると思うの。わたしが――封じ込める隙が」

と、力強い視線で私を見た。

「わたしはここであいつの様子をうかがうわ。集中してチャンスを待つの」

私はうなずいて立ち上がった。

同時に野崎も立ち上がる。

戸惑っていると、彼は二股のイヤホンと携帯音楽プレーヤーのようなものを掲げ、

「こんないいネタ録音しないわけがないでしょう」

と、口の端を歪めた。私は右頰だけで一瞬笑みを作ってカウンターへと向かった。

私と野崎は電話の前に立った。黒電話。祖父母の家もそうだった。

傍らに置かれた受話器を持ち上げる。ずしりと重い。

野崎が受話器にイヤホンのようなものを付け、もう片方を自分の耳に差し込んで、視線で私を促した。イヤホンは彼の手の中のレコーダーに繋がっている。

私はゆっくりと受話器を耳に当てた。

もしもし、などと言うつもりはもちろんなかった。うっかり口を滑らせるほど焦ってもいなかった。それでも私はいつの間にか、唇を固く結んでいた。

音だと知覚できるギリギリの、かすかな音が、受話器の向こうからサアアア……と鼓膜を撫でる。

私は耳をそばだてた。

「……う……から外で食……きたよ……ぜ……」

声がした。遠くから、飛び飛びで、聞き取りづらい――

男の声が。

どういうことだろう。私がこれまでに二度聞いた限りでは、あれは女の声をしていた。

だが人ではない、野崎がバケモンと呼ぶ存在に性別などないのかもしれない。両方の声

が出せるのかもしれない。

唐草も言っていた。ぼうぎまやぶぎめは女だと認識されることもあったし、そうでないこともあったと。

ブギーマンは形を持たないと。

そう考えていると、先ほどまで聞こえていた小さな雑音が、プツ、と途絶えた。

次の瞬間、

「……あてが外れたやろ……今さら迎えに来ても遅いわ……ちゃうか？」

弱々しく、それでいて挑発的な、嘲《あざけ》るような老人の声が耳に届いた。

意味は分からなかった。だが声には聞き覚えがあった。

違う。子供の頃、確実に聞いたことのある声だ。

記憶の波が押し寄せ、頭が混乱したその時、

「お願いします。わたしはずっと辛抱しとったんです。何年も何十年も耐えて生きとったんです。それやのに何で、何でわたしまで……」

今度は老いた女性の声がした。涙ながらに懇願するかのような声。

これも聞き覚えがあった。懐かしいという感情が浮かんでは即座に散る。

彼女が私に、こんな風に喋ったことは一度もなかったからだ。

先ほどぬぐったはずの汗が再び顎を伝う。全身が冷たく痺《しび》れる。

野崎が首をかしげているのが、気配だけで分かった。

「これは……？」

彼が訊いた。私はちらりと横を向いて、小さくうなずきながら、

「私の……祖父母の声です」

と答えた。

野崎は眉間に皺を寄せた。

「営業部の田原ですね。こちらで少しお待ちください……チサさんの件？　田原に言えば分かりますかね……はい、承知しました……あの、失礼ですが……」

はきはきとした男性の声が耳に届いた。

高梨の声だった。

めまいに襲われる。受話器が酷く重い。

これらの声が意味するところは一つだ。

確証はない。人間の手でもできないことはない。だが私にはそうとしか思えない。

あれは——ぼぎわんは、私の親族や知り合いの声で喋っているのだ。

ポンポン、と肩を叩かれて、私は慌てて振り向いた。

野崎が片耳のイヤホンを指で押さえながら、

「こうしたケースはこれまでにありましたか」

と、小さな声で尋ねた。私は即座に首を横に振った。

「初めてです……それに、どういうことなのか、全然……」

「自分もです。これは呼びかけているんじゃない。何か別の意図がある」

「別の……？」

「そうとしか考えられません」

「しかし……」

問いかけようとした時、受話器から再びかすかな声が届いた。

「……開けてへんよ……あれ、何なん……？」

子供の声だった。怯え、戸惑い、緊張している声。

声変わりしていない少年の声。

忘れもしない、あの日あの時、あの家で発せられた声。

私は受話器を両手で摑んだ。

「嫌がらせだよ。会社にも来る。誰かに逆恨みされてるらしい」

男の声。

うんざりしている風を装った、取り繕うような声。

「うるさい！　たかが一人産んだくらいで偉そうにするな！」

同じ声が怒鳴った。

精一杯虚勢を張り、誰かを罵倒《ばとう》する声。

いや――「誰か」ではない。

誰に対して投げ付けられた言葉なのか。

誰の口から飛び出した言葉なのか。

私には全て分かっていた。

「違うんです、これは――」

振り向いてそこまで言った時、「田原さん」と野崎は遮った。

彼は冷たい目で私を見て、

「別に驚いたり、不思議がったりはしていません。こんなことだろうと思っていました。真琴も最初からああ言っていましたしね」

と、無感情に囁いた。

違う。

私は言い返そうとしたが、声が出なかった。

一つの発言だけを取り上げて解釈してもらっては困る。

会話には経緯というものがある。

私は香奈と知紗に最善を尽くそうとして――

散らかる考えをまとめ、言葉を選んでいると、野崎は、

「もう何も言ってこないんですか」

と、何事も無かったかのように訊いた。

私は再び受話器に集中した。かすかな雑音がまた聞こえていた。

私たちの後ろで、誰かが椅子を引く音がする。カチンとティースプーンが鳴る。

BGMのジャズ。

カランコロンとドアチャイムが響く。

ボタボタと何かが滴る音。

ヒューヒューと風を切るような音。

老人のしわがれた声がして、私と野崎は同時に振り向いた。

店内の全員が窓際の、私たちのいた席を見ていた。何人かは立ち上がり何人かは中腰になっていた。

「おい、あんた！」

彼らの視線を辿った次の瞬間、私はひっ、と小さく叫んだ。

窓際のテーブル席。逢坂がうつろな表情で椅子にもたれていた。

丸い顔は真っ青だった。口はだらしなく半開きだった。

身体の半分が赤黒く濡れていた。テーブルも赤い液体でヌメヌメと光っていた。

その右腕は彼女の足元に転がっていた。

逢坂勢津子は右腕を根元から切り取られ、息も絶え絶えの状態で椅子に座っていた。

ガチャン、と音がして私は我に返った。

野崎が黒電話の筐体《きょうたい》に受話器を置いていた。すぐに持ち上げ、素早くダイヤルを回す。

一一九番だ。

奥に座っていた中年の男が、口を押さえてトイレに駆け込む。

背の低い老人客が敏捷《びんしょう》な動作で逢坂に駆け寄る。

遅れて若い女性店員が、大量のおしぼりを手にカウンターを飛び出す。

パニックになった狭い店内で人にぶつかりながら、私はもつれる足を必死に動かして逢坂のもとへと向かった。

客と店員たちが、鮮血にまみれた逢坂の身体を手分けして抱え、床に寝かそうとしていた。間接照明の下でも、彼女の顔がますます青白くなっていくのが分かった。

その向こうでスッと何かが動き、私は視線を上げた。

薄暗い窓の外から、女の顔がこちらをのぞきこんでいた。

そう思った瞬間に顔は引っ込み、外の闇に消えた。

黒い髪、白い顔。造作ははっきりとは分からなかった。

ただ顔の下半分――口元と顎は、くっきりと真っ赤に染まっていた。

私はそこで理解した。

逢坂の腕は、嚙みちぎられたのだ。

会社の一階で、シャツを真っ赤に染めてうずくまる高梨を思い出した。

骨と皮ばかりにやせ細り、ベッドに座る彼を思い出した。

病室のカーテンを乱暴に閉めた、枯れた木のような腕も。

喧騒が耳に飛び込んで、私は視線を店内に戻した。

野崎がいつの間にか客たちに加わって逢坂を介抱していた。

私は慌てて彼女に近づき、野崎の隣にひざまずく。

彼は私に気付いて、逢坂の傷口に既に真っ赤なバスタオルを押し付けながら、

「知恵を付けやがったらしい」

と言った。

女性店員が奥からタオルの山を持って来て、床に落とすように置く。そのうち何枚かを乱暴に摑んで野崎に渡しながら、私は、

「電話に注意を向けさせて、それで……」

野崎はうなずき、唇をひん曲げて、

「俺たちは釣られたんですよ」

と、逢坂の身体に新しいタオルを押し当てた。

唐突に逢坂が、残った左手を宙に振り上げた。血で汚れた太い指が、ぶるぶると震えている。

逢坂の目はぼんやりとして視線が定まっていない。もう見えていないのだ。

「たは……ら、さん……」

短い指先が私の目の前に迫る。私は彼女の手を恐る恐る握った。

逢坂はかすかな息の間から、

「ご……ごかぞく」

そう言って目を閉じ、ガクガクと小刻みに痙攣し始めた。

人々が騒ぐ。野崎が「俺が病院に」と誰かに話している。

「田原さん！　だから――」

野崎の言葉を聞き終わらないうちに、私は立ち上がって、散らかる椅子とテーブルを押しのけて店を飛び出した。

外は完全に暗くなっていた。

ついさっき窓から見えた光景を思い出した。女の赤い顔を。

私が見た瞬間に暗闇に消えた顔を。

私は大通りに向かって走り出した。

コンクリートの道を蹴《け》り進みながら、私は今更のように考えていた。

あの顔は消えたのではない。去ったのでもない。

向かったのだ――私の家に。私の家族のもとに。

電話だけではなく、逢坂をあんな目に遭わせたのも、そのための釣りなのだ。

もう、釣られてたまるか。

私は走りながらスマホを取り出した。

自宅の番号を選んで通話ボタンを押す。

コール五回目で、香奈が「もしもし」と出た。

「香奈、知紗を連れて今すぐ家を出ろ」

「えっ？」

「真琴さんも一緒だと助かる」

「ちょっと、どういう――」

「俺の実家に行ってくれ。新幹線はまだ走ってるし、知紗が大丈夫そうなら飛行機でも構わない」

「そんな急に」

「いいから！」

私は声を荒らげた。人々がいっせいに私を見る。

いつの間にか大通りに出ていた。たくさんの車がライトを灯して目の前を通り過ぎる。遠くにタクシーを見つけて、私は大きく手を振った。

「説明してくれないと――」

「あれが――あいつが家に向かってるんだ」

「でもあなたの実家に何の連絡も」

「そんなことはどうでもいい！」

私は怒鳴る。電話の向こうで香奈がたじろぐのが分かる。

「遠ければ遠いほどいい。ホテルでもいいしお前の友達の家でも、何だっていいからすぐ行ってくれ」

タクシーがのんびりと目の前で止まる。ゆっくりとドアが開きかかったのを手でこじ開けて、私はバックシートに乗り込み運転手に自宅の住所を告げた。

白いシートにもたれかかるのと同時に、

「真琴です――あれが、こっちに来てるんですか」

緊張を帯びた声がスマホから聞こえた。

「そうだ。逢坂さんがそう言った。か、彼女は――酷い怪我をして」

「まさか」

真琴が息を呑んだ。

「本当だ。あっという間に、あ、あんなことに……だから……」

「――分かりました。二人を連れて、京都、でしたっけ」

感情を押し殺した声で彼女は言った。

「そうだ。あれがどれくらいの速さで移動するのか知らないが、逆にその辺りは、わ、私よりも」

「すぐに出ます」真琴が即答した。「姉ちゃんにも伝えます。こっちには来れないけど、きっと、力を貸してくれると思う。わたしにも、田原さんにも」

「頼む」

香奈と知紗を安全な場所に連れていってくれ。何かあったら二人を守ってくれ。

全ての希望を、要求を、懇願を、私はその一言に込めた。

「田原さんはどうするんですか」

真琴が訊いた。

そうだ。私は今更のように途方に暮れた。急いで家にタクシーで帰って、それ以前に家族を家から離れさせて、誰もいない家で私はどうするつもりだったのだろう。慌てている。完全に泡を食っている。

必死に落ち着こうと努め、髪の毛を掻き回して、

「家に戻る。荷物とか、大事なモノをまとめて、またすぐに出る。だからすぐ実家に向かってくれ。後で追いつくから」

と、どうにか妥当な対応を捻《ひね》り出した。

「分かりました。じゃあ出ます。連絡お待ちしてます」

通話が切れた。いつの間にかバックシートの真ん中で中腰になっていた。バックミラー越しに運転手のうっとうしそうな視線に気付く。

私は背もたれに体重を預けた。

タクシーは呆れるほどノロノロと進んだ。本当に上井草の我が家に向かっているのか、と運転手を問い詰めたくなるのを抑えて、私は外を眺めていた。

ピピピピピ、と私のスマホが鳴り出した。手の中で震えている。

画面には「通知不可能」の文字。

つい先ほどの真琴の言葉が頭をよぎる。

自宅で彼女の白いスマホが鳴った時のことを思い出す。

私は通話ボタンを押してスマホを耳に当てた。

「真琴の姉です。田原さんでいらっしゃいますか」

よく通る、無感情な、それでいてどこか優しい声がした。

「はい」

私は答えた。

「よかった、間に合った」

彼女はかすかに安堵《あんど》の溜息を漏らし、

「もう家を出られていたら、どうしようかと思っていました」

と言った。

「それは——どういう意味でしょうか」私が訊くと、彼女は「端的に申しますと」と前置きし、

「田原さんがご家族と合流すると、あれに居場所を察知されてしまいます。なぜなら、あれは田原さん、あなたを追いかけているからです。そして既にあなたのことは完全に知覚しています。二十余年かけてあなたを見つけたのです。絶対に逃げられない」

と、一息で説明した。

腕と背中に鳥肌が立つ。

「だからご家族とは会わない方がいい」

彼女の声が、今度はひどく冷たく耳に響いた。

香奈と知紗が無事なのに越したことはない。それは本心からそう思った。

だが、彼女たちの顔を見ることができないのは不安だった。

この状況で、私は香奈と語り合いたい、久しぶりにデートがしたいと思った。

知紗と朝から晩まで遊びたいと思った。

「私はずっと、一人で生きていかなければならないのですか、あれ《い》に怯えて……」

「いいえ」

穏やかな口調で彼女は言って、

「上手《うま》くいけば、もう二度とあれ《い》に怯えなくて済むかもしれません」

「というと……」

「わたしの知っているまじない……呪術《じゅじゅつ》を使えば、あれ《い》を遠くに追いやることができそうなのです。ただし――」

タクシーが道路の段差でガタンと揺れる。私は外にちらりと目をやる。見覚えのある景色。家は近い。

「――それには田原さんに協力していただかなければなりません」

「やります」

私は即座に返答した。

私がする協力とはどんなものか知らないが、香奈と知紗、二人と平穏に暮らすことができるのだ。たとえ手足を失おうと構うものか。

「やらせてください。どんなことでもします」

「別に生き血をよこせとか、魂と引き換えにとか、そういう物騒なまじないではありませんよ」

声があくまで真面目に言った。本気とも冗談ともつかない、彼女独特の言い回し。

「家にあるものを使って、ちょっとした結界を張るのです。そして田原さんに依《よ》り代、要するにまじないの媒介になっていただく。修繕費もそうですが、三日寝込む程度に身体に負担もかかります。構いませんか？」

「もちろんです」

「よかった」

顔を知らない彼女の微笑が頭に浮かぶ。

「お客さん、どちらに停めますかー？」

運転手が言って、私はフロントガラス越しに外を見た。

降りる場所を指示し、

「もうすぐ降ります。あの、通話は……」

「このままで構いません」彼女は言った。「家に着いたら教えてください。結界の張り方を指示します。焦る必要はありません。あれが来るのには、もう少しかかるでしょうから」

ハザードランプをチカチカ点滅させながら、タクシーはゆっくり減速しはじめた。

十五

「そこからはわたしの仕事です」

彼女の言葉は心強かった。何とか勇気を振り絞り、私は廊下を抜き足で歩いて、玄関へと向かった。

自分に躊躇《ちゅうちょ》する隙を与えないように、一息にカコンと扉の鍵を開ける。

今にもドアが開いて何かが出てくるのではないか、という恐怖で手足がすくんだが、何も起こらない。

私はドアを向いたまま、後ろ向きに廊下を進んでリビングへと向かった。

エアコンを点け忘れていたため、汗で全身が濡れて気持ち悪い。

「鍵を開けましたか？」

ダイニングチェアに座ると同時に、テーブルのスマホから彼女の声がスピーカーを通して部屋に響いた。

「ええ。どうにか……」

声が出づらい。思った以上に消耗している。

「お疲れさまでした。後は待つだけです」

彼女はそう言って黙った。私も何を喋るべきか分からず、液晶の「通話中」の表示を見つめる。

誰もいないリビング。蛍光灯の光が酷く寒々しい。

水を張った大小の茶碗がでたらめに並んでいる。

普段は全く気にならないのに、部屋の隅の暗がりが気になってしまう。テレビの裏側に潜んでいるのではないか。台所で何か音がしなかったか。気のせいだと分かっていても心はザワザワと勝手に騒いでしまう。壁の時計の音すら耳障りに感じてしまう。

私はふと逢坂のことが気になった。病院には連れて行かれただろうが、彼女の安否が、いや、生死が気がかりになっていた。かといって真琴の姉との通話を切って、野崎に電話する気にはなれない。

「あ、あの」

私はスマホに呼びかける。

「どうなさいましたか」

彼女が答える。

「逢坂さんは、ぶ、無事でしょうか」

彼女ならそういうことも分かるのではないか。テレパシーという胡散臭い言葉を頭に浮かべながら私は訊いた。

沈黙。返事がない。あるいは意識を集中して感知しようとしているのかもしれない。

そう思った時、

「失礼ですが――」

彼女は相変わらず静かに、

「オウサカさんとはどなたですか？」

と訊き返した。

へっ？　と間抜けな音が私の口から飛び出す。状況が理解できない。逢坂を私たちに紹介したのは、他ならぬ彼女自身ではないか。

いや、と私は考え直す。逢坂勢津子という名前は偽名らしい。彼女への依頼は野崎が全て代わりにやってくれた。真琴の姉は、彼女が逢坂という名義で活動していることを知らず、彼女の本名を野崎に教えたのかもしれない。

「えっと、あの、紹介いただいた、女性の、その……霊能者、さんです。普段は、主婦をやってらっしゃるとか」

そう説明し、私はスマホの画面を見た。

沈黙が続く。彼女は何も言わない。

ぷるるるる、と出し抜けに電話が鳴り、私は子供のように椅子から飛び上がってしまう。固定電話だ。まさか――

スマホから、

「出ないでください」

と、彼女の声がした。やはりそうか。合点した途端、私は別の可能性に思い当たる。

「妻かもしれません。真琴さんかもしれないし、病院に行っている野崎さんからかもしれない。このスマホは割り込みができないんです。とりあえず表示を確認――」

「あれです。出ないでください」

「しかし……」

「あれです。出ないでください」

彼女は繰り返した。事務的に、無感情に。

おかしい。

私はスマホを見つめた。違和感を覚えたがその理由は分からない。ただ感覚的に彼女の発言が不自然に思えた。どういうことだろう。

いつの間にか留守電の「ピーという発信音」が鳴っていて、止まった。

〈田原さん、いらっしゃいますね？　取らなくていいので聞いてください〉

声がした。冷静で力強い声が。

つい今まで私と会話していた、まさにその声が。

〈比嘉真琴の姉です〉

留守電からの声は、はっきりとそう言った。すぐに続く。

〈油断していました。あれはわたしの想像以上に狡猾《こうかつ》でした。もし何かそちらで不自然なことがあれば、すぐにそこから逃げ出してください。あれの罠《わな》だと思ったほうがいい。

万が一無理なら――〉

彼女の声は以前より感情的だったが、それでもなお冷静さを保ちつつ、

〈――台所に閉じこもってください。あるだけの包丁を持って。それか洗面所に隠れてください。大きな鏡台があればその前でも構わない。どれほど強大であれ、ああいうモノは鏡と刃物を嫌うのです〉

と言った。

感情が完全にストップし、即座に爆発した。

私は言葉にならない声を、叫びにならない音を口から漏らしていた。

〈田原さん。聞いていらっしゃいますか。田原さん〉

「返事をしないでください、田原さん」

〈すぐに動いてください、もう時間がない〉

「まだ時間はありますす田原さん。耳を貸さないでください」

彼女の声が交互に、部屋の中を飛び交った。今のはどっちの声だろう。さっきの声は。どちらが本物の彼女なのだろう。

同じだ。そっくりだ。

区別がつかない、違いが分からない、判別できない選択できない決定できない。

動けない。

〈たは――〉

カチリ、と機械的な音がした。固定電話の留守電の、録音が止まったのだ。

聞こえるのはただ私の鼓動と、かかか、と喉《のど》から溢れる音。

「──お疲れ様でした」

　スマホから彼女の声がした。

「邪魔が入りましたが、これで大丈夫です。手はずは全て整いました」

　声は淡々と続ける。さっきまでと変わらない口調。声質。その全てが私の張り詰めた神経に障った。

「ど、どういう」声が裏返ったが構わず「どういうことですか？　何なんですか今のは？　説明してください！　このまじないも……」

　息が続かない。言葉が途切れた瞬間、

「わたしも──」

　彼女の声が言った。

「──わたしもいろいろと、知恵を付けたということですよ」

　私は全てを理解した。

　椅子を蹴倒して玄関に走り出す。途端に足に何かが当たって、私は派手にリビングに転倒した。身体にも次々に何かが当たり、たちまち水浸しになる。

　結界の準備だと信じて、先ほど私が並べた、塩水の入った茶碗だった。

　本当はこういう目的だったのだ。私が歩きにくく走りにくくするためだったのだ。

　喫茶店の電話や、逢坂を襲ったことだけではなかった。

　ここに私を一人で残らせたことも、鏡を割らせたのも、刃物を片付けさせたのも──

それらもまた同様に釣りだったのだ。
私は釣られていたのだ。
ずっと釣られ続けていたのだ。
うううああ、と自然に呻いていた。立ち上がって廊下に出ようとしてすぐに止まった。
玄関のドアが開け放たれていた。そして、
人の形をした何かが、ゆっくりと入ってきた。
暗がりの中で、それは女のように見えた。髪の毛。灰色の服。
そのまま靴も脱がずに入ってくる。
違う。靴は履いていない。暗闇の中にぼんやりと指が見える。裸足《はだし》なのだ。
服も着ていない。裸だ。身体そのものが灰色をしているのだ。
顔は髪に隠れて見えない。
音もなく廊下を歩いて、こちらに向かっている。
逃げなければ。
押入れに逃げて包丁を探し出すべきか。
ベランダを蹴破って隣の家に逃げ込むべきか。
足がすくむ。振り返って走る、それだけのことができない。
「ちがつり……ちがつり……さおい……さむあん……」
女の声がする。あの時と同じだ。意味の分からない、音にしか聞こえない声。

「ごめんください」

声が意味を結んだ。

もちろん私は返事をしない。返事などできない。ただ呼吸の音だけが喉からひゅうひゅうと漏れる。

「ごめんください。ごめんください。ごめんください……」

そう言いながら女は一歩ずつ、確実に私に近づいていた。

顔のあたりがぼんやりと光っている。

いや、照らされているのだ。

リビングの灯りにうっすら照らされて、黄色っぽい白色の何かが、一つ、二つと、真っ暗な顔から浮かび上がっている。いびつで歪んだ何かが。

ぴたりと女が立ち止まった。棒立ちのまま、かすかに左右に揺れている。

もうリビングに入ろうかという距離なのに、顔も身体もはっきり見えない。ただ顔の真ん中あたりに白い何かが照らされている。

「ヒデキさん」

女が私を呼んだ。

人を呼び、山へ連れて行く存在。祖父が恐れた妖怪。西から来た化け物。

ブギーマン。ぼうぎま。ぶぎめ。

ぼぎわん。

「行きましょう」

嫌だ。

「お山に」

それはどこだ。

「みんな待ってる」

誰が待っているというのだ。

「こどもが」

誰のことだ。

「こどもたちが」

誰のことだ。

「それは――」

女は私の目の前に迫っていた。

黄ばんだ白いものはいくつも、でたらめに顔に並んでいる。

あるものは尖り、あるものは折れ、あるものは長くあるものは短い。

ゆっくりと、それらが上下に並んで動いた。

糸を引いて顔全体に広がっていく。

嗅《か》いだことのない異臭が鼻を突く。

ぬらぬらと動く。

私はようやく気付いた。
これは、私の目の前にある、これらは、
歯だ。
私が見ているのは、口の中だ。
そう思ったその時。
「ううあ、あ、お、おお、おそ、い、も――もう、あかん。やめえ」
と、しわがれた声がして、
がりりり、という音が脳に直接響いた。
頭が齧《かじ》られる音だと気付いた瞬間、私の意識はブツリと途絶えた。

第二章　所有者

一

ベランダに出たわたしは空を見上げた。薄い雲で全天が覆われている、曇り空だった。

そのあちこちに黒いものがバサバサと舞っている。

カラスだ。いつもはこんなに見ないのに。

わたしは台所から持ってきたカットトマトの空き缶を脇に抱えて、十数年ぶりに買った煙草に火を点《つ》けた。ピアニッシモ・ペティル・メンソール・ワン。タールの量とピンク色の箱で選んだので、味は分からない。一本だけなら知紗の健康を害することはないだろうし、臭いを嫌がられることもないだろう。

軽く吸って煙を肺に送る。圧迫感と苦味ですぐに咳《せ》き込んでしまう。

それでもあの日から今までの、慌しくて非日常的な時間の中で、すっかり荒《すさ》んだ心には、余裕のような落ち着きのようなものが、煙とともにかすかに胸に染み渡ったような気がした。

秀樹がこの家のリビングで、奇妙な死に方をして二週間が経つ。

どういうことか分からないまま、わたしは警察に呼ばれ、秀樹の死体を見せられ、警察にいろいろ訊《き》かれ、司法解剖の結果を聞かされ、家中の割れた鏡の後始末をし、葬儀の手配をし、喪主を務め、通夜と葬儀と告別式と納棺を済ませた。

何かを考えている余裕はなかった。ただ目の前のことをこなすだけの二週間だった。

煙草をトマト缶でもみ消して、わたしは一旦《いったん》リビングに戻った。

台所のゴミ箱に缶を捨て、口をゆすいでから和室に入り、布団で寝ている知紗の顔を見た。

娘はぷすすす、と寝息を立て、タオルケットを中途半端にかぶって気持ちよさそうに眠っていた。まだ二歳のこの子には、死——それも父親の死など理解できていないに違いない。葬儀で大人しくしてくれていたのはありがたかったけれど。

タオルケットを知紗の身体にきちんとかけてやって、わたしは隅の仏壇を見た。

一番お手ごろだった質素な仏壇。秀樹の位牌《いはい》と遺影。

写真の彼は穏やかな笑みを浮かべている。わたしはこの顔が好きだった。

でも、それは昔の——知紗が生まれる以前の話だった。

ピンポン、と呼び鈴が鳴った。

誰が来るかは知っていた。事前に連絡があったからだ。

わたしは知紗が寝ているのを確認して、廊下の入口の壁にある液晶モニタを見る。

間違いない。あの二人だ。

わたしはそのまま玄関に向かい、ドアを開けた。

喪服姿の野崎君と真琴ちゃんが、深々と礼をした。

「お悔やみ申し上げます。お通夜にも告別式にも出られず、申し訳ありませんでした」

顔を上げた野崎君がそう言って、再び頭を下げた。

わたしはドアノブを持ったまま、「いいえ」と軽く首を振り、

「お忙しいところお越しくださって、ありがとうございます」

と答えた。通夜から今に至るまで何百回と口にした言葉だった。

「このたびは、ほ、本当に――」

真琴ちゃんが顔を上げて小さな声で言ったが、すぐに黙った。唇が震えている。目と鼻は真っ赤だった。髪が黒いのはカツラだろうか。それとも染めたのだろうか。

「いいの」わたしはまた首を振って、「さ、暑いでしょ。とりあえず中へどうぞ」

と、彼らを招き入れた。

本当にいいのだ。髪の色なんかに気を遣わなくても、泣かなくても。わたしは本心からそう思った。あの人のためにそんなことをする必要はないのだから。

秀樹の死体を見つけ、警察に通報してくれただけで、わたしは十分彼らに感謝していた。寝ている知紗に気を遣ってか、彼らは無言で仏壇にお焼香をして、手を合わせた。真琴ちゃんはスンスンと、何度も鼻水を啜《すす》り上げていた。

冷たい麦茶の入ったコップを二人の前に置いて、ダイニングテーブルの向かいに座る。

野崎君は姿勢を正して、

「今回のことは、自分にも責任があると思っています」

と、沈痛な表情で言った。いつも口の端に出る皮肉な笑みは、今日は影も形もない。

「いえ、わたしのせいです」

真琴ちゃんが首を振る。「わたしが、も、もっと、ちゃんとしてれば、こんなことには……」

「謝らないでください」

わたしは敬語で答えた。

「常識やなんかでは理解できないことが起こったのは、分かっています。ずっと前から起こっていたことも。お二人と、そのことがきっかけで知り合ったのも、聞いていました。でも、だからってお二人を責めたりするつもりはありません」

真琴ちゃんが、いやいやをするようにまた首を振って、

「だから、わたしが最初会った時、すぐに動いてたら」

「真琴」

声が大きくなっていた真琴ちゃんの肩を、野崎君が摑《つか》む。

彼女はしゃくりあげながら黙る。涙が白い頰を伝う。わたしは耳を澄ます。

戸を閉めた和室から、「ぶええ」とかすかな声が聞こえた。知紗が驚いて起きたのだ。

知紗を抱いてあやし、何度も頭を下げる二人を見送って、わたしは玄関のドアを閉めた。靴を履いているとき、真琴ちゃんの踵《かかと》が見えた。ローファーを履き慣れていないのだろう。彼女の踵は真っ赤にすりむけていた。

リビングに戻る。腕の中で知紗は泣いている。真琴ちゃんの声にびっくりして、目覚める直前に怖い夢でも見たのかもしれない。夢は長い時間見ているようで、実際は覚醒《かくせい》する間際の一瞬の間に見ているという。

そんなことを考えるだけの余裕がある。

わたしは知紗の頭に頬ずりしてリビングを、台所を、和室を歩き回る。空は相変わらず白く曇っている。カラスが何羽も空を舞っている。真琴ちゃんが呼んだのだと今さらのように気付く。

そういう霊的なこと、非科学的なことを、いつの間にかわたしは受け入れるようになっていた。

この家でいろんなことが起こったから、というのが一番大きいだろう。

秀樹もあんなことになってしまった。

遺体安置所で見せられた彼の死体は、頭のほとんどと、顔面の右半分を抉《えぐ》り取られていた。

気を失ったりはしなかった。吐いたりもしなかった。でも半分だけになった秀樹の、土色の歪《ゆが》んだ顔は、正視に耐えられるものではなかった。

警察は犯罪も視野に入れて調べていたようだけど、証拠はおろかそれらしい証言すら出なかった。かといって事故であるとも考えられない。捜査は今も続いているという。

生命保険はどうなるんだろう。

ちゃんと出たとしても、それだけでは足りない。

わたしは働かなければならない。働き口は見つかるだろうか。

知紗を預けなければならない。いい保育園は、託児施設は見つかるだろうか。

考えなければならないこと、しなければならないことはたくさんあった。腕の中の知紗はまだ泣き止まない。

でもわたしは特に苛立《いらだ》ったり、落ち込んだり、自棄《やけ》になったりはしていない。

秀樹があんな風に死んだことに対する、拒否反応やショックはあった。でも彼が死んだことそれ自体に、悲しみや喪失感はまるで覚えなかった。

わたしは再び窓越しに外を見る。空はさっきより雲が厚くなったのか、暗く沈んでいる。

でも、わたしはむしろすっきりと、晴れ晴れしたと言っていい気分だった。

秀樹がこの家からいなくなったからだ。

もう彼の育児に付き合わされることはなくなったからだ。

二

「おめでとう。二人で育てような」

結婚して半年。妊娠していると分かって、秀樹に告げた時のことだ。

彼はそう言って、わたしの頭をなでた。

嬉《うれ》しかった。

酒びたりの両親から愛情らしい愛情を受けることができず、子供を育てる自信――それ以前に、子供を産み母親になる覚悟がなかったわたしにとって、彼の言葉は本当に救いだった。

泣いて喜んでいた、あの日あの時のおめでたいわたしに言ってやりたい。

秀樹は何の救いにもならないと。

むしろ重荷になると。苦痛になると。

思い返せば気付くきっかけ、予測するきっかけはそこかしこにあった。

最初に思い出すのは知紗が生まれた時のことだ。

陣痛で叫びだすほど痛かったのに、医師にまだ本陣痛ではないと言われ、様々な陣痛促進剤を打たれた。痛みはますます激しくなって、訳の分からないことを喚《わめ》き散らした。

深夜、ようやく本陣痛だと言われてからも、子宮がなかなか開かないらしく、分娩台《ぶんべんだい》で脚を開いたまま、いつ終わるか分からない激痛に泣き、いっそのこと帝王切開にしてくれと何度も何度も懇願した。医師たちがなぜ帝王切開に切り替えなかったのか、説明されたはずだけど覚えていない。

昼過ぎに、ようやく知紗が生まれた時、わたしは抜け殻のようになっていた。ただ目の前のふやけた赤ん坊を見て、涙を流すことしかできなかった。あれは母性や慈愛などといった大層なものではなかった。わたしはただ安心し放心したのだった。

会社から秀樹が来たのは夜になってからだった。

すっかり仲良くなった看護師と雑談し、弱々しくではあるが、笑っていたのがいけなかったのか。

彼はわたしを見るなり、

「ああ、楽だったんだね」

と、へらへらした顔で言い放った。

わたしは笑い顔のまま固まった。何も言い返すことができなかった。

心よりもっと深いところが、スーッと冷たく凍りついていくのが分かった。

もっとも、それは決定的なものではない。むしろ今では笑い話だ。

陣痛や出産の苦しみは、男性には絶対に分からない。もし同じ苦痛を体験することができたなら、男性は耐えられずに死んでしまうだろう。女性が月イチで付き合わされている生理痛ですらも。

そんな話はいろいろなところで目にするし耳にも入る。ネットの記事で、子育てエッセイマンガで、退屈な井戸端会議で。

だからと言っていいのか、あの時の秀樹の態度と言葉は、次第によくある話の一つに収まっていた。男ってそんなもんだよね、という苦笑混じりの「あるある話」に。

次に思い出すのは同棲《どうせい》時代の春。

わたしがひどい風邪を引いて、家で一日寝込んだ時のことだ。

「香奈の負担にならないようにするから」

彼は笑顔でそう言って会社に向かった。わたしは寒気と嘔吐《おうと》感に苛《さいな》まれて、布団の中で呻《うめ》いていた。

暗くなって少しだけ熱が引き、吐き気も治まったところで、急にお腹が減ってきた。秀樹が作ってくれるのだろうか。それとも買って帰るのだろうか。彼は料理をしないからおそらく後者だろう。コンビニの惣菜《そうざい》でも何でもいいからお腹に入れたい。

暗くなった部屋で一人、わたしは彼を待った。

秀樹が帰ってきたのは十時だった。

「どうした？」

能天気にそう訊く彼に、わたしは出ない声を振り絞って、

「お腹……空《す》いた」

「自分で作れよ」彼はそう言うと部屋を見渡し「掃除はやんなかったの？」と訊いた。

わたしは呆然《ぼうぜん》としたまま首を振った。

「秀樹は、ご飯……」

「食べてきたよ」

彼は胸を張って、堂々と、

「香奈の負担にならないようにするって、言ったじゃん」

と笑った。

わたしは軋《きし》む身体を起こしてよろよろと台所に向かい、シーチキンとマヨネーズを混ぜて、食パンに塗って焼いて食べた。立ったままで。

三枚は食べたと思うが、夜中に再び気分が悪くなって全部吐いた。

これについても自分の中で折り合いがついていた。というより反省していた。

あんなことになってしまったのは、自分のコミュニケーション不足によるものだと。

わたしにも——いや、わたしにこそ非があったのだと。

彼に食事を買ってくるよう頼むことなど、いくら風邪を引いていても簡単だったからだ。それをしないで待ちわびるのは子供じみた甘えだ。

要するに「自業自得」の一言で済む話だ。

わたしの記憶はあちこちを行き来して、最終的に新婚旅行にたどり着く。

秀樹の祖父の生家があったという、K——駅で降りた。特に目的があったわけではない。秀樹はそれ以前から、一緒に出かける時はほとんど予定を立てなかったし、目的もはっきりとは決めなかった。

よく聞く話だ。彼氏に、旦那《だんな》に、計画性がなくて困っている。

でも、わたしは秀樹といるだけで十分だったたし、実際、新婚旅行はそれまでの生活と同じくらい楽しかった。

子宝温泉のロビーで「子供が欲しい」と言われた時も、頭も心も身体もぜんぶ破裂しそうな感覚になって、勝手に涙が出てきた。生まれて初めて人目をはばからずに抱き付きたくなった。必死で抑えて、わたしは言葉だけを搾り出した。

「わたしも――秀樹の子供が欲しいよ」

秀樹が男湯ののれんをくぐって見えなくなり、わたしは心を落ち着けようと、目の前の壁に掛かっている大きなパネルに目をやった。

子宝温泉縁起

このK――地方は、古くからの農村地帯で、人々は田畑を耕し、野山で木の実や山菜を採って、自給自足の生活をしていたと伝えられています。

２００５年、掘削工事の際に温泉が湧き出ました。温度は摂氏四十二度、鉄分を含む茶色い湯は、湯量も豊富で、成分も温泉法を十分に満たしており、翌年の秋より、「子宝温泉」として営業を開始しました。

「子宝」という名称は、近隣の山のふもとにある古い石碑に、「こだから」という文字が彫られていたことに由来します。

調査によると、石碑は少なくとも江戸時代以前に作られたことが分かっており、郷土史家の研究では、おそらく昔の地名か、山の名前ではないかとされています。

当温泉は鉄分を多く含む「含鉄泉」と呼ばれるもので、打ち身や関節痛といった温泉全般の効能のほか、冷え性や貧血などに、特に効果があると言われています。

また、ホルモンバランスを整える効能もあるとされ、婦人病、月経不順といった女性特有の症状にも、高い効果が期待されています。

「期待されている」というフワフワした言い回しは、どういうことだろう。

クレーム対策だろうな、温泉を売り出すのも大変だなと思ってすぐ、冷静になっている自分に気付いて、わたしは女湯の脱衣所に向かった。

脱衣所にも浴場にも、意外なほど先客がいて戸惑ったが、茶色いお湯に浸《つ》かっていると、いつの間にかどうでもよくなっていた。額から自然と噴き出してくる汗を両手でぬぐいながら、わたしは湯気でけむる浴場をぼんやりと眺めた。

ヒノキの浴槽と岩風呂《ぶろ》。凶暴な顔をしたブロンズの龍が、口からお湯を吐き出している。

身体を洗っている手足の長い人は、三十半ばくらいだろうか。

向かいで首まで浸かって、祈るようにうつむいている中年女性は、地元の人だろうか。

気付けば思ったより長湯になっていて、わたしは慌てて湯船から飛び出した。

脱衣所で身体を拭《ふ》き、下着を着けようとかがむと、

「失礼します」

そう声がして、隣のロッカーが引き開けられた。黒い革手袋。顔を向けると、小柄な女性が「すみません」と一礼して、大きなリュックをロッカーに押し込んだ。短い黒髪。化粧っ気のない顔は冷たいほどに無表情で、年上にも年下にも、同世代にも見えた。

スペースを確保しようと半歩下がり、上下の下着を着けながら、わたしは目の隅で彼女をそれとなくうかがっていた。黒い長袖のポロシャツにジーンズの、地味な格好。女性はタオルとポーチをリュックから引っ張り出し、小脇に抱えると、流れるような動作で手袋を取った。

わたしは目を見張った。

手の甲も指先も赤白まだらだった。白い部分は引き攣《つ》れ、赤い部分は盛り上がり、どちらも光沢を帯びている。

ケロイド。おそらくは火傷《やけど》の跡だ。

思わず顔を上げると、ロッカーに手袋やポーチを突っ込んだ彼女は、自然に堂々とポロシャツをまくりあげた。

彼女の背中は無数の傷跡で埋め尽くされていた。大きな傷が右肩から左のわき腹に走っている。背骨に沿うように一筋の長い傷が縦に。十円玉ほどの丸い傷が腰の上に。小さい傷が縦横斜めに隙間を塞《ふさ》ぐように。腕や肩にもケロイドがあった。二の腕には真新しい青あざが浮かんでいた。

ブラを外した彼女は屈《かが》んでジーンズを下ろした。太股《ふともも》もすねもふくらはぎも、びっしりと傷が覆い尽くしていた。彼女が下着に手をかけたのと同時に、わたしは慌てて彼女から目をそらした。

心臓がドクドクと鳴っていた。呼吸をし忘れていたらしく息が苦しかった。身体が冷えているのに気付いて、わたしは震える手で服を着始めた。

彼女が傷だらけになった理由は分からなかった。でも想像はついた。

暴力――DVを受けているのだ。家族に。きっと彼氏か夫に。

そこまで考えてわたしは気付いた。なるべく自然な動作で周囲を見渡す。

遠くの白髪交じりの女性。今しがた出てきたばかりの小太りの若い女性。

髪を乾かしている痩《や》せたお尻《しり》の女性。鏡越しに思いつめたような表情が見えた。

わたしはその時になってようやく分かった。

子宝温泉という名前が、由来とは別にどんな意味を持っているのか。

パネルに書かれた「婦人病」という文字が何を示すのか。

子宝という言葉に誰よりも傷付き、それでもなおすがりたくなる人とは――

不妊の女性だ。

あの日あの場所にいた、全員が全員そうだとは思わなかった。けど、身体を洗っていた手足の長い人も、湯船の向かいにいた人も、痩せたお尻の人も、そして隣の傷だらけの女性も、おそらくは――

秀樹の連想と提案。それに無邪気に喜んでいた自分がひどく幼く思えて、わたしの心はミシミシと軋んでいた。

わたしは髪を乾かすこともせずに、小走りでロビーに向かった。洗面具を片手に女湯の扉を開ける、傷だらけの小さな背中が一瞬だけ視界を通り過ぎた。

秀樹はソファの隅に座っていた。首にタオルをかけて空になった牛乳瓶を手にしていた。わたしに気付いた彼は、つるりとした顔で瓶を掲げて、

「コーヒー牛乳」

と嬉しそうに言った。

わたしはどうにか笑い返した。

駅に向かう道。紫色の夕焼け空の下で、

「ねえ秀樹」

「うん？」

秀樹がわたしを見た。

わたしは秀樹から目を逸《そ》らして、空を見て、もう一度彼を見てから、

「もし子供ができないってなったら、どうする？」

と訊いた。

秀樹は驚いたような顔をした。すぐに神妙に口を結び、腕を組んだ。沈黙。ただ二人の足音だけがガリガリと続く。

駅舎が見えた時、

「うん、その時はさ――」

わたしの目をしっかり見すえて、秀樹は、

「全力でサポートするよ、香奈の治療」

と、さわやかな表情で言った。

語気も視線も確信に満ちていた。

そこで真面目に話し合えばよかったのだろう。言い争いになって新婚旅行が暗く沈んだものになっても、優先すべきことはあったのだろう。

でもわたしはその場の楽しさを、滞りのない旅の方を選んでしまった。

秀樹に抱いた違和感は、知紗が生まれてから一気に膨らんでいった。

退院の手続きを済ませて家に帰ると、ダイニングテーブルの上に本が山のように積まれていた。大きな判型。小型の手帳サイズ。分厚いのに薄いの。

どの本の表紙にも赤ん坊や、楽しげな男女の写真かイラストが、でかでかと載っていた。

「これって……」

「うん、育児の本っていうか、教科書」秀樹は笑って、「俺ら、親一年生だし」

と、嬉しそうに言った。

これらを読んでおくこと。そしてすみやかに実践すること。彼はわたしにそう奨《すす》めた。

というより命令した。毎晩、会社から帰ってきては本の内容を問い質《ただ》した。いや、「口頭試問」と言ったほうがふさわしいのかもしれない。

昼夜お構いなしに母乳をせがみ、泣き喚く知紗の面倒でへとへとになっているわたしには、本を読む時間などなかった。

答えられないでいると、秀樹は残念そうに溜息《ためいき》をついた。すぐ笑顔になって知紗をわたしから引き剝《は》がすと、

「じゃあ、読んでなよ。知紗は任せて」

と、知紗を振り回して遊び始めた。知紗が泣こうが喚こうがお構いなしだった。我慢できなくなって知紗を奪い返そうとすると、彼は信じられないといった顔で、

「子供は二人で育てるって、約束しただろ」

と言った。

怒鳴りつけてやりたかった。わたしがどれほど知紗にかかりっきりになっているか、全部説明してやりたかった。

秀樹がぐっすり眠っている間も、知紗は泣いて母乳をせがんでいるのだと。飲ませてもなかなか寝ないのだと。

秀樹の意気込みは大変結構だが、実情をまるで鑑《かんが》みていないと。

でも、わたしは怒りを表明するより受け流すことを選んでしまった。

新婚旅行の時と同じだった。争いを、気まずい思いをすることを避けたかっただけ。吞気《のんき》なことだと今になって思う。もっと早くに手を打っておけばよかったと。

三

秀樹が死んで一ヶ月が経った。

わたしは近所のスーパーでパートをすることにした。高校を出てからスーパーで働くのはこれが三回目だ。ある程度は勝手が分かる、という安直な理由だった。

保育所は適当に選ぶわけにはいかなかった。かといって悠長に探すわけにもいかない。

秀樹の両親を頼るつもりはなかった。それ以前に、彼らは一人息子の死が相当応《こた》えたらしく、その苦しみと悲しみのはけ口を、露骨にわたしに求めるようになっていた。

彼らの言い分を要約するとこうなる。

秀樹が不審死を遂げたのは、嫁が家を空けていたからではないのか。

息子と嫁の間に何らかのトラブルがあったのではないか。

あの日、嫁が孫を連れて突然おしかけて、しかも来訪の理由はよく分かっていないとなれば、疑念を抱くのは当然だろう。おまけにピンク色の髪をした若い女が同行していたのだ。彼らの困惑はイヤというほど伝わってきた。

詳しい経緯を話すつもりはなかった。

秀樹は妖怪《ようかい》に、化け物に狙われていた。

そしてそいつに殺された。

馬鹿げた作り話か、わたしがおかしくなったか、どちらかだと思われるのがオチだ。

わたしだって本心では信じたくなかった。目の前で様々なことが起きて、やむを得ず受け入れているだけで、それ以外にごく普通の事情が見つかったなら、わたしは迷わずそっちを選ぶだろう。

知紗を預ける保育所の話だ。

評判のいいところはたいていが高額で、お手ごろなものは評判がよくない。値段も評判も申し分ないところは決まって空きがない。

途方に暮れたわたしに手を差し伸べたのは、秀樹のいない今となっては赤の他人と言っていいはずの二人だった。

ピンクの髪に戻した真琴ちゃんと、前にもまして化け物について調べているらしい野崎君。

真琴ちゃんは毎日のように家に来るようになった。野崎君は少なくとも週に一度、彼女と一緒に来て化け物についての調査報告をしたり、真琴ちゃんに誘われて面倒臭そうに知紗と遊んだりするようになった。

彼らに甘えるつもりはなかったが、保育所選びに猶予ができたことはありがたかった。

知紗が二人に、特に真琴ちゃんに懐いているのも嬉しかった。

娘は人見知りが激しかった。道で知らない人——例えば、子供好きなお年寄りに声をかけられると、わたしにすがりついて顔を隠した。相手が強面《こわもて》だと泣いてしまうこともあった。着ぐるみショーなど連れて行った日にはワンワン喚いて怖がった。

真琴ちゃんと野崎君は、そんな知紗が臆《おく》せず一緒に遊べる、数少ない相手だった。

「伊勢神宮の剣祓《けんはらい》です。家内安全のご利益があるとか」

九月の終わりの、夕方のことだった。野崎君がわたしに差し出したのは、二十センチほどの細い木の御札を、両刃の剣の形に折った白い紙で包んだものだった。紙には「天照皇大神宮《てんしょうこうだいじんぐう》」と大きく筆書きがされ、ありがたそうな朱印が押されていた。剣を模した紙の先端に当たる部分は、墨でべったりと塗られていた。

「まあ同じ三重県だし、それに伊勢神宮は日本の神社の元締めみたいなものです。そこらのお守りよりは霊験あらたかだ。神棚に飾るのが作法ですが、仏壇でも構わないでしょう」

彼は口の端だけで笑った。目は真剣だった。

「それって――また来るかもしれないから、ってこと？」

わたしは訊いた。彼はリビングで寝そべって知紗と遊んでいる、真琴ちゃんを見た。

彼女はそのままの姿勢でわたしたちを見上げ、真面目な顔になって、

「分からないです。でも、来ないと決まったわけじゃない」

と、すぐに顔を崩して知紗を抱え、わき腹をくすぐった。知紗がきゃあと叫んで笑い転げる。

野崎君が話し出す。

「対策は講じておいたほうがいいでしょう。あれがどういう基準で人を狙うのかは分か

らない。ただ、あれ《かい》は香奈さんと、娘さんの名前を知っている」

わたしは電話から聞こえた中年女の声を思い出す。声は秀樹とわたしの名前をたしかに呼んだ。

「でも、知紗は……」

「田原さんの会社の人間が聞いています。それも娘さんがまだ生まれる前、名前を公表する以前の話です」

どういうことだろう。わたしには意味が分からない。

「自分にも分かりません」

野崎君はあっさりと言って、

「ただまあ、あれ《かい》が超自然的なモノだという、一つの状況証拠にはなるでしょう。我々とは異なる感覚もしくは方法で、こちらの情報を得ている、という……」

途中からはわたしに喋《しゃべ》っていると言うより、自分自身に説明しているかのような口ぶりで、野崎君はリビングに視線を落とした。

真琴ちゃんが丸くなって知紗を抱いていた。彼女の腕の中で、知紗は口を開けて眠っていた。

「寝落ちしちゃうくらい遊べるんだね、子供って」

彼女は嬉しそうに野崎君を見た。彼は何も答えず、再びわたしを見て、

「自分たちができるのは、せいぜいお二人にあれ《かい》が近づかないようにすることくらいで

す。生半可なお守りや護符では簡単に突破される。二度もご覧になった香奈さんなら、ご存じでしょう。ですが——それは言い換えれば、突破しなければ来ることができない、ということを意味します。どれだけ非科学的で超自然的なことでも、論理的に考えて対策を取ることは可能です」

野崎君はわたしの手元の剣祓を見て、

「お二人のことは、ちゃんと守ろうと思ってます。自分と真琴で」

「ありがとう」

わたしはそれだけ答えた。彼の言っている意味は分かったし、わたしと知紗を心配してくれる気持ちは本当に嬉しかった。

だからこそ、彼の「二度も」という言葉に胸が痛んだ。

二人が帰って、知紗を和室の布団に寝かせ、わたしは夕食の準備を始めた。昨日の残りのかぼちゃの煮物。たくさんの玉ねぎとちょっとのコマ肉で作る豚しょうが焼き。豆腐とわかめの味噌《みそ》汁。キュウリとレタスとプチトマトはサラダにしよう。

知紗の可愛いいびきが聞こえる。夕食ができたらすぐ起こそうか。それとも起きるまで待とうか。いや、あまり遅くになって食べさせると、健康にも生活習慣にもよくない。

わたしは考える。わたしと知紗のことを。母親と娘のこれからの人生を。

同時に、秀樹に奪われたこれまでの時間を。

この手でお守りを引き裂き、切り裂いたあの日のことを。

四

知紗が生まれた翌年から、秀樹はお守りや護符を買い集めてくるようになった。明治《めいじ》神宮、靖國《やすくに》神社、浅草寺《せんそうじ》、神田《かんだ》明神、井草八幡宮《いぐさはちまんぐう》、深大寺《じんだいじ》、東京大神宮、大宮《おおみや》八幡宮、増上寺《ぞうじょうじ》……。

家内安全と厄除けばかりが数十個。リビングに、和室に、玄関に、トイレに。派手でチカチカする色合いの小さな布袋と、何やら筆でありがたいことが書いてあって、ものものしい印が押されている紙が、わたしたちの家にひしめき合うようになった。

「そんなに買ってどうするの」

わたしは皮肉にならないように、できるだけ軽く訊いた。秀樹は笑って、

「家族を守るのは父親の役目だから」

と言った。

神秘的なもの、非科学的なものに頼りたくなる気持ち、それ自体は分からなくもない。出かけた先に寺社があれば、お賽銭《さいせん》を投げて手を合わせたくなる心理。それならわたしにもある。でも、これは少し度を越しているのではないか。

「パパ友」の誰かの影響かもしれない。その時のわたしはそう思っていた。

同じマンションや近所の公園で、わたしたちは同じくらいの歳の子がいる夫婦と知り合い、交流を持つようになっていた。秀樹は父親たちとすぐに仲良くなって連絡先を交

換し、休みの日は示し合わせて集まったりしていた。顔を合わせない日でも、しょっちゅうメールやツイッター、LINEで遣《や》り取りしているようだった。

わたしはSNSにもともとあまり興味がなく、近所のアパートに住む津田さんの奥さん——梢《こずえ》さんと、たまに会うくらいだった。歳が同じで、ものの考え方に何となく近いものを感じたからだった。彼女以外とは特に密な関わりを持たず、公園で時候の挨拶《あいさつ》をする程度だった。それは今も変わらない。

人付き合いが苦手だからではない。娘のせいにするつもりはないが、人見知りする知紗の、他人に怯《おび》え緊張する顔を見るのが辛《つら》かった、というのが最大の理由だろう。

それでも秀樹に連れられて、幼い子を持つ親たちの集まりに何度か参加したことはあった。

顔だけは知っている夫婦と顔を合わせる。

「田原の妻の、香奈といいます」

「土川《つちかわ》です」

「妻の淳子《じゅんこ》でーす」

楽しげに言って、彼女たちはわたしに握手を求める。わたしは応じる。

「お仕事は何をされてるんですか？」

旦那の方が訊く。

「なんか、すごいキャリアウーマンっぽいですよねー、仕事バリバリこなしそうっていうかー」

奥さんが一人で盛り上がる。

「わたしは……」

「あ、こいつね、ずっとスーパーでパートやってたんですけど、妊娠が分かってすぐ辞めさせたんですよ。ああいうとこって重いもの持ったりするんで。な、香奈？」

知紗を抱いた秀樹がわたしを見つめる。

「え、ええ」

わたしはどうにかそれだけを口にする。

「へーえ、じゃあー、その前は何やってたんですかー？」

「あの、池袋《いけぶくろ》の」

「飲み屋でバイトしてたんですよ、三年やってたのかな。シフト管理とか任されて偉くなって、正社員の誘いも受けてたんですけど、こいつ根が人間嫌いっていうか、陽気な雰囲気がイヤだって、辞めちゃったんですよ。あのチェーン、わりとちゃんとしてて業界じゃ評判らしいぞ、もったいないなあ」

「そ、そうだね……」

だいたいがこんな調子で、わたしはほとんど喋らせてもらえなかった。

人間嫌い、というのは完全な誤解だった。秀樹はずっとそう思っていたけれど、わたしはぺちゃくちゃ喋ったり、ベタベタしたりするのが好きではないだけだった。

要は距離感の問題だ。わたしはどれだけ親しい相手でも一定の距離は置きたかった。

秀樹は違った。気の合う友人と仲良く話し込んで、ネットでささいな遣り取りをして、少しでも多くの時間を、場所を、価値観を共有する。それこそが彼にとっての真っ当な人間関係のようだった。

彼らにならって秀樹がブログを始め、知紗のことや育児のことを、頻繁にネットで発信するようになったのも、だから自然な流れだった。

ことあるごとに知紗の写メを撮り、即座にアップしていた。

土日の夕方から夜にかけては、リビングでノートパソコンを開いて、記事を書くのに費やしていた。時には何時間もモニタの前で推敲《すいこう》していた。

もちろんその間は、わたしがずっと知紗の面倒を見ていた。知紗がパソコンに近づくと、彼は苛立たしげに娘を押しのけて、

「いま大事なお仕事だから。分かるね、知紗？　おーい、香奈」

と、わたしを呼んだ。

離乳食を作りたい、とレシピ本を買い漁《あさ》っていた時期もあった。

オーガニック食材店に行って、一本だけで三百円もするにんじんや、一束で七百円もするほうれん草、国産のブランド鶏《どり》のささ身、その他もろもろを両手一杯に抱えて帰ってきたこともあった。

わざわざ海外から、バカ高い真っ赤なミルクパンを通販で取り寄せてもいた。ちょうどいい分量が作れるから、という理由だった。

「あんまり食べないんだなあ」

二度ほど作ってそれっきり、彼は台所に立つことすらなくなった。後はわたしの担当になった。余った大量の高級食材はわたしたちの食事にすることで、何とか使い切ることができた。

知紗が二歳になる数ヶ月ほど前から、秀樹は休日の夕方から夜にかけて、パパ友と頻繁に集まるようになっていた。平日でも時折、会社から直接会合に向かっていた。

「ミーティング」と彼は言っていたけれど、帰宅した彼はいつも赤ら顔で酒臭かった。報告と称して、彼はわたしに様々な育児論を語って聞かせた。報告がないときは必ず知紗と遊んだ。夜の十一時でも、日付が変わっていても、知紗が起きてさえいれば、彼は娘を振り回し家を走り回り、ガラガラ音を立てて積み木を崩した。

「母親が娘を独り占めするのはよくないよ。共依存になる」

一度注意したら、彼は真顔でそう言った。わたしが言いたかったのは騒音のことと、知紗の生活習慣のことだったのに。

わたしは疲れを覚えるようになっていた。

「旦那なんてさ、おっきい子供がもう一人いるって思えばいいんだよ」

梢さんはそう言って笑った。

土曜の夕方。

梢さん夫婦の家で、わたしは彼女と話し合っていた。秀樹は休日出勤だった。

彼女たちの子供である玲美《れみ》ちゃんと知紗は、旦那さんに連れられて公園に遊びに行っていた。

「子供だったら、ちょっとやそっとじゃ腹も立たないし、むしろ可愛いもんじゃない」

「そうね」

わたしは答えた。彼女の言っていることはそのとおりだと思った。

だからその日から数日は、わたしも広い気持ちで秀樹に接することができた。

秀樹は知紗を愛し、子育てを楽しんでいる。

知紗もすくすく育っている。

それは幸せなことだ。わたしは幸せな家庭を手に入れたのだ。何の不満があるというのか。

わたしは前向きに思うことにした。

でも長くは続かなかった。

あの日のことだ。

その一週間前から、その日の夜は梢さんの家で一緒に夕食を摂《と》ることになっていた。玲美ちゃんとそれなりに仲良くやっていた知紗も、楽しみにしていた。秀樹は遅くなると言っていたし、たまにはお呼ばれするのもいいだろうと、わたしも少し期待していた。

「先方が急病で延期になってね。早く帰れるから、晩ご飯よろしく」

電話口で秀樹はそう言った。

「今日は前から、津田さん家《ち》でお食事するって約束が……」

もちろん秀樹にその予定は伝えていた。というより、わたしのスケジュールは知紗が生まれた頃から、事細かに彼に報告する取り決めになっていた。

「そんなのキャンセルすれば済むだろう」

秀樹はこともなげに言った。

「でも、準備だってしてくれてるし、知紗だって……」

「知紗にとって一番大事なのは、家族の愛情だろ」

言葉の上ではまったく正しい。疑いようのない正論だ。でもこんな状況で使う言葉ではない。わたしは感情と思考を整理して、

「それはまた、三人でご飯食べる時でいいんじゃないかな。ていうか土日はだいたいそうでしょ。たまには友達とか、周りと交流するのも、いいと思うよ」

と、どうにか言った。

はあ、と溜息が聞こえた次の瞬間、

「優しいなあ、香奈は。そんなどうでもいい空気まで読んでさ」

秀樹の憐《あわ》れむような声がした。何を言っているのか、わたしには全く分からなかった。

「え、ど、どういう……」

「だからさ、津田さんご夫婦に申し訳ないって思ってるんだろ？　あんな人たちにまで気を遣うなんて、香奈は本当に優しいと思う」

あんな人たち？　喉元《のどもと》まで出かかった言葉を抑える。

すぐに返事をしなかったのは図星だからだ、と秀樹は勘違いしたようだった。

「そういう優しさって、悪く言えば弱さだよ。知紗の教育にもよくない」

「…………」

「津田さんとこには俺から連絡しとくから。今日は家で、家族水入らずで過ごそう」

「…………」

「大丈夫だよ。パン工場勤務で借家住まいの人と切れたって、知紗には何の影響もないさ。心配しないでいい」

電話を置いたわたしは、リビングで塗り絵をしていた知紗の前にしゃがんだ。

「今日はおうちで、ママとパパと、三人でご飯食べることになったの」

知紗は塗り絵の手を止めて、わたしを見た。首を激しく振って、

「やだ。れみちゃんとあそぶ」

「ごめんね。また今度遊ぼうね」

「やだ」

知紗はクレヨンを画用紙に叩《たた》き付けた。赤いクレヨンがわたしの膝《ひざ》に当たった。わたしはそれを手に取って知紗を見つめた。小さな顔の大きな目には涙が浮かんでいた。

「ごめんね。今日はパパがいっぱい遊んでくれるって」

知紗はうつむいてまた首を振った。伸ばした黒い髪がバサバサとなびき、画用紙に涙

見ていた。
がパラパラと落ちた。水を吸った部分がふやけ、皺《しわ》になっていくのを、わたしは黙って
「パパきらい」
しばらくして、知紗はわたしを見ずに言った。わたしは彼女の額に顔を寄せ、
「どうして？　パパは知紗のこと大好きだよ」
と、嘘にならないことだけを口にすると、
「パパ……こわい。こわいにおいがする」
かすかな、聞こえるギリギリの声で、知紗はそう答えた。
こわいにおい。
わたしは泣きそうになるのをこらえて、知紗の小さな身体を抱きしめた。
幼い頃――小学生になるまで、わたしも両親に「こわいにおい」を感じていた。
今なら分かる。それはお酒のにおいだった。あの人たちは酔っていたのだ。
子供のわたしには分からなかった。暴れる父と泣き叫ぶ母から漂う、あの甘い、鼻を
突くにおいは、ただひたすら恐ろしく、気持ち悪く、悲しいものだった。
知紗もまた、お酒のにおいに恐怖を感じているのだろうか。
それとも別の、秀樹の汗や脂の臭気に慄《おのの》いているのだろうか。
知紗が泣き止むまで、わたしはその小さな身体を抱いて頭を撫《な》でてやった。どうにか
落ち着いたのを確認して、わたしは明るい声で適当なことを言いながら、画用紙とクレ

ヨンを片付け、夕食の準備を始めようと立ち上がった。ソファの隅に置かれたままの、秀樹のノートパソコンが目に留まる。両手で抱えてテレビ台の隅にとりあえず置こうとすると、閉じたノートパソコンの隙間から、パラパラと何かがこぼれた。

水色と緑色の、小さな紙切れが何枚か。名刺だ。それもすべて同じ名刺。誰のだろう。わたしは手に取って目を凝らした。

名刺にはこう書かれていた。

〈ぽかぽか陽気に誘われて
今日も子供と遊びます

田原ファミリー代表取締役
イクメン会社員
田原秀樹
ikumen officer
HIDEKI TAHARA
東京都杉並《すぎなみ》区上井草五丁目××
ベリッシマ上井草302

090△△△△●●●●

ikumenhideki @ ××××〉

そして裏にはこう書かれていた。

〈青い空・白い雲
鳥たちのさえずりで　ふかふかベッドから飛び起きた
さあ！　パジャマを脱いで　出かけよう
砂場の迷路を掘り進み　ジャングルジムの森を抜けたら
ママの笑顔と　サンドイッチが待っている
「こどものだいぼうけん」作：田原秀樹

私たちイクメンは、子供たちのかけがえのない未来をクリエイトします〉

わたしはテレビ台の前に座り込んでいた。

力が抜けて立っていられなかった。夕食を作る気持ちも消えてしまっていた。

わたしが知紗の面倒を見ている間、家事をしている間、秀樹はこんなポエムを書いて、こんな名刺を作って、仲間内に配っていたのだ。

配って遊んでいたのだ。

パパ友たちとの「ミーティング」で、嬉しそうに名刺を渡す秀樹の姿が目に浮かんだ。

「イクメン会社員の田原と申します」

彼はそう言って、今度はうやうやしく相手の名刺を受け取るのだ。

その名刺にも似たり寄ったりの言葉が並んでいるのだろう。

目の前の誇らしげな文字が涙で歪んだ。指に力が入って緑と水色の紙が折れ曲がった。

わたしはこんなものに付き合わされているのか。

知紗はこんなことのために生まれ、育てられていたのか。

秀樹にとって育児とは、こんな紙切れをバラまくことなのか。

ううううう、という低い音が聞こえていた。わたしの口から漏れた声だった。わたしは泣いていた。泣いて呻いていた。

「ママ」

知紗の声がすぐ近くで聞こえた。心配そうな声。子供の頭で一生懸命考えて、わたしを気遣っている声。

もう限界だった。

わたしは手にした名刺を摑むと、力いっぱい引き裂いて放り投げた。

知紗が火が点いたように泣き出した。

「うるさい！」

わたしは怒鳴った。怒鳴って立ち上がって知紗を見下ろした。

知紗は棒立ちで顔を真っ赤にして泣いていた。甲高い泣き声が耳を貫いた。

「うるさいうるさいうるさい！　うるさい！」

わたしは耳を塞いで玄関に走ったが、廊下に入ってすぐ足を止めた。

廊下の壁にびっしり並んだお守り袋と護符。玄関が、ドアが遠い。

リビングを振り返ると、壁や家具の隙間を埋めるように置かれたそれらが目と神経を、精神を激しく揺さぶった。

ここは牢獄《ろうごく》だ。

秀樹のエゴで囲われた檻《おり》。

わたしと知紗は彼の囚人――いや、奴隷なのだ。

わたしはすぐ近くの電話台にあったお守りを摑んだ。乱暴に紐《ひも》を引っ張って力任せに袋を開けた。ブチブチと糸が千切れる音がした。護符を引っ張り出して思いっきり破った。感情は治まるどころかますます激しく暴れ狂った。

台所に走って炊事用の大きなハサミを手にしてリビングに戻り、壁のお守りに突き刺した。ガツンガツンとステンレスの刃が壁を刺す音に怯え、知紗がますます泣き叫んだ。

袋にハサミを入れてジャキジャキと切り裂いた。刃が布地に絡んで止まると指で摘《つま》んで引き裂いた。夢中だった。気付けば廊下でもわたしはお守りを、護符を、次々にズタズタにして破片をそこら中に放り投げていた。

「あああああ！　うわあああああああ！」

知紗の叫び声が家中に響き渡っていた。

違う。知紗の声じゃない。娘の声はこんなに低くない。

これはわたしの声だ。わたしが叫んで喚いているのだ。

そう気付いても喉から自然と出てくる絶叫を止められず、腕とハサミを振り回すのも止められず、ひたすらお守りを切り刻んだ。

どれくらい経っただろう。気付いたら台所にいた。

わたしは知紗を抱いて台所の隅にうずくまっていた。

リビングが暗い。わたしが消したのだろうか。ただ台所の蛍光灯が寒々しく、わたしと知紗の肌を照らしていた。

手元にはハサミが転がっていた。

知紗はまだ泣いていたし、わたしも泣いていた。

終わりだ。わたしはそう思った。

秀樹が帰ってきて、この家のこの有様について問い質したら、わたしは正直に話すつもりだった。

というより、取り繕う方法が全く思いつかなかった。

わたしはこの家から追い出されるのだろうか。きっとそうだろう。

そして秀樹はきっと新しい人を見つけて、知紗と三人で暮らすのだ。

もう知紗とは会えなくなるのだ。あと少しでお別れなのだ。

わたしは知紗をぎゅっと抱きしめた。知紗はわたしの手の中でますます泣き喚いた。

そうやって覚悟を決めたはずなのに、秀樹が帰ってきてわたしを見つけた時、すぐには言葉が出なかった。

「わ……わたし」

「何があった?」

秀樹の指がわたしの肩に置かれた。わたしの身体に悪寒が走った。怖いと思った。

ハサミはとっさに後ろに隠していた。

知紗が泣き疲れて寝ていてよかった、と頭の片隅で思った。

「こ、これは」

また涙が溢《あふ》れ、唇が震えてどうしようもなくなっていると、秀樹は、

「何かが——来たんだな?」

と、確信したような口調で言った。

「えっ……」

意味が分からなかった。でもわたしは口を閉ざした。秀樹は何か勘違いしている。あれをわたしがしたと推測できないほどの、強烈な思い込みを抱えている。強烈で、とても恐ろしい思い込みを。

青ざめた顔で緊張している秀樹を見て、わたしは直感した。

直後の出来事はわたしにとって意味不明で、必死で考えて「秀樹は不倫しているのではないか？」と憶測もした。でも電話から聞こえてきた女の呼び声に対する、彼の異様な怯えようは、もっと大きく不可解な問題を連想させた。

今となっては理由は分かる。秀樹は化け物に怯えていたのだ。

常識では計り知れないとはいえ、わたしもそうしたモノの存在を、とりあえず受け入れてはいる。

わたしたちの目の前でお守りは引き裂かれた。秀樹は頭と顔を取られて死んだ。

それは化け物の仕業であると考えるのが、今のところ最も筋が通っている。

この世には科学では解けないこともたくさんある。

野崎君と真琴ちゃんには本当に感謝しているし、彼らの調査にもできるだけ協力したいと思っている。

でもあの日お守りを破ったのは、化け物ではなくこのわたしなのだ。

いつか言おうと思っているうちに、タイミングを失ってしまった。

罪悪感や後ろめたさがないわけではない。

でもお化けの仕業にできるならそれでいい、とも思っていた。

濡《ぬ》れ衣《ぎぬ》を着せられて化け物が怒るとも思えない。馬鹿げた空想だ。

このまま何事もなく知紗がすくすくと育ってくれれば、わたしはずっと黙っているし、もし必要に迫られれば臆せず白状するだろう。そう思って――

ピピ　ピピ
警告音がしてわたしは我に返った。目の前のフライパンの上で、玉ねぎとしょうがと豚コマ肉が小さくくすぶっていた。

危ない。わたしはコンロの火を一旦止めてまた点火し、フライパンの中身をかき混ぜながらしょうゆを回しかけた。今時のコンロは鍋が一定の温度を超えると警告してくれる。助かった。

わたしは気を取り直して料理を続けた。味噌汁はできあがっていてサラダもすぐに準備できた。あとはかぼちゃの煮物を温めれば出来上がりだ。

空腹を感じながら仕上げにかかっていると、

「…………り」

と、か細い声が聞こえた。

知紗だ。寝言だろうか。それとも起きたのだろうか。

豚しょうが焼きを皿に載せてから、わたしは和室の扉をわずかに開いた。

豆電球の光の下で、知紗が仰向《あおむ》けで寝ているのが見えた。

口が開き、すう、はあ、という呼吸音に続いて、

「……さおい……さむあん……」

言葉が途切れ途切れに漏れた。

寝言だ。意味をなさない、可愛い寝言。

幸福で口元がゆるむのを抑えられないまま、わたしは冷蔵庫からかぼちゃの煮物を取り出し、レンジにかけた。

五

スーパーの裏で、リサイクルボックスからペットボトルの入った袋を取り出して縛る。空き缶も同様にして縛る。牛乳パックは段ボールに詰める。それら全てをカートにつんで、駐車場の、リサイクル業者が車を停めるあたりに置いておく。

わたしは腕時計を見た。午後五時。今日の仕事は終わりだ。

他のパートたちがわいわいと雑談している、休憩所兼ロッカールームで帰り支度をし、タイムカードを切って、わたしは早々にスーパーを飛び出した。「カラオケ行かない？」とパートリーダーの北澤《きたざわ》さんに誘われたが、丁重にお断りした。きっと付き合いの悪い新人だと思われているのだろうけど、わたしは構わなかった。

それよりも知紗だ。今日も真琴ちゃんが娘の面倒を見てくれていた。

大通りを家に向かって歩いているとスマホが鳴った。休憩時間に買った食材の入った袋を地面に一旦置いて、ズボンのポケットからスマホを取り出す。

電話だ。液晶には「唐草大悟」と表示されていた。

「お時間ありましたら、お食事でもいかがですか。もちろん知紗ちゃんも一緒に」

唐草さんは照れ臭そうな声でそう言った。

彼とは秀樹の葬儀で初めて顔を合わせた。沈痛な面持ちで焼香をしていて、秀樹の死に本当にショックを受けているようだった。野崎君や秀樹の話によると、あの化け物についてある程度は知っているらしい。実際、彫りの深い顔をひどく青くし、怯えているような様子は、ただ旧友が死んだからというだけではなさそうだった。

「ごめんなさい。もう夕食の用意をしてしまったので」

わたしは嘘を吐いた。彼の申し出は善意から来るものだと素直に、好意的に判断したが、だからと言って軽々しく承諾するつもりはなかった。

「そうですか……では、またの機会に、ぜひ」

「ええ、お時間合いましたら」

わたしは電話を切って荷物を抱え、歩き出した。

これで彼からの誘いを断るのは三度目だった。

最初に電話したのがよくなかったのだろうか。わたしは今になって後悔する。

「昨日、そちらに夫が――田原がお邪魔しませんでしたか？」

わたしは一度、彼にそんな電話をかけていた。電話の向こうで彼は一瞬、言葉を詰まらせたが、

「ええ、ここ――僕の家で会って話しましたよ」

と朗らかに答えた。

当時のわたしは、まさか秀樹が化け物に怯えているとは思わず、かといって不倫とい

ったトラブルで「ない」とも信じ切れていなかった。知紗を産む少し前、秀樹からの電話を取った途端、「すまん、切る」と向こうから切られたことも、心当たりの一つだった。

迷って考えて、わたしは秀樹の実家に届いたという年賀状から、唐草さんの連絡先を調べ、思い切って電話したのだった。

「田原君はそういうことをする人間じゃないですよ」

電話口で唐草さんはいきなりそう言った。わたしは面食らって、

「あ、いえ、そういうつもりで電話したわけでは……」

と答えた。

「失礼。申し訳ありません。気を悪くされたら謝ります」

彼はひどく恐縮して言った。電話の向こうで頭を下げているようだった。

「こちらこそ、ぶしつけな電話をしてしまい申し訳ありませんでした」

わたしも謝った。それで全部終わりのはずだった。

けど、最近になって急に、唐草さんから誘いの電話が来るようになった。

いつまでも断り続けるのは感じが悪いだろうか。

かといって、唐草さんと食事をしたいとは思わない。

わたしは知紗がいれば十分なのだ。真琴ちゃんと野崎君は例外中の例外だ。知紗にとって必要だから、関係を続けているに過ぎない。

薄暗くなって、テールランプとヘッドライト、信号がまぶしく光り始めた大通りを、

わたしはひたすら家に向かって歩き続けた。

玄関の扉を開けると、真琴ちゃんと知紗が、ずるずると這《は》うようにして廊下を進んでいた。わたしに気付くと知紗は上体を反らし、「へびごっこ！」と叫んで、再びずるずると這い続けた。

真琴ちゃんがサッと立ち上がって、わたしの荷物を持ってくれた。

夕食に誘ったが彼女は笑顔で断り、知紗と何度も握手をして、手を振って帰って行った。アルバイトだという。

「高円寺《こうえんじ》の、どってことないバーです」

店名は教えてくれなかった。知紗から目が離せないわたしに、子供が行けないような店について教えるのは失礼だと思ったのかもしれない。

わたしも訊かなかった。

夕食は鶏肉じゃがと、小松菜と桜海老《えび》の炒《いた》め物、大根の味噌汁だった。

このくらいの年頃にはありがちらしいが、知紗はあまりご飯を食べようとしない。でもわたしは苛立ちもせず、優しく言い聞かせながら、時間をかけて知紗に食べさせた。

お風呂で、知紗は真琴ちゃんとした遊びについて教えてくれた。具体的にどういうことなのか分からない箇所も多々あったけれど、楽しかったのは間違いなさそうで、わたしは「よかったねえ」「真琴お姉ちゃんは優しいねえ」「知紗は偉いねえ」と相槌《あいづち》を打ちながら知紗の身体を洗った。頭を洗う最中でも喋ろうとする知紗を黙らせるのは大変だったが、それでも楽しかった。

洗面台の前で知紗の身体を拭き、パジャマを着せ、ドライヤーで髪の毛を乾かす。髪にブラシを当てると知紗は目を細め、新しく取り付けた鏡の前でにんまりしている。気分はお姫様なのだろう。遠い記憶を思い返しながら、わたしは娘の柔らかい黒髪をブラシでとかした。

知紗を布団に入れて絵本を読み聞かせる。知紗の大好きな『じごくのそうべえ』。地獄に落ちた主人公たちが、生前の特技を駆使して責め苦を乗り越え、閻魔《えんま》大王を呆《あき》れさせて現世に送り返される、というお話だ。絵柄はおどろおどろしく、グロテスクな箇所もあるけれど、痛快なストーリーが知紗の好みらしい。

一度通しで読み聞かせ、戻っては絵の細かいところを指して適当に説明したり、お話をアドリブで膨らませて聞かせているうちに、知紗はすやすやと眠りに就いていた。

心地よい疲労感。そのまま眠ってしまいそうになるのをこらえて、わたしは立ち上がり、台所へと向かおうとした。

「ほらみろ、助かったじゃないか」

不意に太い声が和室に響き、わたしは慌てて振り向いた。

パジャマ姿の知紗が身体を起こしていた。

目はわたしを睨《にら》むようにしているが、焦点が合っていない。小さな歯がむき出しになっていた。ツツ、と涎《よだれ》が布団に垂れ落ちる。

「ちさ……？」

わたしは娘のもとに歩み寄ろうとする。

「それがあの時できるベストだったんだ。俺はベストを尽くしたんだよ！」

知紗はそう言った。口から出てくるのは彼女の声ではなかった。

わたしはその言葉の主を知っていた。

秀樹がかつてわたしに言った言葉だったからだ。

「やめて！」

わたしは知紗の身体を思いっきり摑んで揺すぶった。どういうことなのか分からないけれど、かつて秀樹が口にした言葉を、秀樹そっくりの声で繰り返しているのは明らかだった。

ガクガクと小さな頭が揺れ、知紗の視線がゆっくりとわたしに注がれた。ついさっきとは違う、いつもの知紗の目。

「ママ……」

知紗が囁《ささや》いた。

「どうしたの知紗」

わたしは訊く。訊きたいことはいっぱいあったが、とりあえず訊く。

「パパきてたよ。パパの――においがした」

知紗はそう言って目をこすった。

「どういうこと？」

わたしがまた訊くと、知紗は眠そうな顔をして、

「おやまであそぼうって」

と、そのままわたしに身体を預けた。

すうすうと気持ちよさそうな寝息が聞こえた。

知紗を布団に横たえて、わたしはリビングへ向かった。

野崎君に連絡した方がいい。

「おやま」という言葉には聞き覚えがあった。野崎君が言うには、化け物は人をさらって山へ連れて行くと恐れられていたらしい。秀樹の祖父の生地で。

化け物がまた来ているのだろうか。そうでないにせよ無関係だとは思えない。

それ以前に、知紗が一瞬とはいえあんな風になったことが不安でたまらない。

ダイニングテーブルのスマホを取り上げ、アドレス帳を開きながら、わたしは知紗のことを考えていた。そして秀樹のことも。

知紗が頭を怪我した日のことを思い出していた。

そのことについて、秀樹がわたしに言った言葉も。

六

秀樹の提案というより命令で、パパ友たちの集まりに知紗も連れて参加し、暗くなっ

た頃にへとへとになって帰ってきて、わたしは夕食の支度をしていた。リビングからはテレビの音と、知紗がバタバタと走り回る音が聞こえていた。

酒と塩こしょうで下味をつけた牛切り落とし肉をオイスターソースで炒め、野菜と混ぜ合わせていると、知紗の泣き声が聞こえてきた。泣き声は次第に激しくなった。

「知紗」

わたしは知紗を呼んだ。娘は泣き止まず、ますますひどく泣き叫んだ。様子がおかしい。それまで聞いたことのない泣き声だった。

「パパ」

わたしは秀樹を呼んだ。「ああ」と力ない声がした。

「どうしたの？　何かあったの」

「いや――」

間延びした声が答えた。わたしは火を止めてリビングに向かった。

リビングの真ん中に、秀樹がうつろな表情で突っ立っていた。

ダイニングテーブルのすぐ側で、知紗が倒れて泣き叫んでいた。

その頭と顔は真っ赤な液体で染まっていた。床も赤黒い染みが広がっていた。

知紗は頭から大量の血を流して、助けを求めて喚いていた。

「知紗！」

わたしは知紗に駆け寄って抱きかかえた。服に血がべったりと付いて身震いがしたが、構わず知紗の頭に手をやって調べた。

額の生え際のところが二センチほど裂けて、血が噴き出していた。テーブルに頭をぶつけたのだろうか。何かで切ったのだろうか。

「救急車呼んで！」

わたしは顔を上げて秀樹に怒鳴った。秀樹は返事をせず、のろのろと電話台のところへ歩いて行った。

「早く！」

わたしは叫んだ。暴れる知紗をひとまず床に置き、洗面所にタオルを取りに行った。

「もしもし、ええ、救急です」

秀樹がのんびりした口調で電話に喋りかけていた。

三人で救急車に乗り、救急病院ですぐさま知紗は手術室に運び込まれた。わたしたちは廊下で手術が終わるのを待った。全身が震えて立っていられなくなり、長椅子に身体を預けて、わたしは手術中のランプを見つめていた。秀樹は突っ立ってぼんやりと窓の外を眺めていた。

「どうして、すぐ救急車を呼ばなかったの」

わたしは訊いた。秀樹はわたしの顔を見ずに、

「落ち着けって――こういう時こそ、冷静になれよ」

と答えた。

　わたしはあっという間に爆発した。無意識のうちに立ち上がっていた。

「冷静？　娘が大怪我して泣いてるのに放置するのが冷静なの？　あのままわたしが料理してたら、知紗はどうなってたの？」

「俺が、そん……」

　声が小さくなって、わたしが「聞こえない」と言った瞬間、

「俺みたいな不器用な人間が触ったら、余計悪くなるに決まってるだろうが！」

　秀樹は吠《ほ》えた。声が暗くて誰もいない廊下に反響して消えた。

　わたしは自分の耳が信じられなかった。反射的に、

「だから——放っとこうって思ったんだ？　わたしが気付くまで何もしないでおこうって……？」

「それがあの時できるベストだったんだ。俺はベストを尽くしたんだよ！」

　秀樹の顔は真っ青だった。見開かれた目の端がピクピクと痙攣していた。

　その動きがますます不愉快に思えて、わたしは負けずに怒鳴った。

「知紗が怪我して倒れてるのに、何もしないのがベスト？　娘が頭から血流して泣き叫んでるのを、突っ立って見てるのがベストなの？」

　秀樹は答えなかった。何かを言いたそうな態度だけして、わたしから目を逸らした。

　わたしはその全てが我慢ならなかった。

「——それ、パパ友に自慢するの？　胸張って父親のカガミみたいな顔して言いふらす

の？　それとも育児ブログに長文アップする？」

「うるさい！」

秀樹がまた吠えた。すぐに、

「たかが一人産んだくらいで偉そうにするな！」

思考が沸騰した。罵倒《ばとう》の言葉を思いつけないくらい、はらわたが煮えた。何でもいいから声が出る限り喚いて、暴れ出したくなった瞬間、バンと激しく手術室の扉が開いた。

「落ち着いてください」

手術着の医師がマスクを片耳だけ外しながら、よく響く声で言った。

「娘さんは無事です。場所が場所なので出血は多かったですが、大事には至りません。傷もほとんど残らないでしょう」

医師は一気に言い終えて、ふーっと溜息を吐いた。

全身から力が抜け、わたしはへなへなと長椅子に崩れ落ちた。

秀樹がかすかに「ほらみろ、助かったじゃないか」とつぶやくのを、わたしは聞き逃さなかった。

でもその時のわたしに怒る気力は残っていなかった。

後で知紗から聞いた話によると、怪我の原因は「走っていてテーブルにぶつかった」という、ごくありふれたものだった。最悪のケース――秀樹が知紗を小突いたか、突き飛ばしたかして怪我をさせた――を想定してさえいたわたしにとっては、一つの救いではあった。だからといって秀樹を許す気にはなれなかった。ましてや愛する気にも。
わたしははっきりと、秀樹を疎ましく思っていた。
知紗とわたしにとって——この家にとって、秀樹は有害だと確信していた。
「さっさと荷物まとめて出て行けばいいじゃない」
こういう話をすると、決まってそういったことを言う人間がいる。
梢さんがそうだった。他の誰でも、優しい人ならなおさらそう助言するだろう。
現実的な対処法だと思う。
でもわたしは納得できない。
なぜいつも出て行くのは女の側なのか。母親なのか、妻なのか。
理由は明白だ。
家という単位は、夫の——男の所有物だという価値観が根底にあるのだ。
妻は、女は、そしてその子供は、そこに住まわせてもらっているに過ぎない。
法律もその価値観が前提となっている。世帯主はたいていが夫だ。
わたしは納得しない。
わたしの身体と心が納得しない。
知紗は、わたしの子供はわたしが産んだからだ。
知紗はわたしの娘だ。この家は、この家族はわたしのものだ。
いなくなるべきは秀樹のほうだ。

わたしはそう思うようになっていた。

そんな時に、真琴ちゃんたちが家に来るようになった。

そこから不思議なことがいくつか起こって。

秀樹は本当にいなくなった。

七

「お守りは、切れ味のよくない刃物のようなもので切られたんじゃないか、って」

真琴ちゃんはそう言った。

十月の下旬、金曜日の午後。パートは午前中で終わっていた。

わたしは真琴ちゃんとテーブルで向かい合って、野崎君が作ったというベイクドチーズケーキを食べていた。お茶はだいぶ前に買ったリプトンの紅茶だった。

知紗は真琴ちゃんと遊んでいるうちに眠ってしまい、和室に寝かせていた。

「野崎君が、調べたの？」

わたしが訊くと、真琴ちゃんは、

「ていうか、知り合いの犯罪捜査の専門家のとこに持っていって、調べてもらったそうです。教授だったか元教授だったか、とにかく偉い人」

と答えた。

犯罪関係の知り合いもいるのか。オカルトライターは妙な人脈を持っているらしい。

「切れ味のよくない刃物のようなもの、って、随分ふわっとしてるのね」

わたしが苦笑すると、

「まあ、専門家はそう言うしかないだろうって、野崎は言ってました」

真琴ちゃんも小さく笑い、

「すごくザックリ言うと、一番近いのが、歯だそうです」

「歯？」

「嚙《か》み切ったってことです」

真琴ちゃんは言った。

目の前で裂けて千切れたお守りなのに。

検査の結果は歯によるものだった。

やはり化け物の仕業なのか。この世のものではないのか。

わたしは溜息を吐いた。

「野崎が残念がっていました」

不意に真琴ちゃんが言った。わたしは真意がつかめずに彼女の顔を見る。

真琴ちゃんはわたしの目を見据えて、

「最初にお守りが破られた時の切れ端も、残ってたら調べたかったって」

と、静かに言った。

あの時は翌日、わたしが全て掃除して片付けていた。

大体、当時は野崎君と秀樹は知り合ってすらいなかったのだ。それ以前に秀樹は誰にも相談できていなかったはずだ。野崎君や真琴ちゃん、生前の秀樹から聞いた話を、時系列順に並べるとそうなる。だから今更悔やんだところで——

わたしははっとして真琴ちゃんの目を見返した。

大きく、優しく、強い意志の力をたたえた目。

その目がわたしの心の中を見ているような気がした。

わたしは確信した。

彼女と野崎君は大方気付いているのだ。

少なくとも憶測はしているはずだ。

わたしと秀樹との関係が、良好なものではなかったと。

考えていることを読み取るかのように、真琴ちゃんは小さくうなずいて、

「お化けとかレイとかは、だいたいがスキマに入ってくるんです」

と言った。

「スキマ？」

「家族とかの、心のスキマです。ミゾって言った方がいいかも」

彼女は難しそうな顔をしていた。言葉を選んでいるのだ。

「ミゾがあると、そういうのを呼んじゃうんです」

「そういうものなの？」

わたしは訊いた。

「そんな精神論みたいな話で、お化けの世界は動いてるの？」

「さあ。分からないです」

真琴ちゃんは真顔で言った。

とぼけているのでも、ごまかしているのでもないようだった。

たぶん彼女は本当に分からないのだ。

そういうものだと経験的に把握しているだけで。

「でもなんていうか、運とか偶然とかは、確実に悪いほうに転がりますよ」

真琴ちゃんは言った。どういうことだろう。

わたしが訊くと、彼女はしばらく黙って、

「みんな知らない間に、結果的に悪いほうに動いちゃうっていうか。わたしは具体的に誰が、どう動いたかまでは分かりませんけど、悪く動いてるかどうかは何となく分かります」

と言った。

秀樹とわたしは上手《うま》くいっていなかった。

秀樹に耐え切れず、わたしはお守りを破いた。

だから化け物が来やすくなった。

わたしは、わたしたちは悪く動いてしまったのだ。

この家で起こったことを頭の中で整理して、わたしは、

「それで、わたしの家に来るようになったの」

「はい」

彼女はうなずいて、

「優しくして、楽しく明るくするだけで全然違うから。いいほうに転がるんです」

と、笑顔になった。

楽しくすればいい。明るくなれば問題ない。

子供だましかと思うくらい単純な理念だ。わたしはそう思った。

でも、それは一つの真実だろう。

誰も暗く沈んだ家庭など望んではいないのだから。

楽しくないよりは楽しいほうがいいに決まっているのだから。

「そうね」わたしは小さく笑って、「でも、それが一番難しいと思う」

そう言うと、真琴ちゃんは、

「難しいです。本当に」

と、テーブルに視線を落とした。

諭されているわけではないようだった。

真琴ちゃん自身が、楽しくすることの難しさに打ちひしがれているようだった。

「知紗ちゃんと遊ぶのは、最初すごく楽しかったんです」

彼女は話し始めていた。

「でも途中から辛かった。わたしみたいな、楽しくするといいって分かってる人間でも辛かった。割り切ってできなかった」

「どういうこと？」

わたしは訊いていた。

「自分のこと考えてしまうからです」

真琴ちゃんは言った。視線はさっきからずっとテーブルだった。

「大変なのはこの家なのに、知紗ちゃんは本当に可愛いと思ってるのに、なんか、悲しくなって……それで」

彼女は洟《はな》を啜って、

「自分のことばっか考えるようになってた。野崎にも――キレたりして」

と言って顔を上げた。目が潤んでいた。

「ごめんなさい」

彼女は慌てて目をぬぐった。アイメイクが伸びて目の周りが黒くなった。

「今は……また、あれが来てるかもしれないって話なのに、わたしが守らなきゃいけないのに、こんな」

「いいの全然。もっと聞かせて」

わたしは言った。

今に至るまでいい託児所が見つからず、真琴ちゃんにお世話になっているわたしは、せめて彼女の話を聞きたいと思っていた。

それくらいの心の余裕はあった。

化け物が来るかもしれないからと、四六時中びくびくするのも違うと思っていた。

「いや、いいです」真琴ちゃんは首を振って、「わたしはこの家を守りに――」

「言って」

わたしは微笑みながら、

「お互いのことよく知ったら、いいほうに転がるんじゃないかな。知らないよりは」

と促した。真琴ちゃんが黙っているのを見て、わたしは、

「気付いてたと思うけど、わたしと秀樹はずっと上手くいってなかった。知紗のことで、子供の育て方で考えが合わなかった。スキマが――ミゾがあったのは事実よ」

と言った。彼女に話させようとして、気が付けば自分から話していた。

「あの人は――子供より育児が大事だったと思う。わたしはそれにうんざりして、でも何とかしようとしなかった。ただ黙って秀樹を恨んだり、いなくなって欲しいと思っただけだった」

真琴ちゃんはわずかに視線を上げて、わたしを見ていた。

「化け物にしてみたら、きっとスキマだらけで狙い放題だったんじゃないかな。わたしには良く分からないけど。でも秀樹がいなくなって正直ホッとしてる。これからはちゃ

んと知紗を育てられるって思ってる。真琴ちゃんの言うミゾなんてもうないって思う」

身体にずっと溜《た》まっていたものが抜けていくような気がした。

「そう――だと思います」真琴ちゃんは静かに言った。「最初に来たときよりも、この家は澄んだ感じがします。香奈さんと知紗ちゃんが仲良しなのも分かります。本当、うらやましいくらい」

「うらやましい？」

突然飛び出した言葉をわたしは繰り返した。真琴ちゃんは唇を噛むと、小さく、寂しそうに笑って、

「わたしには――子供ができないから」

と言った。

ブブブブブブ、と、テーブルの上の真琴ちゃんのスマホが震え出した。知紗に気を遣ってマナーモードにしてくれていたらしい。一呼吸置くと彼女は液晶を触り、

「スピーカーにしてるよ」

と言った。すぐに、

「真琴、いますぐそこに結界を張ってくれ」

野崎君の切羽詰った声がした。明らかにいつもより冷静さを欠いていた。

「どういうこと？」

真琴ちゃんが訊いた。一瞬の沈黙の後、

「唐草にハメられたんだ」

野崎君は吐き捨てるように言った。

どういうことだろう。訝《いぶか》っていると、「それだけじゃない」と彼の声が続いた。

「新たにあれの伝承を見つけた。一次資料とは言い難いがこう書いてあった。ぼぎわんは人を呼んでさらったり、食ったりするだけじゃない。親や兄弟の声色を使って、子供を自ら山へ向かわせることもあると。先日電話で聞いた、娘さんの状況は明らかにそれだ。あれは——言わば遠隔攻撃もできるんだ。娘さんは今まさに狙われている」

わたしはとっさに立ち上がって和室の扉を開けた。

「知紗！」と、反射的に叫んでいた。

ベランダの窓が開いていた。そして、
知紗が柵《さく》を登ろうとしていた。

小さな影がわたしのすぐ脇を矢のような速さで通り過ぎた。真琴ちゃんだった。知紗に体当たりするようにして抱きかかえ、ベランダの床に背中から落ちた。

「ってえ……」

真琴ちゃんが呻いていると、腕の中の知紗ががくんと痙攣し、首だけが不自然な角度でこちらを向いた。

白目だけになった両眼がわたしを睨み付け、

「子供は二人で育てるって、約束しただろ」

口からは秀樹の声がした。

「パパ？」

不意に知紗の顔がいつもの表情を取り戻した。真琴ちゃんは呻きながらも、しっかりと知紗の身体を抱いている。

「おめでとう。二人で育てような。全力でサポートするよ、香奈の、香奈の」

ぐりっと再び白目になった知紗が、秀樹の声で言う。

「香奈の、香奈のコーヒー牛乳。コーヒー牛乳。コーヒー牛乳。俺は子供子供子供悪くなるに決まってるだろうが！」

「どっか行けっ！」

真琴ちゃんが叫んだ。叫びながら知紗の身体の前で手を組んだ。指先で銀の指輪を触っている。

「真琴」

知紗の引きつった口から、今度は女性の声がした。落ち着いて力強い、よく通る声。

「姉ちゃん……？」

真琴ちゃんの表情が固まった。

「わたしの言うことが聞けないの？」

声は——真琴ちゃんのお姉さんの声は、厳しい口調で言った。

真琴ちゃんの手が弛《ゆる》んだ。知紗がその手を振りほどいてベランダを這う。手足を交互に前に出して、トカゲのように。わたしは慌ててベランダまで走る。

ベランダの隅で、知紗は立ち上がってくるりとこちらを見た。

引きつった白目と歪んだ笑みがわたしを射貫《いぬ》く。近寄れずにわたしは硬直してしまう。

「ち……知紗！」

わたしが呼ぶと、娘は口からドロリと涎を垂らして、

「知紗は俺のものだ――産んだだけの女に渡すものか」

秀樹の声で言った。

この状況でわたしは戸惑う。これは秀樹の――言わば霊魂が喋っているのだろうか？それとも化け物が、秀樹の言葉と考え方を真似て喋っているのだろうか？

どちらにしろ、知紗の口から出た秀樹の声と言葉は、わたしの心と頭を揺さぶった。動けなくなるほどに。

「黙れっ」

真琴ちゃんが叫んでわたしは我に返る。彼女は起き上がりざま、デニムの尻ポケットから何かを取り出して知紗に投げる。何かがしゅるしゅると知紗の手と身体に巻きつく。黒と橙《だいだい》の糸を縒《よ》り合わせた、細いヒモ――組紐だ。先端に重りのようなものがついていて、それでああやって巻きつくようになっているのだ。

真琴ちゃんは両手で組紐をつかんで小さく何かを唱えた。知紗の身体がビクリと跳ね、一瞬だけ表情がいつものもの、知紗のものに戻る。が、すぐに右目だけがぐりっと裏返る。

知紗の小さな身体がぎくしゃくと軋むように震える。開かれたその口から、

「おああ、あ、あ……」

嗄《か》れた声が漏れていた。男とも女ともつかない、しわがれて苦しそうな声が。

「……い、いた、い……いたい……」

知紗が顔を歪め、歯を食いしばる。

口から勢いよく泡が吹きこぼれた。

わたしは反射的にベランダに一歩踏み出した。

今のが知紗の声でないのは分かっていた。知紗が苦痛を訴えているわけではないと頭では理解した。

それでもわたしには耐えがたかった。また一歩踏み出して、真琴ちゃんのすぐ側に近付く。

「知紗！」

「来ちゃだめ！」

真琴ちゃんはわたしを見ないで怒鳴った。両手はしっかりと組紐を握り締めている。

知紗と彼女の間、ぴんと張った組紐がブルブルと震えている。

知紗の身体がまたビクリと大きく波打って、

「ぐうああ……ああ、あ」

口から一際大きな声を搾り出すと、がくりと膝から崩れ落ちた。両目が閉じて口から

も力が抜ける。

真琴ちゃんが素早く走り寄って、娘の身体を抱きかかえた。

知紗はぐったりしていて、まるで力が入っていない。

真琴ちゃんの肩越しに見える顔はいつもの知紗に戻っていた。かすかに口が開いて呼吸が漏れている。

追い払えたのだろうか。とりあえず大丈夫なのだろうか。

不意に知紗の目が大きく開いた。

「……ああ、あ、と、とぉ……」

小さくふっくらした腕が真琴ちゃんの胴に回って、

「とぉ、あいとん、ぞ……こい……」

不可解な声がまたした。目は焦点が合っていない。

真琴ちゃんが振り返ってわたしを見た。視線はすぐ横にそれる。

彼女の見ている先には、開け放たれたベランダの窓があった。

「……戸が開いてる——入って来れるんだ」

真琴ちゃんは呆然とそう漏らした。

柵の向こうから黒い影が二つ、ぬっと現れた。手だ。くすんだ灰色の、大きな手と長い指が柵を摑む。

真琴ちゃんが弾《はじ》かれたようにわたしのところへ転がった。知紗を差し出す。わたしはしゃがんで知紗を受け止めた。柵を摑んだ長い指に力が入り、二本の手の間からまた一つ、真っ黒な影がするりと登ってきた。

長い黒髪。その真ん中の、紫色でぐねぐねと蠢《うごめ》くそれは――

口だ。大きく開かれた口の内側だ。

黒ずんだ巨大な舌がべろりと垂れ下がった。

「逃げて！」

真琴ちゃんがわたしを部屋に突き飛ばした。わたしは知紗を抱いたまま背中から転ぶ。背骨から痛みが全身を伝って走り抜ける。呻いて何とか起き上がると、目の前でバンとベランダの窓が閉まった。その瞬間、
窓ガラスに鮮血が飛び散った。

赤い飛沫《ひまつ》は次々にガラスを覆っていく。視界が赤に染まる。

真琴ちゃんのくぐもった呻き声がした。

ベランダの向こうの光景を想像して、わたしはすぐさま頭を振って打ち消した。腕の中の知紗はぼんやりとした表情でわたしを見返している。消え入りそうな声で「ママ……」と囁く。わたしは彼女を力いっぱい抱きしめた。

逃げなければ。今すぐ知紗を連れて逃げなければ。

知紗の上着と自分の鞄《かばん》だけを摑んで、わたしは家を飛び出した。

八

西武新宿線上井草駅、上り線のホームのベンチに、わたしと知紗は座っていた。

知紗の身体から組紐をほどく時は、またさっきみたいに別の声で喋りだすのではないか、奇行に走るのではないかと不安になったけれど、知紗の手の中にあるものを見て、大丈夫だと信じる気になって全部ほどいた。

知紗の小さな手には、不思議な装飾が施された銀色の指輪があった。

真琴ちゃんの指輪だ。わたしたちを逃がす時に、とっさに知紗に握らせていたのだ。

どういう効果があるのかは知らない。でもきっと悪いものを寄せ付けない働きをするのだろう。以前、お守りが目の前で次々に引き裂かれた時、彼女がこの指輪を指先でいじりながら何かを唱えていたのを思い出す。

そして今この瞬間の真琴ちゃんが無防備であることにも思い至る。

彼女は大丈夫だろうか。わたしたちを逃がして怪我をして、今どうなっているのだろうか。最悪の事態を想像してわたしは震えた。隣のベンチに座る知紗が、「ママ」と小さな手をわたしの膝に置いた。

その感触を意識しながら、わたしは次の手を考えようとした。

駅まで来たはいい。でもどこへ行けばいいだろう。

秀樹の実家。思い当たる行き先はそれしかなかった。

でも秀樹が死んで、わたしに疑いの目を向けている、ご両親のもとへ行くのは抵抗があった。

そんなことを言っている場合ではないのは分かっていた。それに彼らは知紗を可愛がっている。知紗が彼らに心を開いているとは言いがたいが、少なくとも嫌がってはいない。わたしさえ我慢すればいいのだ。

「田原さんのご実家が最善でしょう」

電話の向こうで野崎君は冷静に言った。電話して、ついさっき家で起こったことを伝え、今後どうするべきか訊いた直後だ。真琴ちゃんが心配に決まっているのに。

「自分か真琴の家で結界を張ることも考えましたが、以前の――田原さんの時は、実家のあなた方には一切被害が及ばなかった。最初から田原さん目当てだった、ということももちろんあると思いますが――」

野崎君は一旦そこで言葉を切り、

「田原さんの実家が京都なのも、関係があるのかもしれない。全くの憶測ですが、あれが晴明《せいめい》神社を嫌っていても不思議ではない。ドーマンセーマンを」

と、よく分からないことを言った。やはり真琴ちゃんのことが気がかりで、冷静ではいられないのだろう。

「ごめんなさい。本当に」

わたしが言うと、彼はすぐに、

「いえ、とにかく急いでください。自分は真琴のところへ行きます」

と、感情を押し殺した声で促した。

高田馬場《たかだのばば》駅でＪＲ山手線に、新宿駅で中央線に乗り換えて、終点の東京駅へと向かう。

電車はひどくゆっくり感じられて、わたしは焦らないように必死だった。目の前の席が空いても座る気になれなかった。

新幹線の切符売り場で直近の下りの、一人分の自由席を買う。

手近な売店に向かってお弁当と飲み物を買う。

味も値段もどうでもいい。とりあえず空腹を満たすためだ。

表示の案内を頼りに、新幹線が停まっているホームへと急ぐ。

午後四時半。博多《はかた》行きののぞみはノロノロと東京駅を発《た》った。

意外に空いている車両を見渡してわたしはほっと息を吐いた。混雑していなくてよかった。この状況ではどうでもいいことかもしれないが、知紗にとって快適であることはありがたかった。

窓際の席で知紗はぼんやりと車窓を眺めていた。さすがに身を乗り出す元気はないらしく、小さな身体を大きな背もたれに預けていた。

外は早くも暗くなっていた。街の灯《あか》りが物凄《ものすご》いスピードで通り過ぎていく。

わたしは簡易テーブルにお弁当を広げ、知紗と一緒に食べた。彼女はわたしの差し出した箸《はし》に口を開け、もぐもぐと機械的に嚙んでは飲み込んでいた。

のぞみは新横浜《しんよこはま》駅で停まり、また発車した。ここから名古屋《なごや》駅までひたすら走って、その次が京都駅だ。そこから地下鉄の烏丸《からすま》線に乗り換えて、それから――

わたしはこれからの経路を頭の中で整理していた。

「おしっこ」

不意に知紗が言った。

知紗は困ったような顔でわたしを見て、恥ずかしそうに「おしっこしたい」と言った。意識がはっきりして来ている。よかった。

わたしはすぐに彼女を連れて、車両の間のトイレへと向かった。

男女兼用のトイレからスーツ姿の中年男性がちょうど出てきたところで、待っている人がいないのを確認して、わたしは知紗を連れて中へ入った。

思ったよりずっと広い個室に少なからず安心しながら、知紗を便座に座らせる。

知紗はうつむいて足をふらふらさせている。電車が走り揺れる音の合間に、トトト、と便器に飛沫が当たる音が聞こえる。

わたしは知紗のすぐ側に立ち、ステンレスの手すりに手を置いて娘の様子を見下ろしていた。

コンコン、と扉がノックされた。わたしは扉の方を向く。

表の表示が見えなかったのだろうか。それとも空耳だろうか。

コンコン。再びノックの音がした。

わたしは二歩で扉の元へ歩み寄って、コンコンとノックを返した。

知紗が「出た」と言ったので、わたしは彼女の股間《こかん》を拭いてやり、パンツとスパッツ、スカートを穿《は》かせてやった。手を洗わせようと洗面台の前で抱き上げた時、
コンコン
またしてもノックの音がした。

「すいません。入ってます」

わたしは反射的に言った。できるだけ大きな声を出した。これだけ言えばさすがに――

「チ、サ、さんは、い、ますか」

女の声が返ってきた。その瞬間、電車の音も空調の音も、何もかもが止まったような気がした。わたしは即座にすべてを悟った。

化け物が追いかけてきたのだ。

走っている新幹線に追いついたのだ。

知紗を落っことしそうになって、わたしは慌てて彼女を抱いて個室の隅に逃げる。

コンコン　コンコン
ノックの音が続く。

「チ、サ、さん、チ、サ、さん」

女の声が娘の名を呼び続ける。

「助けて！　誰か！」

わたしは叫んだ。知紗がびくっと怯え、目が潤み顔が歪む。

「お山に行きましょう」

声が言ってすぐに、ガタガタとドア全体が激しく揺れた。知紗が泣き始めた。

わたしは知紗の頭をしっかりと抱え、髪の毛を撫でて懸命になだめようとして手を止めた。震えている。指先まで冗談のように震えている。

わたしはドアの向こうにいる化け物に怯えているのだ。

ドアが激しく揺れる。一瞬そのスキマに灰色の手が見えた。

長い指は真っ赤に染まっていた。

真琴ちゃんの血だ。

「来ないで！」

わたしは叫んだつもりだったが、声が裏返って、ただ小さな音が喉から漏れただけだった。知紗がますます激しく泣き叫んで暴れ出した。

「俺は子供、欲しいな」

秀樹の声がした。

「おいで知紗。一緒にお山で遊ぼう」

「やめて！」

今度ははっきりと叫んでいた。喉から思い切り声が出ていた。

「ひ、秀樹は——秀樹はそんなこと言わない……」

考えるより先に、言葉が口を衝《つ》いて出ていた。

「あ、あの人は、知紗と、わたしを――」

ガタガタと扉の鳴る音が続く。知紗がギャアギャアと喚く。

「――お、お前から、守ろうとしたもの」

そうだ。自分の言葉でわたしははっきりと理解した。

秀樹はいろいろと勘違いして、調子に乗って、わたしや知紗を困らせた。悲しませた。

わたしたちを苦しめた。それは間違いなく事実だ。

でも――この化け物からは最後まで守り通そうとした。

自分の中だけで悩んで、抱え込んで。その次は助けになる人の手をみんな借りて。

ドアのスキマから、真っ赤に濡れた指がまたちらりと覗《のぞ》く。

秀樹もきっと怖い思いをしただろう。いや、これよりもっと恐ろしい思いをしただろう。

それでも知紗とわたしを守ったのだ。

命と引き換えにして。

ううううう、と低い音がしていた。わたしの泣き声だった。

わたしは知紗と一緒に泣いて、トイレの個室の隅で震えていた。

ダメだ。こんなことではダメだ。

軋むドアと泣き叫ぶ知紗を交互に見ながら、わたしは必死で自分を奮い立たせた。

ここで二人に何かあったら、秀樹の命が無駄になる。

知紗は――わたしと秀樹の子供は、何としても守らなければ。

わたしはジャケットのポケットに手を突っ込んだ。長く細く鋭いものが指に絡まった。組紐だ。

わたしは知紗を置いて立ち上がって、ドアに体当たりした。一瞬、ガタガタが止まる。内鍵《うちかぎ》と個室内の目に付いた出っ張りに、片っ端から組紐を結びつける。手が震えるけど、とりあえず引っ掛けて固く結べばいい。組紐は思ったよりずっと長く丈夫だった。わたしはドアを横切るように、組紐を何往復か張り巡らせた。

どう使えばいいのかなんて分からなかった。でも開かなければいい。ここを塞げばいい。これだけめちゃくちゃに結わえれば、ちょっとやそっとで扉は開かないだろう。人間でも入って来られないだろう。化け物でも。

全ての紐を使い終わり、わたしは一歩後ろに下がった。

黒と橙色、二色の糸で編まれた組紐は、ドアの内鍵にぐるぐる巻きになって、そこかしこの出っ張りに結びつけられ、何重にもドアの前を横切っていた。

結界というのだろうか。真琴ちゃんや野崎君が口にしていた言葉を思い出した。

ドアの揺れは小さくなっていた。スキマはほとんど開かず、向こうにいる化け物の身体が見えることはなくなっていた。

揺れが止まった。カタ、カタ、とドアが小さく鳴る。

「お山に行きましょう。お山に。チサさん」

女の声が言った。

わたしは個室の隅に走り、まだ泣いている知紗を抱いてうずくまった。

「チサさん、チサさん、チサさん……」

声が繰り返す。わたしは答えない。

組紐が張り巡らされたドアの向こうで、声はしつこく、

「チサさん、チサさん、チ、サ……さん、ち、さ、さん」

でも少しずつ、確実に、小さく途切れ途切れになっていく。

効いているのだ。組紐が。結界が。

来るな。帰れ。どこかへ消えてしまえ。

二度と知紗に近付くな。

「ちさ……あ、あ」

声が変わった。苦しそうな、しわがれた声が、

「ああ……よ……ようみぃ……あい……とるや……ろ、うらぁ」

今度ははっきりと聞き取れた。締め付けられるような感覚が喉と胸を襲う。

よく見ろ、開いてるだろ、裏が。

どこだろう、裏とは。この個室に窓はない。他に開いているとしたら――

気付いたのと同時に、目の前の便器の蓋《ふた》がバンッ、と跳ね上がった。

そこから大きく長く、ところどころ赤く染まった手が二本伸びて、

ごぼごぼいう音とともに黒い舌が伸びて、
長い黒髪、小さな頭、長い首がずるずると這い出てきて、
でたらめに並んだ歯を剝《む》いて、
長い両手を差し出して、
叫ぶ間もなく知紗が、
知紗の身体が、
わたしの手から奪い取られ、
大きな、とても大きな、
口に、

九

白い。どこまでも白い。
それは明るいから。今日は明るい。
わたしは座っている。ベッドに座っている。
ベッドは温かく、空気も暖かい。
わたしは気持ちいい。
とても。
とても気持ちいい。

足の間が冷たくなって、わたしは小さな声を漏らす。
近くにいた女の子が気付いて、布団をまくりあげる。
わたしの足の間についているものを取る。
冷たいものがどこかに行く。女の子もどこかに行く。
わたしはまた気持ちいい。
誰かが入ってくる。
白い服を着た人。センセイ。
知らない男の人。コートを着ている。
センセイと男の人はわたしのところへ来る。
「カナさん」
男の人が言う。
カナさんカナさん。
わたしは繰り返す。
男の人の顔がちょっとだけ曲がる。
「もうほとんど何も分からないようです」
センセイが言う。
もうほとんど分かりません。
わたしはセンセイの真似をする。

男の人がコートの中から四角い薄いものを取り出す。
薄いものをわたしに見せる。
四角い窓の中には女の人がいる。
女の人はピンク色の髪をしている。
「マコトです」
男の人が言う。
マコト。
わたしは繰り返す。
「覚えていますか——彼女の名前です」
男の人が言う。
名前。
わたしは言う。
名前。
もう一度言う。
名前名前名前。
すごく大事なことだ。
すごくすごく大切な。
あいうえおかきくけこさしすせそたち——

ち。
ち、ち、
ち、ち、ち、
男の人は顔を曲げたままわたしを見ている。
ち、ち、ち、
ち、ち──
ちさ。
わたしの口から名前が出てくる。
ちさ。名前。
ちさは名前だ。
わたしはそう思う。
ちさは名前。
ちさ。
ちさ。
名前。
とても大事な名前。
とても大切な。
とてもとてもとても。

とても恐ろしい。

恐ろしい名前。

ばけもの。

ばけものの。

名前。

ぼ――

ぼ、ぎ、わ、ん。

「あああああああ！　ちさ！　ちさちさちさちさ！　ちさああああああああちさああ！　ちさあああ！　ちさあああ！」

わたしの口から大きな音が出ている。

わたしの目から冷たい水がこぼれている。

センセイがわたしの身体を押さえつける。

第三章　部外者

一

三十日空いてる？　阿賀見《あがみ》高　上京組集まり

大木《おおき》さん、ウエケン、野崎

どもども～おひさです😊
寺西《てらにし》（テラッチ）やでー、元気してるかー？
ちなみに今日は長男の卒園式やってんけど、ああいうのって感動するもんやねえ。

いきなりでごめんやけど、阿賀見の横井《よこい》さん（旧姓・稲垣《いながき》）、マスオ君、玉川《たまがわ》さん（旧姓・和泉《いずみ》）とランチ？　お食事会？　茶話会？　することになってん！
お三方もどうかな？

みんな相方と子供連れてくる言うてるし、オレもヨメと子供二人連れてくから、基本的には家族でわいわい系の会になると思いますー。
詳細以下のとおりです♪

日時
三月三十日　日曜日　十一時三十分
場所　チャドパーキンス新橋《しんばし》店
無国籍料理の店で、朝採れ野菜のバーニャカウダがオススメやねんて（マスオ君談）！
お子様プレートもあるとのことです。

場所はググッたら出るやろ（笑）
駐車場はないらしいから基本電車がええ思うでー。
ではご検討くださいませ ｰ<﹀

Re：三十日空いてる？　阿賀見高　上京組集まり

テラッチへ

ごぶさたしてます
いいタイミングやわ！　旦那《だんな》と娘とアキバで買い物してから行きます。
子供の英才教育カネかかるよね～（笑）
みんなその辺どうしてるんかな？　当日いろいろご指導、ご鞭撻《べんたつ》よろしく！

Re：三十日空いてる？　阿賀見高　上京組集まり

親バカ商社マン（笑）寺西様

ありがとう、ツレと子供二人、四人で参加させてもらいます。
その店行ったことあるけど、なかなかいいですYO！
めしログにレビュー書いたから、ヒマやったら見てみて～。
「麺《めん》類原理主義者ウエハラ」名義で、海鮮フォーについて熱く語ってもうた（笑）
楽しみやわー、ほなねー。

Re：三十日空いてる？　阿賀見高　上京組集まり

大木さん、麺類原理主義者（笑）さん
はやくもさんくす！　忙しいとこありがとうな！
最終参加者確定したら改めてメールするわ〈^_^〉
野崎も連絡しくよろー♪

Re：三十日空いてる？　阿賀見高　上京組集まり

寺西様
ご無沙汰《ぶさた》しております
ごめんなさい
その日はどうしても外せない仕事があって参加できません
お誘いいただいたのに申し訳ありません

Re：三十日空いてる？　阿賀見高　上京組集まり

遅くに失礼します。
野崎、別に気にせんでもええよ、急な連絡やったし。
この会ちょいちょい定期的にやる流れやから、また連絡するわ。
野崎夫人にも久々にあいさつしとかんとな（笑）
子供できた？　出産とかで困ったことあったらいつでもゆーてな🙆

※　※

メールボックスを閉じ、スマホを机の所定の位置に置いて、俺はモニタに意識を集中した。どうということもない原稿仕事だ。テーマは今更にもほどがある「イエティの正体はクマだった」説。

締切は明後日。この調子なら日付が変わる前に先方に送信できるだろう。先方は潰《つぶ》れかけのエロ系出版社で校正は基本甘く、おまけに担当者は典型的なザルだ。自分で注意しなければ誤字脱字がそのまま掲載されることになる。

原稿が載るオカルト月刊誌の校了日は明後日で、担当者に指定された締切も明後日。つまり担当者は初めから、ゲラを出すつもりはないわけだ。

要するに、と俺は心の中で笑う。

要するにこれは埋め草記事だ。送り手にとってすら何の価値もない文章。

ただページを埋めてさえいればいい文字データだ。

カタカタと勢いよくキーを叩《たた》きながら、俺はさっきまで見ていたメールのやりとりを思い出す。

高校の同窓生から連絡が来たのは久しぶりで、同窓会の誘いには乗りたいと最初は思っていた。三十を過ぎた旧友たちと集まって食事をして、高校時代を振り返るのも、悪くはないと思っていた。

しかし。

旧友たちのやりとりを見ているうちに、彼らに対する憎悪のようなものが、心の底から沸きあがって来た。

いや、自分をごまかすのはよそう。

俺は彼らをはっきりと憎悪したのだ。

仕事などないのに、嘘を吐いて断りの連絡を入れるほど。

理由は分かりきっていた。

子供だ。

子供、子供、子供、子供。

結婚し子供を生み育てている旧友たちの、それが当たり前だ正常だと言わんばかりの物言いが、我慢ならなかったのだ。

そのノリを俺に押し付けてくるのが耐えがたかったのだ。

もちろん、それには俺にも責任――少なくとも原因がある。

離婚したことを俺は旧友たちに告げていなかった。

少なくとも寺西は俺がまだ結婚していると思っている。

それは事実と異なっている。由梨花《ゆりか》と別れてちょうど二年になる。

だからといって報告するつもりはなかった。

同窓会に参加して、集まったみんなの前で言うつもりもなかった。

傷ならとっくに癒《い》えている。

離婚が恥だとも思っていない。

ただ俺は、子供がいることが普通だと思っている連中と関わりたくないのだ。

子供がいないことを異常だ、欠落だと捉《とら》えている連中とは。

自分が否定されているような気がするからだ。

そして真琴まで否定された気がするからだ。

俺の自意識過剰だろうか。被害妄想だろうか。

ある程度はそうなのだろう。だがそう見なしたからといって、憎しみは一向に消えてはくれなかった。

俺はもう顔も思い出せない由梨花のことを思った。

のっぺらぼうの短い髪の女が、モニタの手前に浮かぶ。

由梨花の幻。

「やっぱわたし、子供欲しいもん」

由梨花の声。

由梨花がそれ以前から俺に愛想を尽かしていたのは分かっていた。原因は決して一つではない。至らなかった点はいくらでも列挙できる。

だがそれこそが決定打だった。その言葉こそが決別の宣言だった。

俺には子供ができない。

検査結果の表。

あらゆる箇所に印刷された、真っ赤な「FAIL」の文字。そのこころは「欠乏」。

無精子症だった。

意図的に大きな溜息《ためいき》を吐いて、俺はどうでもいい原稿に意識を戻した。

二

「気持ちは嬉《うれ》しいけど、わたし、子供できないよ?」

真琴がそう言ってすぐ、俺は「俺もそうだ」と答えた。彼女は「そうなんだ」と複雑な顔をして、「じゃあ、まあ、よろしくね」と笑った。

今年に入って間もない、ある日の午後。俺と真琴は付き合うことになった。

彼女が返答より先に不妊を告げた気持ちは痛いほど分かった。後で発覚して傷付きたくないからだ。

立場が逆なら俺も同じことを言ったかもしれない。

いや、実際のところはどうだろう。同じ子供ができない人間であっても、俺と真琴は大きく違っていた。

真琴は子供が好きだった。依頼人の子供とよく遊んでいた。スーパーに買い物に行くと、小さな子供が駄菓子片手に店内を徘徊《はいかい》するのを見て、目を細めて笑っていた。

「野崎くんは子供、嫌いなの」

付き合って間もない頃、真琴の家で、彼女はそう訊《き》いた。

「分からない」

ベッドの上で俺は答えた。本当に分からなかったからだ。空想する前に、計画した直後に、機械的な検査で子供ができる可能性のないことを突きつけられた俺は、いつしか子供について考えることを止めていた。

閉め切った暗いリビングで、裸の真琴は立って大きく伸びをすると、銀色の長い髪をかき上げて、

「わたしは好きだよ。大好き」

と言った。臍《へそ》の下に縫合の跡が横一文字に走っていた。

俺は何も答えられなかった。

高円寺でアルバイトをしながら、副業、というよりほとんどボランティアで、霊媒師——巫女《みこ》の真似事をしている、二十六歳の女。

比嘉真琴と知り合ったのは去年の秋、とある都内の写真スタジオで起こる怪現象について、雑誌仕事で調査している最中だった。

彼女はその力でほとんど全てを見通し俺を導き、一人の——迷える中年男性を救った。話が込み入りすぎて記事にすることはできなかったが、俺は確信して震えた。感動すら覚えた。

真琴は本物だと。

オカルトの世界にはインチキがまかり通っている。というよりオカルトの歴史はイコール詐欺、誤認、勘違いの歴史だと言っていい。

大昔から今に至るまで怪しげな商売は後を絶たない。

守護霊が、オーラが、前世が。

普通は見えないものが自分には見えると称し、困っている人間をカモにして大金を巻き上げる輩《やから》は少なくない。小銭を巻き上げる奴ならもっといる。

だが真琴は違った。俺は彼女に興味を抱いた。

彼女とのやりとりを継続し、時には自分から依頼をし、その力を目の当たりにしているうちに、俺は彼女に特別な感情を抱くようになっていた。

それは彼女の力とは一切関係ない。

ぼんやりしているようで機転が利き、無愛想なようで誰よりも人に気を遣い、見た目はおっかないが誰に対しても平等に優しい——並べ立てると陳腐に思えるが、彼女は魅力的だった。

彼女の母方の祖母は「ユタ」だったらしい。沖縄《おきなわ》の霊媒だ。

今でもかの地には存在し、信仰され信頼されている、女性のシャーマン。

真琴はその血を受け継いでいる。ユタの適性は血筋と関係ないらしいが、この辺りを突き詰めて考えるには、信頼性のあるサンプルが少なすぎる。ユタを騙《かた》る詐欺師も少なからずいるのだ。

真琴はその力を出し惜しみせず、人々のために使った。特に子供が、例えば何かに憑《つ》かれて生活もままならない、といった依頼にはすぐさま応じていた。

傷付くことも多かった。依頼人の子供が怪我をして暴言を吐かれたり、凶悪な霊に自分が怪我を負わされることもあった。それでも彼女はめげずに、子供に関する依頼を積極的に受け続け、そうでない依頼でも関係者の子供と仲良く遊んだ。俺と付き合ってからもその姿勢は変わらなかった。

俺は当初、そんな彼女に苛立《いらだ》ちを覚えていた。

真琴が子供を愛するのは構わない。ただ、彼女にとって子供と触れ合うのは、自分を傷つけるのと裏表だ。

俺は何度かそういう意味のことを言った。

彼女は寂しそうに笑って、

「でも好きなのはしょうがないじゃん」

と、青いアフロをぼわぼわと手で弾《はじ》いた。

そのとおりだ。それは自分ではどうにもならない感情なのだ。皮肉と言えば皮肉だが、彼女が子供好きだというなら、子供ができないならなおさら、好きなだけ子供好きでいさせてやろう。

そう思うと、真琴への苛立ちは次第に薄れていった。

代わりに苛立ち、憎むようになったのは、寺西や大木ら旧友のような、子供がいる連中——それも、子供がいることをさも当然のように考え、のうのうと暮らしている連中だった。

羨望《せんぼう》だ。結局のところ、俺は連中がうらやましいだけなのだ。

仕事を終えて家に帰れば子供がいて、休日は家族サービスに費やす連中が、うらやましくて仕方ないのだ。

それは確かに真実には違いない。所詮《しょせん》は俺の中の、矮小《わいしょう》な自意識の問題。

だが、本当にそれだけだろうか？

子を持つ親にどれほどの正しさがあるというのだろう？

子供を虐待死させる親。餓死させる親。嬰児《えいじ》に覚醒剤《かくせいざい》を打つ親。

極端で最悪なケースを除外したとしても、放任主義の名の下に育児放棄し、子供を危険な目に遭わせる親はいくらでもいる。

往来で殴りつけ踏みつける親もいる。

自分の夢や価値観を押し付けて道具のように利用する親だっている。

その程度の話なら、どこででも収集できる。そこらの会社で、喫煙ブースで、居酒屋で聞き耳を立てていれば、気分が悪くなるほど集められる。

雑談や日常風景がサンプルにならないというなら、統計データがある。

強姦《ごうかん》、準強姦といった法律上の区分にかかわらず、性犯罪加害者の約半数は既婚者だ。

幼児虐待の加害者は大半が実の親だ。

寺西や大木たちはこの事実を知っているのだろうか？

知っていて、自分は正常です、健全です、普通ですと、そ知らぬ顔でふるまっているのだろうか？

あるいは俺が知らないだけで、既に連中は家で子供に暴力を振るったり、外で性犯罪を重ねていたりするのだろうか？　その上で普通の仮面を被《かぶ》っているのだろうか？

お笑いだ。どいつもこいつもお笑い種《ぐさ》だ。

真琴と会っていない時、仕事が詰まっていない時、俺は気がつけばそうやって頭の中で連中を呪詛《じゅそ》し、嘲笑《ちょうしょう》し、憎悪していた。

頭が煮えそうになると、潰れるまで酒を浴びて万年床に倒れ込む。そんな毎日を送っていた。

だから――田原秀樹と会った時も、俺はすぐに彼を軽蔑《けいべつ》した。

三月。よく打ち合わせに使う、阿佐ヶ谷駅近くの喫茶店でのことだ。

子供が心配だ、妻が心配だと口にする一方で、自分がいかに普通で真っ当な人生を送り、いかに立派な社会生活を営んでいるかを、彼は言葉の端々で強調した。

こいつは子供より、家族より、下らない自分のプライドを優先している。俺は田原に対してそんな印象を持った。

真琴が「家族に優しくしろ」と告げた時、それはほぼ確信に変わった。

田原が激怒して真琴の部屋から出た後、俺は彼女に訊いた。

「上手《うま》くいっていないんだな、あいつの家庭は」

「どうだろうね」真琴はピンクの髪を掻《か》きむしって、「まあスキマはあるよ。すげーおっきなスキマが。あれじゃどんなショボいレイだって入り放題だよ」

と言った。

滑稽《こっけい》だと思った。だが真琴の前でそう口にするつもりはなかった。

田原には娘がいるという。二歳になる、小さな娘が。

困ったような顔をしている真琴。

彼女がその娘について思案しているのは容易に想像がついた。

三

だから、田原の家に行きたい、と真琴が言い出したのも、俺にとってはちっとも意外ではなかった。

田原から聞いた怪異自体にも、少なからず興味があった。

ぼぎわん。

人を呼び、さらい、山へ連れて行く化け物。

ヨーロッパから来た、ブギーマン伝承の名残。

それが田原秀樹と、その家族を狙っている。

どれほど信憑性《しんぴょう》があるのかは分からないが、俺は純粋にぼぎわんについて調べたいと思うようになっていた。

仕事の合間に調査を始めたが、成果は芳しくなかった。何も文献資料が見つからない。

俺は知り合いを駆使して『宣教師たちの足跡』の著者・瀬尾恭一の遺族にまでコンタクトを取った。

「父についてはよく知りません。もう思い出したくないというか」

瀬尾の一人娘である瘦《や》せた中年女は、会うなりそう言った。取材拒否と大差なかった。

思い切って三重県のK——地方に泊まりで足を運ぶことにした。取材費は当然自腹だ。

貯金が減るのは痛かったし、何かが分かったところで儲《もう》かる見込みはなかったが、時間だけはそれなりにあった。出版不況はいよいよ深刻だが、興味を持ってしまったものは仕方がない。

東京から長距離バスで伊賀上野《いがうえの》へ。事前にアポを取っていた民俗資料館を訪ね、書庫の文献を閲覧させてもらう。テキストはデジタルアーカイブ化されていないので検索は不可能だが、K——地方の文献、というだけで資料点数は相当に絞り込めた。それは裏を返せば、資料が極めて少ないことを意味する。

見つかったのは小杉哲舟の『紀伊雑葉』だけだった。既に唐草からコピーを入手しており、内容も一応は読んでいた。徒労だったわけだ。

ダメ元で職員たちにも訊いてみたが、ぼぎわんについて見聞きしたことのある者は一人もいなかった。

何の収穫もないままK——駅の改札を出た頃には、太陽は西に傾き始めていた。

結論から言うと、ここでも何も分からなかった。成果はゼロ。

というより心情的にはマイナスだった。

閑散とした住宅街で道行く人に声をかけ、詳しそうな人のいる家を教えてもらう。木造の古びた平屋。色あせた二世帯住宅の一階。この地に長く住むという老人たちから聞けた話を要約すると、おおよそ次の二つ。

「よう知らん」

「今は妖怪《ようかい》なんかおらん。若いもんは妖怪なんか信じてへんから」

老人だからといって知識が豊富だとは限らないし、思索が深いわけでもない。曖昧《あいまい》な否定と、月並みでノスタルジックな繰り言を何度も聞かされて、日が暮れた頃にはすっかり消耗していた。

決定的にうんざりしたのは、六人目の老人に話を聞いた時だった。

畳敷きのアパートの一室。ちゃぶ台には空になったビール缶が三つ。つまみはない。

痩せた老人は「がんこ」なら知ってる、母親からよく聞かされた恐ろしい妖怪だ、と、記憶をさぐるようにして言った。目新しい話ではないし、ぼぎわんと関係があるとは思えなかったが、他の老人たちよりはマシだった。

訪問した時点でほろ酔いだった老人は、話が終わる頃にはすっかりできあがっていた。ぼさぼさの白髪頭を掻いて、彼は、

「久しぶりやなあ、こんなに話したんは」

と、充血した目を細めた。

礼を言って退室しようとした時、老人が不意に俺を呼び止めた。

「あんた、宿に帰るんか。ホテルか」

「ええ」

「こっからやったら、××の駅前か」

「そうです」

「まあ、ここらは遊ぶとこも、泊まるとこもないしなあ――」

老人は遠い目をして言ったが、すぐに、

「せや、子宝温泉、入ったらええわ。あったまるで」

と笑顔で言った。

駅前の看板は見ていたし、それ以前にネットで下調べをした時点で、この地に最近温泉が湧き、それなりに繁盛しているらしいことも知っていた。名前の由来も。

そしてどういう理由で繁盛しているかも。

要は「神頼み」ならぬ「温泉頼み」だ。子供ができない人間がすがるのは現代医療だけではない。温泉や食材といった、どことなく健康的で、なんとなく自然由来のものに救いを、成果を求めてしまう。

子供を授かることを。俺や真琴が諦《あきら》めたものを。

「いえ、電車がありますので」

社交辞令を口にすることすら真っ平だった。おそらく作り笑いもできていなかったのだろう。老人は「残念やな、また来たらええわ」と寂しげに言った。

すっかり暗くなった駅前に差し掛かると、ライトで煌々《こうこう》と照らされた看板が嫌でも目に付いた。

格安ビジネスホテルの狭い部屋でコンビニで買った酒をあおり、知らないローカルチャンネルを眺めて夜を明かした。夕食を摂《と》る気にも風呂《ふろ》に入る気にもなれなかった。

四

実地調査で得たものと言えば、三重県は伊賀で、組紐《くみひも》が昔から魔除《まよ》けに使われていたという話を知ったことくらいだった。伊賀とK——は地理的にも近い。ぼぎわんを退ける手段として、当時の人々が使っていたとしてもおかしくはない。そう思えた。

今現在でも、伊賀で組紐はそれなりに大きな産業だった。伝統工芸と言ったほうがいいのだろう。俺は真琴とサイトを見ながら、黒とオレンジの三メートルの組紐を二本、オーダーメイドで購入した。代金は俺と真琴の折半だった。彼女が譲らなかったのだ。

「長さの根拠は何だ？」

俺が訊くと、彼女は「うーん」と首をひねり、

「昔、姉ちゃんに教えてもらったやり方を、応用できたらいいかなって」

と言った。

姉ちゃん。真琴と知り合った当初から、彼女は頻繁に姉の話を出した。

話を総合すると、真琴と同じ巫女——というより巫女の先輩だという。義務教育の頃からそうした活動を始め、金銭を得ていたというから筋金入りだ。歳は三十過ぎだという。

「もう何年も会ったり話したりしてないけどね」

真琴は悲しげに言った。彼女の口ぶりから、姉への尊敬の念は並々ならぬものがあるのは明らかだったが、交流は途絶えているようだ。以前から国内を飛び回って巫女をやっていたとも聞いた。多忙なのだろう。

ぼぎわんの調査ははかどらなかったが、真琴が定期的に通うことで、田原家の方は上手く回っているようだった。俺が見ても、妻の香奈が真琴と語らう時はリラックスして

いるようだったし、娘の知紗も彼女によく懐いているのが分かった。田原の呑気《のんき》に嬉しがっている様子には呆《あき》れたが、特に干渉するつもりはなかった。

とはいえ、俺も田原家には、ぼぎわんほどではないにせよ、それなりの興味を抱くようになっていたのだろう。

久しぶりに菓子を作って真琴に届けさせた。三年に満たない由梨花との生活で得た、数少ないスキルだった。

「この前はありがとうございました。知紗もおいしいってたくさん食べてましたよ」

翌週、訪問するなり田原からそう言われ、俺は戸惑ったと同時に安心した。

由梨花を恨んだことはなかったが、その時初めて、俺は由梨花という存在を、由梨花と一緒に暮らしていたという事実を、素直に肯定できたように思った。それは真琴に対する気持ちとは全く矛盾しない感情だった。

真琴は楽しそうだった。田原家から帰る時、彼女はいつも知紗の話をしていた。電車の中でも、食事をしている間も、どちらかの家に帰っても、布団の中でも。

俺はそんな真琴を見ているのが楽しかった。

だが。

化け物――ぼぎわんは想像以上に強大だった。

スキマを埋めたくらいではどうにもならない相手だった。

真琴があれほど狼狽《ろうばい》するのを俺は初めて見た。

超常的な力でモノが物理的に破壊されるのも初めて見た。

霊能者が恐れをなして退散するなど、フィクションの中だけだと思っていた。

俺のすぐ側で霊能者が腕を噛《か》み切られ、救急車の中、俺の見ている前で死んだ。

そして——田原秀樹も死んだ。

頭と顔を食われて。血まみれのリビングに横たわって。

田原は死んでいた。

赤の他人が死んで、これほどショックを受けたのも初めてだった。

俺以上に真琴は打ちひしがれていた。

食事を全く摂らずに何日もベッドで泣き続けた。なだめても怒っても泣き続けた。あっという間にやせ細って、ピンク色の抜け毛が部屋中に散乱するようになった。

何とか彼女を落ち着かせ、最低限の食事をさせ黒髪のカツラを被せて、彼女を田原家に連れて行った頃には、とっくに葬式は終わっていた。

香奈は不自然なほど冷静だった。母は強し、などという常套句《じょうとうく》で済ませることができないほど、彼女はテキパキと事を処理していた。

知紗の託児所だけは彼女の頑張りだけでは見つからず、再び真琴と俺は田原家に訪問するようになった。

真琴のアルバイト先は高円寺の「デラシネ」という小さなカウンターバーで、勤務時間は午後八時から翌三時まで。つまり昼間は空いていた。彼女はバイト以外の全ての時間を、できるだけ田原家との交流に使うようになった。

俺はぼぎわんの調査を再開した。連載の仕事以外の、単発の仕事はほとんど入れず、空いた時間を全部使って文献を漁《あさ》り、知っていそうな人間に片っ端からコンタクトを取った。

田原と知り合うきっかけとなった唐草大悟とも情報を交換するようになっていた。

唐草は香奈に関心——下世話な言い方だと「気がある」ようで、ちょくちょく彼女に連絡をしているようだった。成果はあったのか知らない。ただ、同時に彼は熱心に、ぼぎわんについて調べ始めていて、俺に様々なアドバイスをくれた。

「関西《かんさい》の大学に行ったついでに、伊勢神宮に寄って剣祓《けんはらい》を買ってきたよ。香奈さんに渡してくれないか」

S大文学部棟の民俗学研究室で、唐草は俺に剣の形を模した護符を渡した。

「ご自分で渡された方がいいんじゃないですか」

俺は訊いた。

「しょっちゅう彼女の家に行ってるんだろう？　君が渡した方が自然でいいじゃないか」

唐草はさわやかな笑みを浮かべて答えた。

「唐草さんの方が、香奈さんも喜ぶと思いますよ」

俺がそう言うと、唐草は、

「彼女は知紗ちゃんのことで頭がいっぱいみたいだね」

やれやれといった表情で溜息を吐いた。

なにはともあれ、田原家——香奈と知紗を守ろうとする人間が一人でも多いのは心強かった。

しかし。

知紗と毎日のように遊び、体重も戻ってきた真琴だったが、日が落ちるのが早くなり、寒さが厳しくなってくるとともに、家に帰ると塞《ふさ》ぎ込むようになった。

ベッドに顔を埋《うず》めてすすり泣いていることもあった。メイクをしたまま泣いて、シーツにべったりと黒とピンクの跡がつくこともあった。

関わり過ぎた。情が移り過ぎたのだ。

「もう会いに行くのはやめとけよ。俺だけで十分だ」

その日も布団に包《くる》まって泣いていた真琴に、俺は言った。

もぞもぞと布団の塊が動く。首を横に振っているのだと分かった。

「香奈さんと知紗は上手くやっている。託児所だってお前がいないならいないで、すぐに見つけるだろう。そもそもスキマを埋めたところで、どうにかなる相手じゃないはずだ。お前の姉さんが言ってたろ」

真琴の姉からはあれ以来連絡がない。真琴に連絡が来た様子もなかった。

「でもさ」布団から小さな声がして、「知紗ちゃん、可愛いもん。何とかしたいって思うじゃん」

「毎日遊んだら何とかなるのか?」

真琴は黙った。目の前の布団の塊からは、かすかに布の擦れる音がするだけだった。

「お前が辛《つら》くなるだけじゃないのか」

俺は言った。

真琴は答えない。

「子供が欲しくなるだけだろ?」

布団の中の真琴は何も言わない。

「真琴」

俺は溜息を吐いて、

「所詮は他人の子供だ。ある程度は——放っとくのがいい」

と言った。

布団が跳ね上がって、枕が俺めがけて飛んできた。間一髪で腕で弾き返す。

枕は白い壁に当たって床に落ちた。

真琴は大きな目を真っ赤に、その周りを真っ黒にして俺を睨《にら》み付けていた。上目遣いで歯を食いしばり、

「所詮ってなんだよ」いつもよりずっと低い声で、彼女は、「他人の子供だったら、てきとーにあしらっとけってこと? 好きになったらダメってこと?」

「そうは言ってない。お前が——」

「黙れ！」

真琴は叫んだ。見開かれた目から大粒の涙がボロボロとこぼれ落ち、グレーのパーカーにいくつもの染みを作った。

「わたしには、他人の子供しかいないんだよ」

声を震わせて真琴は言った。

「野崎だってそうじゃん。なのに——なに悟ったようなこと言ってんだよ」

俺は黙った。

トラックとタクシーが猛スピードで走る、深夜の環状七号線沿いの歩道を歩きながら、俺は自分と真琴について考えていた。

子供ができないから、真琴は他人の子を愛すると言う。そうするしかないと。

俺は同じ理由で他人の子を憎んでいる。子とその親を憎悪している。

前者の方が健全で真っ当なのは明らかだ。美しくさえある。

だが俺は真琴のようには考えられない。

なぜならそれは、自分に欠落がある、欠陥があると認めたようなものだからだ。

金がないから借金するのと同じだ。

食い物がないから炊き出しに並ぶのと同じだ。

不妊の検査を受けたがらない旦那《だんな》は多い、と何かの記事で読んだことがある。

自分に不妊の原因があることを認めたがらない、それどころか、原因があるかどうか検査し確認することすら、拒否する男性は多いと。

俺も連中と同じだ。いや、それ以下かもしれない。

検査を受け、不妊であることを突きつけられてもなお、俺は自分の欠落を認められずにいる。

もともと子供を作らない、そういう生き物であるかのように振る舞おうとしている。

五

深夜に香奈から電話があって、俺はあれ——ぼぎわんが、再び田原家を狙っていることを知った。知紗の異変を聞く限りそうとしか思えなかった。

同時にいくつかの疑問も湧いた。

まず一つ目。

ぼぎわんが近づいているのなら、ほとんど毎日田原家にいる真琴が何故それを察知できなかったのか。相手になる／ならないは別にしても、感知することはできるはずではなかったか。

二つ目。

唐草から受け取り香奈に渡した剣祓は、何故効果がなかったのか。仮に効果——結界の役割を果たすほどの霊験がなかったとしても、いちいち物理的に破壊しなければ、ぼぎわんは家人を襲うことができないはずではなかったか。

香奈から聞いた限りでは、剣祓は渡した直後からずっと仏壇に飾ってあるという。非科学的、超常的な分野においても、論理や理屈というものは必ず存在する。何でもアリではないのだ。田原家で起こっていることは理屈に合わない。

「全然、気付かなかった――」

真琴は蒼白《そうはく》になってそう答えた。自分を責めるのはたやすく予測できたので、俺はすぐさま、

「お前が悪いんじゃない。これには何か理由があるはずだ」

と、言葉を続けた。真琴は青い顔のままベッドに座り込み、ずっとうつむいていた。


「あれは確かに伊勢神宮で購入したものだよ」

唐草は困惑した表情で首をかしげた。

金曜の昼、S大文学部棟の民俗学研究室。唐草は机に広げた講義試験の解答用紙を端に寄せ、

「何かあったのかい」

と訊いた。

「いえ、何も」

俺は答えた。それが逆に問題であり不可解な点だが、説明しようとすると、

「やっぱり伊勢より京都だったかな。晴明神社の御札もあるよ。方除札《ほうよけふだ》というんだ」

唐草は引き出しから白く大きな御札を取り出した。

白い包み紙に「晴明大神」「方除守護」と筆で大書きされ、黒く細い紙で束ねてある。筆文字の上に、朱色の五芒星《ごぼう》の印が押されていた。

「晴明桔梗《せいめいききょう》……」

俺がつぶやくと、唐草はうなずいて、

「三重の、志摩《しま》の海女《あま》さんたちは、同じ紋をドーマンセーマンと呼んで魔除けに使っていたんだ。手ぬぐいなんかに黒い糸で刺繍《ししゅう》する。ポピュラーな図形だから一概には言えないけど、晴明の——陰陽道《おんみょうどう》の影響があるかもしれないね」

「なるほど」

ドーマンセーマンについては知っていたし、志摩の海女たちが何を恐れていたかも、ぼぎわんを調べる過程で知ったが、特に口を挟むつもりはなかった。

「だから今回の件には、こっちの方がいいのかもしれない。ただ地理的に近いんじゃなくて、民俗学的な裏付けがある方がね」

唐草はそう言って方除札を差し出した。

田原が死んだこともあって、ぼぎわんについては「受け入れざるをえない」という心境らしいが、民俗学者の立場上、安易に超常的なモノを認めるわけにはいかないのだろう。それでも唐草は残された家族、特に香奈に気をかけ、力になろうとしている。理性的でフェアで誠実だ。立派な男だと俺は思った。

研究室を辞去し、文学部棟の古めかしい門を出たところで、

「野崎センセー」

気の抜けた声が俺を呼び止めた。

声のした方を見ると、丸刈りでどんぐり目の小さな青年が、ニコニコしながら近付いて来た。十月も終わりに近付いているというのに、半袖《はんそで》の黒いポロシャツ一枚だった。

唐草のゼミの大学院生、岩田哲人《てつと》だった。

「唐草センセーんとこ、行ってたんですか」

「ああ」

「アレですか、ぼぎわん？」

「そうだよ」

「それ、記事になったら教えてくださいね、っつっても『ブルシット』も『アトランティス』も『奇奇怪怪』も定期購読してるんで、教えてくれる前に読んじゃうと思うんですけど。野崎センセーのまとまった記事って久しぶり――」

「センセーは止めてくれ」

「えへへへ」

岩田はへらへらと丸い頭を掻いた。

唐草を介して知り合ったオカルト愛好家の院生。真面目を通り越して偏執的な人間で、ヒマさえあれば全国を回って、レア本、稀覯《きこう》本の類《たぐい》を蒐集《しゅうしゅう》している。ヒマがなくてもネ

ットで買い漁っているという。守備範囲もワンマン社長のポルノまがいの自伝から、地下アイドルが自主制作し手売りした、身の毛もよだつコスプレ写真集、果ては桃山時代の僧侶《そうりょ》が描いた稚拙な地獄絵図など幅広い。というより無節操だ。

この手の人間には珍しく、集めた本はちゃんと読んでいるというので、俺は彼にぼぎわんについてあらましだけ説明し、協力を仰いでいた。旅先で、ネットで、それらしいものが見つかったら教えてくれと伝えてあった。

「ミニコミ?」

学生食堂のテーブルに身を乗り出して、俺は訊いた。対面の岩田は俺が奢《おご》った中華定食に手を付けることもせず、ズタボロのリュックから小さな冊子を取り出した。『ぺちゅにあ通信　第十八号』という微妙なタイトルの、一色刷りB5サイズの冊子。開いて俺に見せながら、岩田は、

「これです。奈良のR大学の新聞部が七〇年代に出してたミニコミ。スタッフクレジットに瀬尾恭一の名前があるんですよ。一応ネットで経歴とか確認した限りでは、同姓同名の別人ではないと思います」

後ろのほうのスタッフクレジットに、確かに「瀬尾恭一（四回）」と書かれていた。

「それで、ですね——」岩田はパラパラとページを繰って、「これこれ、『ぬかみそのかほり』。おばあちゃんの知恵袋っていうんですかね、爺《じい》さん婆さんに、マスコミじゃまず扱わないだろうっていう細かい話、ヤバい話を聞くっていう企画なんですけど。面白

いですよー、この前の十七号なんか――」

「この号は何て書いてあるんだ？」

　露骨に話をさえぎっても岩田は気にした様子もなく、それどころか嬉しそうに、

「これがですね、K――出身の婆さんの談話が載ってて。しかもずーっと妖怪の話してるんですよ。なんつーんすかね、今でいうホラー好きの女子みたいで可愛――」

「で、内容は？」

「ぼぎわんが出てくるんですよぉ」

　岩田は満面の笑みで言った。

　専門書籍でも古文書でもない、学生が作ったミニコミの片隅に、ぼぎわんという言葉が載っていて、それをレア本マニアが見つけ出したという。にわかには信じがたい。それでもテンションは自然と上がる。

　俺は缶コーヒーを一口飲んでから深呼吸した。机に置いた鞄《かばん》に手を突っ込んで、煙草を取り出した。勢い余ってバサリと中身が飛び出す。デジカメと財布、名刺入れ、領収書を一時保管する透明な袋。そして唐草からもらったばかりの方除札。

「あれえ？」

　出し抜けに岩田が言った。散らかった机の上を半笑いで見ている。

「どうした」

「へえええ、いや、現役であるんですねー、マドウフって」

「これですよこれ」

岩田はひょいと方除札を摘《つま》み上げ、

「つか、知ってて持ってるんですよね当然。さっすが野崎センセー」

と、勝手に感心し始めた。

「いや、知らない。悪いが教えてもらえないか」

俺が正直に言うと、彼はがっかりするどころかますます感心し、

「謙虚ですねえ。やっぱ真面目なライターさんってそういう——」

「何なんだ、まどうふって？」

岩田はヒビの入ったスマホを手に取り、メモを起動させると手際よくタッチパネルに打ち込んで、

「要するに——」

〈魔導符〉

「——悪いモノを呼び込む道具ですよ」

と言った。

「……何だって？」

液晶に表示された文字列を見ながら、俺はそれだけ訊いた。

岩田は方除札を手に取ると、

「民間信仰っつーんですかね。関西で江戸時代くらいまで普及してたらしいですよ。ありがたい御札とかお守りとかを、ちょっとアレンジして。そしたらご利益が裏返るって信じられてたそうです。早い話がアレです、呪いですよ」

すぐに言葉が出ない。岩田は硬直する俺に気付いていないのか、

「でも廃仏毀釈《きしやく》とかのバタバタで、その辺の信仰も一掃されたって、学問的にはなってるんですけどねえ。まあ個人レベルなら今でもやってる人がいてもおかしくないかあ」

瞬時に乾いた口をコーヒーで潤して、俺は方除札を指で示し、

「これは——アレンジされてるのか？　本来の形じゃなくて」

「ええ」岩田は即答した。「水引《みずひき》って言っていいか分からないですけど、この真ん中の紙、オリジナルは赤なんですよ。これだと黒ですけどね。一番よくあったっていうアレンジは——」

岩田は方除札の端をさっと指先で刷《は》くようにして、

「隅っこを、墨で黒く塗ることです」

と言った。

手渡された剣祓を思い出した。先端に当たる紙の隅には、確かに墨が塗られていた。

「つか、知らないで持ってるって、どういうことですかセンセー？」

岩田は相変わらず呑気な口調で訊く。俺はどうにか、

「知り合いからもらったというか……」

と答えると、彼は「ひえええ」と大げさに驚いて、

「それって普通に考えてセンセー、呪われてるんじゃないですかあ？」

と、大きな声で言った。

そのとおりだ。俺は思った。論理的にそうなる。つまり——

あの剣祓はぼぎわんの侵攻を許し、導くのだ。

それを用意した人物は、田原家を呪っているのだ。

「ん？　待てよ、つかその知り合いの人も、魔導符だって知らない可能性もありますよねえ。でもそれはそれで——」

岩田は腕を組んで目を閉じ、悩み始めた。

俺は立ち上がって食堂を飛び出した。

直前の岩田の疑問は、頭の中で瞬殺していた。

魔導符を知らないはずがないのだ。

あいつは——唐草大悟は民俗学者なのだから。

六

民俗学研究室の扉を乱暴に開き、他に誰もいない室内を大股《おおまた》で歩く。一番奥の窓際の

広い席に、唐草は座っていた。試験の採点は終わったらしい。

「ついさっき――魔導符について知ったよ」

自然とタメ口で話していた。唐草は表情一つ変えず、

「そうか」

とだけ答えた。

俺はすぐ横にある本棚の、並んだ本の背を手の甲で思い切り殴りつけた。バンという音とともに唐草の表情が一変する。すぐさま立ち上がって、

「手荒な真似――」

「呪ってたんだな？　田原家を」

俺は一歩で詰め寄って唐草を真正面から見据えた。身長はほとんど変わらない。唐草はすぐに、口元に小さく笑みを作ると、

「呪った？　香奈さんがそう言ったのか？　そうでなければ、俺が『呪った』ことにはならないよ。『呪われた』という受け手の認識があって初めて、『呪っ――』」

「喋《しゃべ》んなボケ」

俺は関西弁で凄《すご》んだ。久々に発音したが、すんなりとドスの利いた声が出ていた。

唐草はあからさまにひるんだ。

「――香奈さんに気があるんじゃなかったのか？」

わざとらしく標準語に戻して俺は訊いた。

唐草は俺から視線を逸《そ》らして、

「俺になびけば、すぐに止めるつもりだったよ」

と、身体ごと横を向いた。

「いい歳こいて何やってるんだ、あんた」

思わず口から笑い声が漏れた。嘲笑。混じり気のない嘲《あざけ》り。

唐草は再び俺を見た。血走った目で彼は、

「田原よりはマシさ」

と笑い返した。俺が疑問を抱いたとでも思ったのだろう。すぐに、

「今年の頭に久々に会った。新宿の居酒屋だ。会うまでは純粋に再会を喜ぶつもりでいたよ。旧交を温め合うというやつだ。だが――すぐに心底うんざりした。口を開けば子供の話ばかりだったからだ。子供、子供、子供、子供！　それ以外は――」

どす黒くくすんだ顔に引き攣《つ》った笑みを浮かべて、

「――行きつけの風俗と、職場で食った女の話さ」

唐草は吐き捨てるように言った。

「飲み屋でする話なんてそんなもんだろう。子持ちのサラリーマンならなおさらだ」

俺は一般論を言った。それこそ飲み屋の愚痴と大差ない唐草の恨み節に、まともに付き合うつもりはなかった。

「俺もそう思ったさ」唐草は鼻を鳴らし、「いや――ずっと以前から、そう思って生き

てきた。大学だって大差ないからな。お偉い教授がたも酒の肴《さかな》は子供か女の話だ。何時間も何日も何年も付き合わされてきたさ」

唐草は椅子に腰を下ろし、

「知ったことかと思わないか？　野崎君」

と、尋ねた。

答えずにいると、彼は待ちきれなくなったのか乾いた唇を舐《な》め、不意に優しく微笑んで、

「最初に取材に来たときから、君には同類の匂いがしたんだがね」

と言った。

「同類？」

「そうさ。家庭を作り子供を育て、空いた時間は博打《ばくち》か女遊び——そんなことよりもっと大切なモノ、優先したいコトがあって、それに全情熱を注ぎ全人生を捧《ささ》げる。そういう人種の匂いだよ。俺の場合は民俗学、君はオカルト。そうだろう？」

「それは——」

「君だって」唐草は俺の言葉を遮り、「他人の子供がどこの学校に通おうが知ったことじゃないだろう？　パソコンでこっそり何を閲覧してようがどうでもいいだろう？　そんなことより知りたいこと調べたいことがあるだろう？」

目がぎらぎらと光り始めていた。次第に自分の言葉に興奮しているようだった。

「部下の女は俺に気があるから口説けば絶対ヤレるだの、浮気相手の女子大生がメンヘ

ラっぽいから別れたいけど結局その日もヤッただの、そんな話ばかり聞かされて気が変にならないか？　時間を奪われていると思ったことは一度もないか？　目の前で男のたしなみと言わんばかりにクダ巻いてる下衆《げす》どもを、絞め殺してやりたいと思ったことは？　もうたくさんなんだよ！　かつての友達すらそんな下衆の仲間入りだ！　ガキの一人、女の一人くらい呪う権利はあるだろう！」

唐草はとうとう叫んだ。唾《つば》が机に飛んだ。指先が当たった答案が宙を舞った。丁寧に撫《な》で付けられた髪は乱れ、彫りの深い顔は醜く歪《ゆが》んでいた。

怒号が廊下に響こうと誰かが入室してこようと、構わないようだった。というよりその可能性を思い付きもしないようだった。

俺は黙って唐草を見ていた。

乱れた呼吸が収まり、ぐったりし始めたのを見計らって、俺は、

「だったらあんた好みの話をしてあげますよ、唐草先生」

と言った。

唐草は答えず、椅子に深々と腰を沈めて俺を見上げた。

「トモカヅキという妖怪がいますね。ぼぎわんと同じ三重県に伝わる」

「ああ」唐草は沈んだ声で「志摩の海浜の話だ。海女たちに恐れられていた妖怪さ。さっき言ったドーマンセーマンは、トモカヅキを退けるためのものだ」

「トモカヅキは一般的に海女の格好——目撃者そっくりの姿をしている、と伝えられて

いるようですが」

「そうだが」

　唐草は不審そうな顔で答えた。話の着地点が分からないのだろう。

「三流オカルトライターっぽく、ザックリ言わせてもらえば」俺は自嘲の笑みを浮かべて、「ドッペルゲンガーというやつのバリエーションなんですかね？　自分そっくりの存在を目撃してしまう、見て数日後には死んでしまうという、古今東西あまねく伝わる現象ですが……？」

「専門にしてる先生もいらっしゃるよ。で、それが？」

　唐草はうんざりした口調で訊いた。

　俺は彼の後ろ、窓の外を眺めながら、

「トモカヅキは海女を海の底にひきずりこみ、殺してしまうという。だからトモカヅキを目撃した海女は、それ以降は基本海に潜らなくなる——いわばセミリタイヤしてしまう。生き死にに関わる体験をしたんだから、当然といえば当然です。しかし面白いのは、目撃した海女だけでなく、目撃談を聞いた他の海女たちも、しばらく仕事を休むという言い伝えだ。この恐れ方は尋常じゃない」

　と、一気に言った。

　唐草は黙っている。俺は彼の目を見据えて、

「先生、トモカヅキは何故それほどまでに恐れられているんでしょうね？」

「まあ、ただでさえ海は怖いからね。トモカヅキが出ようが出まいが、ずっと潜ってたら死んでしまう」

彼は溜息混じりに言った。真剣に考えて答えるつもりはないようだが、それでいてでたらめな回答をしない――一定の真実を踏まえているあたり、どんな状況にあっても仕事に関しては真面目なのだろう。立派なものだ。

「なるほど。トモカヅキは海に対する畏怖《いふ》そのもの、というわけですか。先生の解釈によると」

「安直な思いつきだ。仮に裏が取れたとしても、学術的な価値はないよ」

「俺の考えでは違います」

そう言って、俺は唐草の机に両手をついた。上から見下ろす。

こちらの出方をうかがう彼を見ながら、

「昔から人間は考えていた。自分そっくりのモノは恐ろしいと。見てはいけない、見たら死んでしまうとすら言い伝えていた。それは何故か？　今の俺には分かる。少なくとも分かる気がします」

一呼吸置いて、

「それは――自分の醜さや、おぞましさや、弱さや愚かさを目の当たりにするのは、耐え難いほど苦痛だからです。先生を見ていてイヤというほど分かりましたよ。おかげさまでいま最悪な気分です」

拍子抜けした表情の唐草に「どうもありがとうございました」と慇懃《いんぎん》無礼に言い捨て、俺は研究室を出た。

階段を下りながらスマホを取り出し、真琴に連絡しようとした。剣祓が全く機能していない──それどころか魔を呼び込む作用がある以上、すぐに真琴に結界を張らせる必要がある。知紗が何らかの攻撃を受けているかもしれない今ならなおさらだ。ついさっきまでの唐草との長話を、俺は早くも後悔していた。

岩田からメールが来ていた。件名は「ぺちゅにあ通信スキャン」。

サッと目を通すつもりで俺は添付データを開いた。

茶色く変色した紙に活字がびっしりと、わずかに湾曲して並んでいた。

老婆の写真。小見出し、本文。

文面を流し読んで、俺は即座に状況を、知紗に何が起こっているかを理解した。

老婆の談話にはこう書かれていた。

〈……ぼぎわんという妖怪も、親や親戚《しんせき》から聞かされていました。普段は山に棲《す》んでいるんですが、たまに下りてきて人をさらうそうです。山に連れて行く。だから夜ふかしすると、『ぼぎわんが来るぞ』『山へ連れてってもらうぞ』と脅されたものです。それとは別に、ぼぎわんは親や兄弟の声を真似して、子供を山へ誘う、という話も聞いたことがありました。一人でいる時に、遠くからお母さんの声がしても、声のする方に行ってはいけない。ふらっと身体が勝手にどこかへ向かいそうになっても、身を任せてはいけない。それはぼぎわんの仕業だから、と。同じ妖怪でも、言い伝えに微妙にバリエーションがあるんですね。姑獲鳥《うぶめ》という妖怪にも、鳴き声の話と、子供を抱かせる女の話、大きく分けて二つが伝わっていたりして。そんなことに魅《ひ》かれる自分はおかしいんじゃ……〉

「スピーカーにしてるよ」

スマホの向こうで真琴は言った。かすかに鼻水を啜る音がしたのが気になったが、すぐに打ち消して俺は言った。

「真琴、いますぐそこに結界を張ってくれ」

七

ベリッシマ上井草三〇二号室のドアノブをひねると、抵抗なく扉は開いた。

真琴は怪我をしているという。香奈と知紗をかばい、ベランダで一人ぼぎわんに立ち向かって。

廊下を駆け抜け、リビングに出て俺は息を呑《の》んだ。割れた血まみれのガラス窓を見て、叫び出しそうになるのをどうにかこらえ、走り寄ってガラス片をまたぎ外を見た。

真っ赤だった。ベランダの床、ひしゃげた柵《さく》、曲がった物干し竿《ざお》に洗濯ハンガー、全てが赤く濡《ぬ》れていた。

真琴の姿はない。隠れるような物陰もない。ベランダの片隅に組紐が落ちていた。そのすぐ側の床には、赤黒い手形がべったりと残されていた。小さな手のひら。

目の前の光景と、頭の中に広がる最悪の展開に、背筋が一気に冷たくなって行くのが分かった。気分が悪くなって顔を伏せると、足元の絨毯《じゅうたん》に散らばったガラスの破片にも、血が点々と飛び散っていた。

室内にガラスの破片。

俺は周囲を見渡す。来た時には焦っていたせいで気付かなかったが、和室の扉は外れて倒れ、ダイニングテーブルはキッチンの入口にまで移動していた。壁もそこかしこがヘコみ、壁紙が剝《は》がれていた。

中にまで入ってきたのか。だとすれば。

和室に入る。以前と同じく整然としている。「争った形跡」はなく真琴もいない。

仏壇には剣祓――いや、唐草の魔導符が供えられていた。俺は摑《つか》んで一瞬だけ戸惑って、二つに千切って投げ捨てた。

和室を出る。テーブルを押しのけて台所に入る。ここにもいない。

「真琴！」

考えるより先に叫んでいた。「どこだ！」と続けて台所を飛び出すと、廊下の床に点々と血の跡が続いているのが目に留まった。

血痕《けっこん》はジグザグの軌道を描いて途中で曲がり、洗面所へと向かっていた。

洗面所は壮絶に破壊されていた。

洗濯機は倒され、ラックはへし折れていた。白い洗面台には大きなヒビが入り、鏡は化粧台ごと壁から引き剝がされて浴室の扉の前に倒されていた。鏡面が俺の間抜け面を反射している。

視界がピンクの色彩を捉えた。真琴の髪。真っ赤に濡れた手。鏡の、化粧台の下敷きになっている。

洗濯機をまたぎ越え化粧台を持ち上げると、全身を血に染めた真琴が、ぐったりと横たわっていた。

「大丈夫か真琴！」

抱き起こすと両手に生暖かい感触が伝わった。血の飛沫《ひまつ》で汚れた顔は真っ青だが、息はしている。目は半開きだが意識がないようだ。揺すっても呼びかけても返事はなかった。

どうにかスマホを取り出して、一一九を押そうにも血で滑ってタッチパネルが指を認識しない。焦るな。呼吸が荒くなるのを抑えて俺はゆっくりとパネルを指で擦《こす》る。

真琴は頰と腕、肩を怪我していた。血で汚れてよく分からないが、ところどころ見える抉《えぐ》れたような、弧を描くように並んだ傷は歯形に違いなかった。右肩の特に深い傷口がぬらりと光る。まだ血は止まっていないのだ。

住所を伝え電話を切ると、真琴を抱え上げてリビングに戻り、ソファに寝かせ、再び洗面所に引き返しタオルを拝借して傷口に当てた。

白いタオルが少しずつ赤く染まっていく。力を込めると真琴がかすかに呻《うめ》いた。

俺は真琴に何度も声をかけた。彼女の大きな黒い目がしばし虚空を見てから、徐々に焦点を結ぶ。

「……ち、ちさちゃん、は……」

「香奈さんと京都に向かってる。とりあえずは無事だ」

「そっか……」

苦痛の中にわずかに安堵《あんど》の表情を浮かべ、真琴はふうう、と息を吐いた。

「あれは——どうなった」

念のため俺は訊く。今この場にいるとは思えないが、それは俺が感知できないだけなのかもしれない。真琴は顔をしかめて、

「か、かがみ……」

俺は黙る。言っている意味が分からず、何と答えていいかも分からない。

「鏡がどうした」

どうにかそう返すと、真琴は苦しそうな息の間から、

「ひ……ヒモ、一本だけ、だとなんか、上手くいかな、くて……でも」

「でも？」

「鏡、キライ、だと思っ……て、せんめん、じょに」

ぼんやりとだが状況は呑み込めた。洗面所の鏡が、真琴をすんでのところで守ったらしい。真琴が恐れ慄《おのの》き、彼女の姉が「極めて強い」と断言するぼぎわんも、古典的な魔除け——鏡を嫌うのだ。

合点していると、かすかな声で真琴が囁《ささや》いていた。顔を近付けると、切れ切れの声で、

「……た……すけに、来て、くれ、た、の……？」

彼女の頬に触れる。ひどく冷たい。落ち着けと頭の中で自分に言い聞かせながら、

「まだ助けてる途中だ。気を抜くな」

「……くふ」

出し抜けに真琴は奇妙な声を上げた。血の飛んだ顔に弱々しい微笑が浮かぶ。

今のは——笑い声か。

真琴は大きな目で俺を見つめて、

「……やっぱ、かっこいい、ね、野崎、は……」

そう搾り出すなり激しく咳《せ》き込んだ。視線が再びぼんやりとする。

眠らせてはいけない。二度と目覚めないかもしれない。俺は真琴の頬をぴしゃぴしゃと何度も叩いた。

彼女は俺を睨み付けて、

「ちょっと……」

と、嫌そうな声を漏らした。

「寝るな。寝たら死ぬぞ」

サイレンの音が近付き、救急隊員が呼び鈴を鳴らすまで、俺は真琴に声をかけ続けた。

八

妖怪に噛まれましたとはさすがに言えず、医者に事情を説明するのは難儀した。

とはいえ逢坂の時よりはマシだった。

腕を切断された経緯、あの日あの時間、あの喫茶店にいた理由。逢坂は家族にも自分の活動を内緒にしていたので、警察や遺族への説明は困難を極めた。全てを説明したところで、取り乱す旦那、大泣きしていた子供たちに納得してもらえたとは思えない。ほとんどを知らぬ存ぜぬで通して、俺は逃げるようにして逢坂の家族を尻目《しりめ》に病院を出たのだった。

真琴の傷は深く、出血もかなりのものだったが、幸いにも命に別状はなかった。病室で顔も身体も白い包帯で覆われ眠っている彼女を見て、俺は大きく息を吐いた。

しかし。

当初こそ曖昧ながら意識のあった真琴だが、入院と前後してずっと眠ったまま、目を覚まさなくなっていた。

意識不明や昏睡《こんすい》とは違う、と担当医は言った。呼吸はやや乱れて熱もあるが、意識を失う原因も、目覚めない原因も分からないとも。

「病原菌のセンも考えたのですが、検査したところそういうものでもないようです。狂犬病でないことは確実ですが……」

白髪頭の医師は困り顔で言った。

「そうですか」

「あと、お腹の手術痕ですが、以前何か……？」

「癌だそうです。五年ほど前に、子宮を全摘出したとか」

俺は事務的に伝えた。

「なるほど」

医師は得心した表情で言ったが、すぐに、

「それで……あの噛み傷のような怪我は、どういう経緯でできたのか、分かりますか」

と訊いた。

「いいえ」

俺はそう答えた。

医師はそれで納得したようだったが、警察はそういうわけにも行かなかった。

彼が俺に会いに来たのは、真琴が入院して一週間後のことだった。

「この女性をご存じですね」

夕刻。病院の近くの喫茶店。

福岡《ふくおか》県警の村木《むらき》と名乗った色黒の中年の刑事は、そう言って俺に一枚の写真を見せた。寝巻きのような服を着た三十過ぎの女。

田原香奈だった。

すぐにそうと分からなかったのは、写真の彼女があまりにも生気を失い、まるで亡霊かゾンビのようにうつろな表情をしていたからだった。

「先週、博多駅で、のぞみのトイレで発見されましてね。怪我やなんかはありませんでしたが正常な精神状態ではなくて。まあ要するに……」

村木は頭の横で人差し指をくるくると回してみせた。古典的なジェスチャー。意味するところはすぐ分かったが、実際に目にするのは初めてだった。

「まさか」

「事実です。いまは専門の病院で治療を受けています」

村木は一呼吸置いて、

「保険証で身元が分かって、関係者を当たってようやくここに辿《たど》り着きました。最近親しくしてらしたそうですね、野崎さん」

村木の目は鋭く俺を見ていた。俺の反応と言葉をわずかでも見逃すまいとしているようだった。

俺は簡潔に肯定の返事をしたが、すぐに思い当たって、

「娘さんは……？」

「行方不明です」

村木は即答した。猿のような額の皺《しわ》が更に深くなる。

彼は胸ポケットにしまった写真を、服の上から指で示し、

「彼女の話を聞いてもさっぱり要領を得ない。一緒に乗車したのはほぼ間違いないでしょう。席に子供用の上着が置いてありました。だったら新幹線から落ちたのか？　そんな痕跡もなかった。損壊した窓やドアはないし、非常用のドアコックは通常運転中は開かないようになっていますからね」

俺は答えなかった。知紗がいなくなった理由はたやすく推測できたからだ。

知紗は、ぼぎわんに「お山に連れて行かれた」のだ。

殺されたのか、さらわれたのか、あるいはさらわれた挙句殺されたのかは分からなかったが、彼女たちがあれに襲われたと考えるのが最も自然だった。

「野崎さん」

村木はわざとらしい笑みを浮かべ、

「この田原さんって方、旦那さんを先日亡くされてるそうじゃないですか」

「ええ」

「あなたは第一発見者だった」

「そうです」

村木は小さく唸《うな》ると、

「率直にお尋ねしましょう。あなたはこの田原さんの家族と、どういう関係だったんですか？」

と、鋭く言った。

俺はぼぎわんに関することだけは言わずに、事実を述べた。

共通の知人を通じて田原秀樹と知り合い、真琴とともに彼と家族ぐるみで交流するようになった。友人関係とは言えないが親密ではあったと思う。田原秀樹が亡くなった後も関係が途絶えることはなかった。香奈と知紗に関しては自分より真琴の方が親しく付き合っていた。

村木は所々で質問を挟んだものの、極端に勘繰ることはせず普通に聞いていた。

彼と別れて俺は病院に戻った。

真白いベッドで真琴は眠っていた。布団がかすかに上下している。顔は青ざめてはいるが表情は穏やかだった。

知紗がいなくなった。香奈は精神に異常をきたして精神科病院に収容されているらしい。

このことを知ったら真琴はショックを受けるだろう。取り乱すだろう。怪我をおしてでも香奈に会いに行き、知紗を捜すだろう。

彼女が目を覚まさないのは気がかりだったし、快復して欲しいと思う気持ちに嘘はなかったが、この時ばかりは彼女が眠っていてよかったと思った。

九

真琴が入院して半月が過ぎた。

俺は仕事の傍ら、なるべく彼女の見舞いに行った。

真琴は目覚めなかった。医者は原因不明だと言う。全身の傷も出血こそ止まったものの快復が遅く、特に肩の傷は化膿《かのう》し始めていた。

大部屋には膿《うみ》の臭気が漂うようになっていた。

部屋の空気はどんよりと沈み、他の入院患者も陰気になっているような気がした。

彼女の見舞いに行くだけで体力が奪われている気さえした。

それでも俺は時間が許す限り彼女の側にいるようにした。病室の一番手前、廊下側の彼女のベッドの傍らに座って見守った。ノートパソコンを持ち込んで書き仕事をすることもあった。出版不況のせいで仕事が減っているのは以前から悩みの種だったが、時間が確保できるのは有難かった。

仰向《あおむ》けの真琴の顔を見ていると、頭には迷いが湧き、胸には不安が渦巻いた。

知紗はどこへ行ったのか。

真琴がもしこのまま目覚めなかったら。

最も合理的な対策は何か。

知紗を捜すことか。

ぼぎわんについて探ることか。

でもどうやって。

分からない。

ならば忘れればいいのか。

所詮は他人事《ひとごと》だと自分の日常に戻ればいいのか。

そうだ。そのとおりだ。

俺は再び憎しみに身をやつした。唐草と同じ醜い憎しみに。

真琴がこうなってしまったのは、他人の子供に関わってしまったからだ。

子を持つ親どもの厄介ごとに介入したせいだ。

自分の子供すら守れなかった連中に、これ以上関わる必要などない。

他人の子がどこへ行ってどうなろうと知ったことか。

終わりだ。この件はここで全て終わりだ。

俺も真琴も、何事もなかったかのように日常に戻るのだ。

「ち、さ……ちゃん……」

真琴がかすかな声で言った。青白い顔が歪み、すぐ元に戻った。またすうすうと寝息を立てる。

俺は再び迷う。

真琴は夢の中でさえ知紗の身を案じている。知紗のことを考えている。

目覚めれば傷が治っていなかろうが、彼女は知紗を助けようとするだろう。

そんな真琴に俺の言葉は届くだろうか。

それ以前に彼女に対して、忘れろ、日常に戻れなどと説得できるだろうか。

仕事ならどんなに面倒な作業やリサーチや人間関係のいざこざも平気なのに、俺はただ真琴の前で、頭と心の中をかき混ぜることしかできなかった。

村木は何度か俺に会いに来ていろいろ質問していった。場所はいつも病院近くの喫茶店だった。話は田原秀樹の死に及び、その流れで逢坂勢津子にも及んだ。

「その方、あなたの業界では有名なんですか」

「ええ。偽名で活動していたので、家族にも知られていなかったようですが」

「ほう。しかしまあ、偶然とは不思議なもんですね」

彼は白い歯を見せて、

「誰かが死んだり行方不明になったりした時、あなたは必ず別の誰かを病院に連れて行っている。田原さんの旦那さんの時は逢坂さん。香奈さんと知紗ちゃんの時には比嘉さん」

俺は答えなかった。自分は妖怪から田原家を守ろうとしていたのです、逢坂や真琴もそうですが妖怪に攻撃されたのです、田原家は妖怪にやられたのです——話は至ってシンプルだが、その「妖怪」という点だけが難儀だった。

俺が説明に困っているのを、村木は目ざとく察知したようだった。

「子供は見つかりましたか」

俺が訊くと、刑事は首を振って、

「のぞみに乗っていたところまでは裏が取れましたよ。ですがそこからはサッパリです」

と言った。

俺は最悪の結末を想定していた。

「比嘉さんからお話を聞きたいんですがね」

コーヒーを一口飲んで村木が言う。

「いえ——まだ意識が回復していないので」

「でしたらそれを確認させてもらえませんかね、この目で」

言外に俺への不信感をほのめかして、村木はかすかに笑った。

連れ立って病室に戻ると、村木は鼻をひくひくとさせて不快そうな顔をした。寝ている真琴を立ったまましげしげと眺め、聞こえよがしに溜息を吐く。

「これも偶然ですかね」

村木は言った。

「どういう意味ですか」

訊き返すと、彼は俺を見据えて、

「あなたの周りで人が次々に、死んだり怪我したり、頭がおかしくなったりすることが、ですよ」

と言った。

もちろん偶然ではない。だが――

村木はゆっくりと俺に一歩近づき、鋭く睨み付けながら、

「何かご存じなんでしょう？　そろそろ教えてもらえませんかね」

と、単刀直入に訊いた。

「いや、しかし――」

「ここで話せないなら、うちにお越しいただくことになるかもしれませんよ」

刑事は露骨に言った。もはや俺への疑いを隠す素振りはなかった。

病室中の視線が俺に集まっていた。患者と見舞いの人間たちの困惑と好奇の眼差《まなざ》し。普段なら気にはならなかっただろう。人目を気にしてばかりいる人間を、むしろ軽蔑している方だった。

だがこの時ばかりは、俺は周囲の視線が耐えがたかった。

真琴が傷付き目覚めないこと。

田原が死に香奈が精神を病み、知紗がいなくなったこと。

唐草が見せた醜い姿。俺と瓜二《うりふた》つの憎悪の形。

その憎悪を再び抱き始めている自分。

ここ数ヶ月で俺に起こったこと、その全てに対する後悔と罪悪感と自己嫌悪が湧き上がり、足元が覚束なくなったその時、

「失礼します」

女の声がして、俺は我に返った。

声のした方を振り返ると、小柄な――真琴より更に小柄な女が、病室へ静かに入って来た。ポニーテールの黒髪に黒い眉《まゆ》、黒い目。歳は三十くらいだろうか。紺色のセーターに穿《は》き込んだデニム。アディダスのスニーカー。黒い革手袋をした手に、茶色いダウンコートを抱えている。

女はゆっくりとこちらに近付いた。俺と村木の横を「失礼」と通り過ぎ、寝ている真琴の傍らで立ち止まった。そして彼女をじっと見つめる。表情に変化はない。

俺と村木は何も言わず彼女の動向を窺《うかが》っていた。

やがて彼女は顔を上げ、俺を見て、

「そちらが野崎さんですか」

と言った。

「ええ、失礼ですが――」

俺が訊くと、彼女は「すみません、申し遅れました」と頭を下げて、

「比嘉真琴の姉です」

静かに、それでいてはっきりと言った。

真琴の言う「姉ちゃん」。

確かに言われてみれば、彼女の声は電話口から聞こえてきた声と同じだった。

だが彼女は真琴と全く似ていなかった。眉の濃いところだけは似通っているが、どち

らかと言えば和風の顔立ち。細い真琴と違って適度に膨らみのある身体。そして全身から漂う、落ち着いた威厳のようなものは、真琴には全くない。

「真琴の様子がよくないと分かったのでお伺いしました。予想以上のことが起こっているようで戸惑ってしまって、ご挨拶《あいさつ》もせず申し訳ありません」

彼女はそう言ったが、その口調も態度も、全く戸惑っているようには見えなかった。落ち着き払っている。その感情の見えなさも真琴とは大きく異なっていた。

「重ねて失礼いたしますが、そちらは――？」

彼女が村木を見て言った。村木は手帳を見せて名乗ると、

「そちらの比嘉真琴さん――妹さんに、訊きたいことがあったんですがね」

「真琴が何かしたんですか」

真琴の姉が訊いた。村木は笑みを浮かべ、

「いえ、ただ、とある事件を捜査していて、いろいろ気になる点が出てきたものですから、こちらの野崎さんと、妹さんが何か知っているのではないかと」

「それは――」

彼女は身体ごと、俺と村木に向き直り、

「――田原さんのご家族の件ですね」

と言った。

村木の目がギラリと光り、口元の笑みが消える。何かを言おうと口を開けた瞬間、

「警察がどうこうできる問題ではありませんよ」

彼女の声が鋭く響いた。

あまりにも率直で的確な言葉に、俺は息を呑んだ。部屋中の視線が小柄な彼女に集まっている。

「どういうことだ？」

怒気を含んだ語調で言って、村木は彼女を睨んだ。ゆっくり歩み寄って見下ろす。

彼女は少し考え、「返答にはなっていませんが」と前置きして、

「警察庁長官の桐島《きりしま》さんにお伝えください。この件はわたし――比嘉琴子《ことこ》の領分です、と」

と、静かに言った。

村木は動じた様子もなく、それどころかフフン、と鼻を鳴らした。顎《あご》を突き出して嘲るように、

「お偉方の名前を出せばビビると思ったか？」

と、彼女――比嘉琴子に笑いかけた。

琴子もまた動じず、まっすぐ村木を見上げて、

「いいえ。いい機会なので確認しただけです。とりあえず安心しました」

「何のことだ」

「わたしの情報が所轄にまで下りていないと分かりましたので」

そう言い切ると、琴子はポケットから携帯を取り出し、片手でパキンと開いた。

彼女の言葉の正確な意味は分からない。ただ皮肉を含んでいることは傍《はた》で聞いている俺にも明らかだった。

琴子は村木に「お前は何も知らない下っ端だ」と言っているのだ。さりげなく、間接的ながら明け透けに。しかも言い終わるなり携帯を弄《いじ》り出す。

村木は露骨な作り笑いを浮かべ、目を細めて琴子を見ていた。彼女はそれを無表情で見返しながら、携帯を耳に当てる。しばらくして、

「お世話になります。比嘉です。少しお時間よろしいですか。ええ、ええ――いえ、それはわたしがいなくても大丈夫ですので。はい、今です。少しで結構ですので。ええ、お話しいただけませんか、お電話替わりますので。ありがとうございます――ええ、福岡県警の村木さんという方です」

そこまで言って、琴子は「どうぞ」と携帯を差し出した。村木は呆れた様子で、

「話が見えんなあ。それに出てどう――」

「桐島さんですよ」

琴子が村木を遮った。静かだが有無を言わせぬ口調。村木の顔から再び笑みが消える。

「――冗談ならただでは済まないぞ」

村木はぼやきながら片手で携帯を受け取り、

「あーもしもし、福岡県警のむら、き……え？」

そこまで言って固まった。その目が徐々に見開かれる。

「小松原《こまつばら》？　いえ、どちらの……あっ本部ちょ……え……あっ、はいっ、大変お世話に！　はい！　失礼いたしました！　いえ、長官だとかてっきり……はいっ、申し訳ございませんっ」

言い終わった頃には、村木はピンと背筋を伸ばし、携帯を両手で丁寧に握っていた。怯《おび》えたような視線で琴子をちらちらと見ている。

俺も病室の皆も、何も言わずただ事態を見守っている。しかし状況はある程度分かった。真琴の姉——琴子は、警察の上層部と繋《つな》がっている。少なくとも警察庁長官の連絡先を知り、直接通話できるほどに。

当の琴子はこれまでと全く変わらない仏頂面で、平身低頭する刑事を眺めていた。

「はいっ、この件ははいっ、承知いたしましたっ。はいもちろん！　お詫《わ》びしてお伝え申し上げます。はいっ」

通話が終わったらしい。放心した表情で村木は携帯を琴子に手渡した。

「ご理解いただけましたか」

琴子が優しく訊いた。村木はわけが分からない、といった顔で、

「あんた、いえ、あなた様は」

「桐島さんに言われませんでしたか？」琴子は再び村木を遮り、「この件からすみやかに手を引け、わたしに関しては一切の穿鑿《せんさく》を禁じる、と」

真っ直ぐ彼を見据えて言った。

村木は一瞬歯を剝《む》き出したがすぐに引っ込め、小走りで病室から出て行った。革靴の足音が遠ざかる。

出入口を眺めていた琴子は、やがて小さく溜息を吐いて、

「面倒臭い」

と独り言を口にした。

彼女のおかげで、俺が直面していた厄介事は、とりあえず消え失《う》せた。礼を言うべきだろうか。いずれにせよ、彼女に説明する必要はあるだろう。

真琴がこうなってしまった経緯を。今現在の状況を。

目の前の小さな女は再び真琴を見ていたが、不意に、

「野崎さん」と顔を上げて、「真琴が指輪をどうしたか、ご存じないですか」

と訊いた。

俺は一瞬面食らったが、

「貸し与えたそうです。田原の奥さんが電話で言っていました。子供が手に持っていたと」

「なるほど。だから――」

琴子は顎に手をやり、

「余計なモノがいっぱい憑いているのね」

と、抱えているコートをごそごそとまさぐって――

煙草のケースを取り出し、一本引き抜いて口にくわえ、ライターで火を点《つ》けた。

隣のベッドで見守っていた老婆の患者が、「あの、病室は――」と弱った声を精一杯張り上げたが、琴子は構わず深々と吸い込み、煙草を指先で摘んで口から離すと、寝ている真琴の身体めがけてフーッと紫煙を吹きかけた。

「おい！」誰かが怒鳴る。声のした方を見ると、窓際の患者を見舞っていた中年男が、怒りの表情でこちらにずかずかと歩み寄っていた。

だが、彼はすぐに驚いた顔をして足を止めた。

俺もすぐに理由が分かった。というより知覚していた。

部屋の空気が明らかに変わっていた。今までどんよりと漂っていた陰気な重苦しさが晴れ、心なしか室内が明るくなったような気さえした。膿の悪臭すらほとんど分からないほど消えていた。

患者も見舞い客も全員がそれを感じたようで、室内が徐々にざわめきに包まれていく。不意に俺の頭の中で、彼女の行動とその結果と、小さい頃に読んだ妖怪本の記述が結びついた。顔を上げて彼女を見る。

琴子は再び煙草を吸いながら俺と目を合わせ、

「その辺のモノにはこれが一番効くんですよ。最近はファブリーズもいいらしいですが」

と言った。

「何かが憑いていたんですか」

俺が訊くと、彼女は「ええ」とうなずき、

「傷口に残ったあれの――言わば妖気が、その辺りに漂っている低級なモノを呼び寄せたようです。指輪を手放しているせいもあるでしょう。あれは常に小さな結界を張っているので」

と、当たり前のことのように説明した。

比嘉琴子。

真琴の姉。真琴以上の霊媒。警察の「お偉方」にも顔が利く。

病室でスパスパと煙草を吸う彼女に、俺はただ圧倒されていた。

「……ねえちゃ……ん……」

真琴が呻《うめ》いた。

慌てて枕元に駆け寄ると、彼女はかすかに目を開けていた。

「姉ちゃん……？」

「久しぶりね、真琴」

琴子が表情を変えずに言った。

真琴は身体を起こそうとして顔をしかめた。傷が痛むらしい。それでも無理に起きようとする彼女を手で支え、起こしてやっていると、

「皆様ご迷惑をおかけしました。お許しください」

携帯灰皿で煙草をもみ消しながら、琴子がよく通る声で言った。背筋を伸ばして病室の皆に視線を向けている。

患者たち、見舞い客たちは一様に戸惑っていたが、先ほど空気が変わったのが琴子の煙草のおかげだと体感しているのだろう。ある者は曖昧にうめき、ある者は何事もなかったかのように視線をそらした。誰かの「いえいえ」という囁き声が、部屋に一瞬だけ響いて消えた。

ベッドに上体を起こして何か言いたそうにしている真琴に向き直り、琴子は、

「それじゃ、状況を聞かせてもらえるかしら」

と言った。

十

田原家で香奈と知紗を守り、傷を負った経緯を、真琴は姉に語った。ずっと点滴だけで過ごしていたせいか声は小さく話は飛び、時に要領を得ないこともあったが、その度に琴子が冷静に指摘したので、おおよそのいきさつや状況は知ることができた。

話の流れで、俺は真琴が入院してから今に至るまでの、村木から聞いた話を姉妹に伝えた。話が知紗の失踪《しっそう》にまで及ぶと、

「知紗ちゃんが……？」

案の定、真琴は愕然《がくぜん》とし、衰弱した顔に不安と焦りの色を浮かべて俺を見た。俺がうなずくと、彼女は目を閉じて考え込むような仕草をした。

「だめよ真琴」

パイプ椅子に腰かけた琴子が鋭い声で言った。真琴がハッとして顔を上げると、

「焦って捜しても見つからないわ。弱ってる状態ならなおさら」

「でも……」

「今は野崎さんの話を聞いてなさい」

姉に諭され、真琴はうなだれて黙った。尊敬や思慕を通り越して、畏怖していると言っていいほど従順だった。

話し終えると、琴子は「どうもありがとうございます」と言って黙った。煙草を出そうとしてすぐ止める。お祓いとは関係なしに煙草を嗜《たしな》むらしい。

琴子は手にした煙草を見るともなく見つめながら沈黙していた。

「姉ちゃん」

耐え切れなくなった真琴が弱々しい声で呼ぶ。琴子はそれでも顔を上げず、口を開かずにいた。

「姉ちゃん……？」

ようやく琴子は顔を上げた。相変わらず無表情で何を考えているかは分からない。南国の女性を思わせる真琴とは似ても似つかない、地味な顔立ち。特筆すべきパーツはないが、かといって普通ではない。無理に形容するならば「妖精」だろうか。

薄くも厚くもない唇が開いた。

「知紗ちゃんを助けたいの、真琴？」

　彼女は唐突に言った。俺は戸惑ったが、真琴はすぐに、

「それって……い、生きてるってこと、知紗ちゃん……？」

「ええ」琴子はわずかにうなずき、「遠くにいるわ」と、謎めいたことを口にした。

　だが、真琴には理解できたらしく、息を呑んで姉を見た。手は布団をぎゅっと握り締めている。

　俺は真琴が、初対面の田原に言った言葉を思い出した。

（その何とかいうヤツは）

（基本どっか――遠くにいる）

　遠く。異世界。亜空間。彼岸。常世の国。

　どの単語に普遍性があるのかは分からないが、ぼぎわんはこの世とは違う場所にいるらしい。

　そして琴子の言葉を信じるなら、知紗はまだ生きていて、そこにいるという。

「だったら」真琴が呻きながら、「すぐ……助けないと」

　そう言って布団を押しのけ、ベッドから脚を下ろす。

「待て真琴、そんな状態で――」

「だって知紗ちゃんが。それに……香奈さんも」

　両足を床に下ろそうとする真琴を俺は押し止《とど》める。真琴は俺の手を振り払って、

「何で止めるんだよ」

と睨み付けた。瘦せた顔に怒りのこもった目。

「真琴」

どうにかそれだけを言うと、彼女は青白い唇を嚙んで、

「また……言うの？　他人の子供だから放っとけって？」

「いや、それは——」

彼女の大きな目に涙が浮かぶ。身体が小刻みに震える。

俺に何か言おうと息を吸い込んだその瞬間、

「寝てなさい」

琴子がぴしゃりと言った。真琴は姉に向き直り、歯を食いしばって、

「でも——」

「その傷が」琴子は顎で彼女の肩を指し、「単なる嚙み傷じゃないのはあなたでも分かるでしょう？」

真琴は黙った。唇を固く結び、小さくうなずく。

「どういうことですか」

俺が言葉を挟むと、琴子は俺を見上げ、

「あれに嚙まれると、毒が回って危険なのです。と言っても、いわゆる毒物ではありません。妖気というか瘴気《しょうき》というか——高梨さんを覚えてらっしゃいますか？」

俺はうなずいた。田原秀樹のかつての部下だ。ぼぎわんと思《おぼ》しき存在に嚙まれ、長期

に亘《わた》って入院して退職し、実家に帰ったはずだ。

「彼は昨年亡くなっています」

琴子はあっさりとそう口にした。すぐに続ける。

「死因はショック死、とのことですが、最期は極限まで衰弱して立ち上がることも出来なかったそうです。お父様は辛そうにしていらっしゃいました」

「というと――」

「いろいろと調べたのですよ、わたしも」

彼女は答えた。

俺は彼女の顔を見返して、

「だとすると、真琴はこのままだと、高梨と同じように――」

「ええ」琴子は平然と、「動き回るとなおさら早まるでしょう」

そう言い切った。

口が乾いていくのが分かる。動悸《どうき》が速まるのも分かる。言うべき言葉が見つからず、
俺は真琴を見た。真琴は下を向いて唇を噛んでいる。

真琴は――死んでしまうのか。

愕然としていると、

「ご心配なく」

琴子が言った。彼女は冷静に、

「真琴が力を——体に注ぎ込まれた毒へと集中すれば、何とかなるでしょう。あれに直接相対する力はなくても、毒を散らすくらいならできるはずです。だから」

一呼吸置き、真琴を見据えて、

「寝てなさいって言ってるの、真琴。知紗ちゃんのことは置いておいて」

と、厳しい声で言った。

彼女の口調に真琴は一瞬ひるんだが、すぐに前のめりになって、

「そんな、だって……知紗ちゃん、助けないと」

と食って掛かった。

「置いといてって、いつ助けるの？　まだ生きてるんでしょ？」

「そうよ」

琴子は答えた。

「生きてるっていっても、いつどうなるかなんて分からないよね？」

「そうね」

「だったらわたしが」

「真琴」

琴子がゆっくりと立ち上がった。子供のように小さな身体から漂う、不釣合いな威圧感。真琴が何かを言おうとして黙る。

琴子はじっと真琴を見つめ、やがて静かに言った。

「こんな時にうってつけの人材がいるの。あなたの目の前に」

真琴はひどく驚いて、

「それって……」

「価格は――家族割にするわ」

冗談なのか本気なのか分からないことを、琴子は言った。

真琴は複雑な表情をして、視線を手元に落とした。

病室に沈黙が訪れる。俺は黙って姉妹を見ている。

やがて、真琴は潤んだ目で姉を見上げて、

「知紗ちゃんを助けて」

と、震える声で言った。

「承りました」

事務的にそう答えてうなずくと、琴子は不意に俺を向いて、

「野崎さん、経費削減と合理化のためにご協力をお願いできませんか。ギャラはお支払いしますので」

と言った。

十一

師走《しわす》が到来した。空気は更に冷え込み、街は慌しくにぎやかになった。

俺は普段の仕事の傍ら、真琴を見舞いに行く日々を送った。一度意識を取り戻し、俺や琴子と会話した彼女だったが、俺が病室に行くと大抵は寝ていた。看護師によれば傷の経過は順調だが、脈拍数が減り代謝も落ちているという。

毒だ。高梨を殺したという毒。

真琴はぼぎわんの毒と闘っているのだ。

香奈が収容されている精神科病院にも面会に行った。彼女は自分の名前も俺のことも、真琴のことすらも覚えていなかったが、知紗のことはわずかに記憶しているようだった。

ただ——それ以上に、あれと遭遇し、知紗を奪われたことの恐怖が、精神の奥深くまで蝕《むしば》んでいたようで、不意にパニックになって医者に取り押さえられていた。

知紗を奪還して再会させれば、彼女は元の状態に戻るだろうか。

確かなことは何も分からなかった。

分からないといえば、比嘉琴子に発注された仕事もそうだった。

十二月の半ば、午後四時。JR京都駅。

人でごった返す、待ち合わせ場所の中央口に現れたスーツ姿の琴子は、

「今日はよろしくお願いします、野崎先生」

と、無表情で言った。

田原秀樹の母親——澄江に会う。

彼の死に関する取材と称して。俺が記者、琴子はその助手として。

澄江への依頼も、日程の調整も、琴子に指示されるまま、すべて俺が行った。

理由を問うと、

「これ以上名前を知られたくないのですよ。なるべくなら表にも出たくない」

「何故ですか」

「いろいろ首を突っ込みすぎてしまったので」

彼女は曖昧に言った。警察庁長官と知り合いであることに関係しているのかもしれない。

やりとりしているうちに、彼女自身への興味が湧き出していた。

職業病だ。そしてもう一つ。

俺の、知紗を助けたいという気持ちは、真琴ほど切実なものではないからだった。

俺が琴子に協力し、意味が分からないながらも子供捜しの準備を手伝っているのは、真琴のためであって、俺のためでも、まして知紗のためでもない。

二人でタクシーに乗り、田原の両親が住む古びたマンションに着いた頃には、すっかり暗くなっていた。

取材を承諾したとはいえ、田原澄江が俺と琴子の真意を測りかね、素性を怪しんでいることは明白だった。年季の入ったリビングに通され、コタツに対面して座った時も、彼女の老いた細面の顔には戸惑い混じりの笑みが浮かんでいた。

田原の父親は最初に挨拶だけして、早々に個室に引っ込んでいた。

リビングの片隅にシンプルな仏壇があった。田原の遺影と、彼の祖母と思しき老女の遺影が飾ってあった。そしてもう一つ、彼の伯父《おじ》――久徳と思しき青年の遺影。その手に幼い少女を抱えている。

自己紹介を終え、俺はノートとICレコーダーを取り出し、形だけの取材を始めた。彼の人となり。成績。交友関係。生前の、ここ最近の様子。

琴子には「それらしければ適当で構いません」と言われていたが、手を抜きすぎると逆に大変だと思い、普段の仕事と同じように澄江に質問を重ね、話を掘り下げた。

「警察にも言いましたけど――」

関西訛《なま》りで何度かそう繰り返しながら、澄江は息子のことを語った。息子が死んだ傷が癒えていないのは、時折浮かべる沈痛な表情からもうかがい知れたが、涙は流さず、感情的にもならず、淡々と話していた。

琴子は最初に「アシスタントの鈴木《すずき》です」と名乗って以降、一言も口を開かず、わずかに相槌《あいづち》を打ちながらメモを取っていた。革手袋をしたままサラサラと素早く、俺と澄江の会話を文字に起こしている。

一時間も経たないうちに質問することがなくなった。傍らの琴子をちらりと見ると、

「失礼ですが」彼女は不意に口を開き、

「その左手の人差し指は、曲がりにくくなっているのですか？」

何杯目かの煎茶《せんちゃ》を湯飲みで飲んでいた澄江は、目を開いて硬直した。言われてみると確かに、湯飲みを持った左手の人差し指だけが、中途半端に伸びて中空を指していた。

指の皮膚は奇妙につるりとし、蛍光灯に照り光っていた。

澄江は取り繕うような笑みを浮かべて湯飲みをトンとコタツに置き、

「記者さんいうんは、こんなんも観察しはるんですか」

と訊き返した。

「はい」

琴子は呆れるほど堂々と答えた。

「記者は何よりも観察だと、せん――失礼、野崎から教わっておりますので」

「そうですか」

澄江は微笑し、湯飲みを持った手に視線を落として、

「小さい頃――転んで打ってもうて、それから曲げると痛くなるんです」

「転んで？」

琴子は神妙な顔で、

「火傷《やけど》ではないんですか？」

澄江の顔から微笑が消えた。しわがれた低い声で、

「何のことですの」

琴子は動じた様子もなく、静かに、

「その指に残っている跡は、ケロイドですよね？　手の甲にもあるようですがファンデーションで隠してある。指が曲がらなくなる理由は多々ありますが、澄江さんのは――

引き攣れて曲がらないようにお見受けします」

と言った。

沈黙がリビングを包む。俺は琴子の意図するところが分からず、ただ澄江が怒りを抱いていることだけは察して、事態を見守った。

「――そういえば、そんなこともありましたな」

澄江が溜息とともに、そう吐き出した。

「ですが、それが何の――」

「あなたと、あなたのお母様である志津さんは、日常的に銀二さんから暴力を振るわれていたのではありませんか？　殴られたり熱湯を浴びせられたり」

琴子は唐突にそう言った。

俺は驚いたが、田原澄江はもっと驚いていた。音がするほど大きく息を吞んで、硬直した顔で琴子を見ていた。

琴子は背筋を伸ばして正座し、まっすぐ澄江を見ていた。

やがて、

「――昔はどこも似たようなもんでしたよ、父親いうんは」

澄江は顔を伏せ、小さな声で搾り出すように言った。すぐに、

「父親は一家の大黒柱や、絶対正しいんや、そういうもんでした。今はだいぶ変わってきたみたいやけど、昔は殴ったり蹴《け》ったりは当たり前やったんですよ、男の子も女の子

も関係なしに……」

　俺や琴子に言っているのではなく、自分で確認するように、澄江は言葉を漏らしていた。

　虐待、家庭内暴力は事実としてあった。澄江もその母親も、銀二から暴力を受けていた。

　だが、それがぼぎわんと何の関係があるというのだろう。

　彼女はそれを遠回しにではあるが確かに肯定していた。

　老いた澄江のつぶやきは続いていた。

「せやから、どんなえらい目に遭《お》うても、嫁も子供も、イヤやって心では思っても、口には出さんと我慢しとったんです。それが習慣になってもうとるんですよ」

「亡くなったお兄様もですか？」

　琴子が再び、唐突に訊いた。

　澄江は一瞬、呆気《あっけ》に取られたような顔をした。困ったように首をかしげ、

「さあ、どうやったんでしょうねえ。久徳兄ちゃんが亡くならはったんは、私が生まれるちょっと前やったから――」

　馬鹿な。

　俺は反射的に仏壇の遺影を見た。遺影の久徳青年は少女を抱いている。少女にはかすかに澄江の面影がある。だが少女は澄江では有り得ない。

　これが意味するところはつまり――

「そんで、その話がなんの――」

「子供を夫に殺された母親も、それを我慢するものでしょうか？」

琴子が鋭く言った。

「な、なんのはな――」

「あなたのお姉様のことです。ご存じのはずです。知っていて、あなたと、あなたのお母様は、周りには隠していた。秀樹さんにもです」

澄江の顔は真っ青になっていた。

「あなたのお姉様は幼くして、お父様――銀二さんに虐待された末、殺されている。あの遺影は久徳さんだけのものではない。久徳さんと、お姉様である秀子《ひでこ》さんのものです」

琴子は全く感情を出すことなく言った。

澄江の口元がぶるぶると震えている。俺はただ事態を見守っている。

「違う――違います」

澄江は囁いた。唇まで色を失っている。

「お――お母ちゃんは、事故や言うてたわ。どんな酷《ひど》い人でも、父親が娘を殺すわけない言うて。走って転んで、つ――机に頭ぶつけただけやって」

「なるほど。少なくとも、ご夫婦の間ではそういうことになったのですね」

琴子は静かに、

「ですが、あなたのお兄様はそんなごまかしに耐え切れなかった。だから家を飛び出した。町へ出ようとして大通りを突っ切って、そこで車にはねられたのです」

と言った。

澄江は絶句した。俺も唖然《あぜん》として琴子を見た。彼女はさらに続ける。

「だから秀樹さんは亡くなったのです」

「な——何を言うてるの！」

とうとう澄江は叫んだ。机に両手を打ちつけ、身を乗り出すようにして、

「『だから』ってどういうことやの？　わたしの親兄弟のことが、秀樹と何の関係があるの？　わたしもお母ちゃんも、じ、自分がされたことは、何も秀樹には——」

言葉が途切れる。彼女の歯の隙間からはただ息だけが漏れている。

澄江の疑問はもっともだった。俺もまた琴子の話の真意を測りかねていた。

琴子は何をするつもりなのか。

「志津さんの遺品の中に、古いお守り袋のようなものはありませんでしたか？」

またしても唐突に彼女は訊いた。目の前の老女の態度にも、動揺したり驚いたりした様子は一切見られない。

澄江は目を見開いた。気持ち悪いものを見るような目で琴子を見、身をすくめた。

「正確には」琴子は眉一つ動かさず、「大阪の家を引き払い、ここに移った時に、荷物の中に入っていたものです。そして志津さんはそれを紛失したと思い込んでいた。生前に何度か訊かれたんじゃないですか？　これこれこういうお守りを見なかったか、と」

「何でそんなことまで……」

澄江は震えた。琴子への感情は怒りから不安、恐怖へと変わっているようだった。

「観察と考察——記者の基本です」

琴子は芝居がかった動作で俺を見た。

物置に使っているという、北側の荷物だらけの部屋。

澄江は寒い寒いとか細い声で言いながら、ごそごそと段ボールを漁った。荷物の上げ下ろしや移動を手伝っていると、

「ああ、これやわ……」

澄江は小さく茶色いパラフィンの袋を、俺の前にかざした。

蛍光灯の冷たい光に照らされ、中のお守り袋のシルエットが透けて見えた。

琴子はそれを受け取ると、中からお守り袋を取り出した。くすんだ緑色。もとは別の色だったのだろう。明らかに退色して出来た色だ。

「こっちに来たときに、ないない言うて捜してました。わたしも捜したんですけど、見つかったんはお葬式の後でした」

「なるほど」

「でも、それが秀樹と何の関係があるんですか」

琴子は答えず、指先で袋の表面をなぞり、目を閉じてかすかに囁き——

目を見開くと、紐の結び目に指を引っ掛け、一気に袋を引き開けた。

澄江がかすかに叫んで近付く。袋と紐の繊維がほつれ飛び散り、ほこりっぽい室内に

更にほこりが舞う。

「――やっぱり」

琴子はそう言って、袋の中身を指先で摘み、俺たちの前にかざした。

手袋の指先には五センチほどの、小さな棒切れ。ひどく傷み、ささくれ立っている。

木切れだ。ただしその全面は真っ黒で、ところどころはげて木の色が露《あらわ》になっている。

「中身出してもうたら、ご利益が――」

「ご利益なんてありませんよ」

澄江の苦言をあっさりと切り捨て、琴子は、

「表面にうっすら文字、それか記号が描かれていますね。だいぶ消えていますが――」

棒切れに顔を近づけ、しげしげと眺めてから、

「朱で描かれているんでしょう。これは逆立ちした晴明桔梗です。強力な魔除けの記号が上下逆に描いてある」

「まさか」

俺は思わず口を挟んだ。琴子はうなずくと、

「野崎――先生はご存じですよね？　関西に伝わっていたまじないです。お札やお守り袋の中身である霊符、呪符《じゅふ》に細工をして、強力な呪いを込めた――」

琴子は困惑している澄江を向いて、

「これは魔導符というものです。喩《たと》えるなら丑《うし》の刻参り。わら人形に釘《くぎ》を刺すようなも

の。要は呪いですよ」

澄江の顔が不可解に歪んだ。口元は弛《ゆる》んでいるが目は見開かれ、身体はぶるぶると震えている。感情の処理が追いつかないのだ。

琴子は魔導符を握り締めると、

「志津さんは耐えた。子供を二人も殺されてなお、表面上は銀二さんの貞淑な妻であり続けた。彼が亡くなるまでずっと。ですが――実際は人知れず銀二さんを恨んでいたのです。何年も何十年も。その証拠がこの呪いです。信じる信じないはお任せしますが」

言い終わる前に、澄江は顔を両手で覆い、喉《のど》が割れるような声を上げてその場に座り込んだ。

彼女の夫が観ているテレビ番組の音声が、遠くからかすかに聞こえていた。

十二

「ぼぎわんを呼んだのは志津だったんですね」

かつて俺と田原秀樹の依頼を承諾しながら、直前で逃げ帰った住職の言葉を思い返して、俺は訊いた。

(何を今更言うてんねんな。あんなえらいもん、呼ばな来《こ》ぉへんやろ)

「そうです」

そう答えて、琴子は空になった丼《どんぶり》をそっとテーブルに置いた。手袋は着けたままだった。

午後十時。京都駅からほど近い、ラーメン屋「第一旭《だいいちあさひ》」。学生の頃に何度か入ったことのある、狭く大賑《おおにぎ》わいの店内で、俺と琴子は向かい合って座っていた。

紙ナプキンで唇の脂をぬぐって、琴子は、

「彼女にしてみれば、呪いの実態がどのようなものでも構わなかったのだと思います。夫の銀二によくないことが起これればそれでいいと。脳出血も或《ある》いはその成果かも知れません。ひょっとしたら晩年、経済的に困窮していたのも。ですが――」

グラスの水を一口で飲み干し、

「よりによって、しかも最晩年になってから、とてつもなく悪いモノを呼び寄せてしまった。夫だけでなく、自分や孫、曾孫《ひまご》まで執拗《しつよう》につけ狙い、危害を及ぼすモノを。あるいはドーマンセーマンを魔導符に選んだことが影響したのかもしれません」

言い終えた琴子は、「ふう」と小さな溜息を吐いた。注文したラーメンが届いてから今この瞬間まで、二分と経っていない。俺は半ば感心しつつ、自分の丼に意識を向けた。まだ半分ほど残っている。

「すみません本当に」

不意に琴子が言った。顔を上げると、彼女は無表情で俺を見ていた。いや、違う。眉《み》間《けん》にほんの少し皺が寄っている。

言葉の意味も表情の意味も分からず見返していると、彼女は、

「誰かと食べる時でも、こんな風に急いでしまって。昔からの悪い癖です」

と、視線を空の丼に落とした。スープの一滴、ネギの一欠片《かけら》も残っていない。早いだけでなく残さない主義らしい。

「いえ、大丈夫ですよ。こういうのはゆっくり味わうモノでもないですし」

そう言うと、琴子は「そうですか」と首をわずかにかしげ、

「真琴はちゃんと食べていますか」

と訊いた。

真琴は細い身体には不釣合いなほどよく食べるし、好き嫌いもほとんどない。貝類が多少苦手なことくらいだろうか。前に一度、牡蠣《かき》に中《あ》たったことがあるらしい。

そう伝えると、琴子は、

「そうですか」

と、いつもと同じ仏頂面で言った。

駅に近いビジネスホテルにチェックインして、狭い風呂に入り、薄っぺらいバスローブに着替えてベッドに座る。俺はノートパソコンを開き、途中まで書いていた原稿に取り掛かった。締切は明日に迫っていたが、題材はこれまた呆れるほど今更な「ヴォイニッチ手稿」だ。特に新発見もなく、これまでの経緯をまとめるだけで済む。結論はシンプルに「未解読」。簡単な仕事だ。

琴子は数日前から行きつけのホテルに滞在していて、今夜もそこに泊まるという。

日付が変わる前に原稿を書き終え、担当編集に送信して、俺はローカル局の深夜番組

をBGM代わりに、持参していた冊子を読み始めた。

『紀伊雑葉』。唐草からもらったコピーだ。

新たな発見があるとは思えなかったが、時間つぶしにはいいだろう。一人で遠くにいると、どうしても「毒」と闘っている真琴のことを考えてしまい、眠れそうにない。

俺はところどころインクのこすれた紙を繰った。

……請はれて翁曰くさは坊偽魔亦は撫偽女なり山に住まひかはたれ刻に表に来たりて人の名を呼はひ答ふれは上かり来て攫ひしなり人の貌に似て竹や沢の蟹野の実を食ひしか冬きたりなは降り来て娑宵娑邑と鳴く古より山に住まひし妖なりと言ひけりされは先刻は寝て……

「ぼうぎま」「ぶぎめ」に関して書かれた、わずかな文章。夕暮れにやってくる。人の名を呼ぶ。答えるとさらわれる。人に似ている。よく分からない鳴き声で鳴く。昔から山に棲んでいた妖怪である。

吸血鬼伝承を思い出した。中世のヨーロッパに伝わる吸血鬼は、「招待されないと人の家に入ることができない」という特性がある。これは今でも、吸血鬼を描いたフィクションではしばしば再現される。埋め草のオカルト原稿なら、これだけで数百字デッチ上げることができるだろう。日本にも吸血鬼伝承は伝わっていたなどと、根拠薄弱な仮説を立てるのも悪くはない。

ページをめくって他の記述を読む。裏庭で見たこともないきのこが生えたが、食べてみたら三日腹を下した。鳥の鳴き声に聞きなれないものが交じっていたがなんという鳥だろう。今年の椿《つばき》はいつもより早く落ちる——

特に面白みのない内容だった。何とか古文を読み下すことはできたが、文体の妙味を味わうまでは行けず、ただ意味内容を把握するだけで精一杯だからかもしれない。現代の本を持ってくればよかったか。それとも他の仕事を進めようか。こうしている間にも真琴は。知紗は。

琴子は今後どうするつもりだろうか。俺はまた彼女に何がしか依頼されるのだろうか。いや、彼女の指示を待っているだけでは駄目だ。自分にできることを探さなければ。油断するとすぐに不安が広がる。打ち消すと今度は焦りが芽生える。意識が散らかり、コピーを読むともなく読み続けていると、

山なり村からそへ至る小道半はに古碑あり苔生し朽ちたるも表にその名刻まれつつ左右背面に人の名おほく刻まれたり人に問へは或者知らすと答へ或る者黙して答へす

山があって、そこへ向かう道の途中に、当時既に由来が分からない石碑があった、というだけの、ごく短い一文だった。

ある伝承や風習は受け継がれ、あるものは廃れ忘れ去られる。残ったものも、次第にその意味や由来は失われ、形だけが残る。それは現代でも同じだ。例えば今のネクタイは社交や礼節の意味しかないが、かつては実用的な根拠が、用途があったはずだ。元々は口を拭《ふ》くナプキンの役割があった、という俗説を耳にしたことがある。

ぼぎわんという呼び名も、かつては西洋人がもたらしたブギーマンという言葉が転訛《てんか》したものらしい。だとしたら、それ以前は何と呼ばれていたのだろう。その観点から調べてみたこともあったが、今に至るまで見つかってはいない。唐草もそう言っていた。ここは掘っても何も出ない。少なくとも今は。俺のつたない知見だけでは。

読み進めようとして、ふと手が止まった。もう一度先の一文を読み返す。

文はページの冒頭、つまりちょうど右上の端から始まり、半ばほどで終わっている。以下は余白。ここで章が変わるのだ。

ついさっきはこれを「山がある」と読んでしまったが、それは間違いかもしれない。この一文は、ページを跨《また》いでいる可能性があるからだ。

俺は前のページに戻った。左下を見る。先の一文の、直前の文章だ。

……何人も立ち入らさる草木の深く茂りたる山名はこたから

誰も入らない、草木の生い茂る山。名前はこたから――

こだから山なり。

石碑の表には、山の名前が刻まれている。

子宝温泉のウェブサイトを思い出した。閉じていたノートパソコンを開いてアクセスする。「温泉」と題したページに、施設の略歴や、効能がつらつらと記されていた。その途中の文章は——


「子宝」という名称は、近隣の山のふもとにある古い石碑に、「こだから」という文字が彫られていたことに由来します。

調査によると、石碑は少なくとも江戸時代以前に作られたことが分かっており、郷土史家の研究では、おそらく昔の地名か、山の名前ではないかとされています。


郷土史家は『紀伊雑葉』を読んでいないのか、あるいはこの箇所を読み飛ばしてしまったのだろう。いや、それは別にどうでもいい。俺にとって文字通り何の縁もない、地方の温泉の、能書きの精度など知ったことではない。

先ほどからとりとめなく考えていたこと、これまでの調査。オカルトについて書き飛ばしてきた経験。知紗をさらい、真琴を傷付けたあの化け物。様々なことがいっせいに頭の中を駆け巡り、騒ぎ出していた。

化け物は、ぼぎわんは、人々をさらい、山へ連れて行くと恐れられていた。

K――地方近隣には、かつて「こだから山」と呼ばれる山があった。

ならば知紗は。

そしてあの化け物は。

かつてあそこに住んでいた人々は。

俺はスマホを取り出した。

十三

翌日の正午。俺と琴子はK――駅の改札を出た。

舗装が剝がれ、砂利だらけの地面。日差しは薄ぼんやりとして、風はひどく冷たい。「子宝温泉」の大きな看板が、色彩の乏しい風景の中で一際目立っていた。前に来た時とまるで変わらない景色。違うのは俺の心持ちだ。今回は明確な目的がある。

「あれですね」

琴子が指し示した先は、住宅街の向こうの小高い山だった。

朝のうちに温泉に電話し、職員に聞いた「古い石碑」のある「近隣の山」だ。

琴子に頷《うなず》いて、俺は山へ向かって歩き出した。

昨夜ホテルで、俺は琴子に電話をかけた。『紀伊雑葉』の記述から思いついた、仮説を聞かせるためだ。

琴子は一コール目で出た。

「もしもし」

「野崎です。今大丈夫ですか」

「ええ」

「詳しい話は省略しますが、K——地方の古い文献を読んでいて、気になったことがあるので、お電話したのですが……」

「『紀伊雑葉』ですか」

琴子は鋭く訊いた。眠そうな様子は口調からは微塵《みじん》もうかがえない。

「チェック済みでしたか」

「ええ、退屈でした」

あまりにも率直な感想に、思わず俺の口から息が漏れた。笑ってしまったのだ。頬に浮かんだ笑みをすぐに引っ込め、俺は、

「結論から言うと、ぼぎわんと知紗は今、K——地方の、ある山に潜んでいる可能性があります」

「というと？」

琴子が訊いた。

「既にお読みならご存じかもしれませんが、あの地方には人が立ち入らない山があって、かつて『こだから山』と呼ばれていたらしい。石碑が残されています」

電話の向こうでごそごそ音がする。続いてシャリ、と何かが擦れる音がして、

「──なるほど。ページを跨いでいたのですね」

と、溜息混じりの声がした。どうやら手元に『紀伊雑葉』を持っているらしい。

「ですが、どうして先の結論に至ったのですか？」

そうだ。結論はもちろん大事だが、そこに到達する過程もまた重要だった。いや、重要という表現には語弊があった。

正確には、苦痛だったのだ。少なくとも俺にとっては。

「ぼぎわんについて調査されたそうですね」

「ええ」

「気になりませんでしたか？　あれがかつて何と呼ばれていたか。バテレンの一派がやって来て『ブギーマン』という言葉を伝える以前の話です」

「わたしも」琴子は静かに、「そこが疑問でした。あれを知り、対策を立てる手がかりになると思って調べはしましたが、どこにもそんな記述はありませんでした」

「自分も見つけてはいません。そこでこう考えました」俺は一呼吸置いて、「名前などなかったのではないかと」

「なかった？」

「ええ。というより、名付けること、名を呼ぶことが禁じられていたのではないか、と。文字として記録することもです」

「それは——禁忌《タブー》ですね」

琴子は言った。俺は「そうです」とだけ返す。

タブー。呼んではいけない名前。入ってはならない場所。行《おこな》ってはいけない行為。古今東西、どこの文化にもある禁則事項だ。

禁じられ秘匿される以上、理由は曖昧になり忘れ去られることが多い。ただタブーであることだけが伝わるのだ。だが——

「ですが、ごく初期には人々に共有されていたはずです。あれの名前を呼んではいけない理由が」

「そうでしょうね」

「こちらから電話しておいてお恥ずかしい話ですが、これは仮説の域を出ない。それも脆弱《ぜいじゃく》な仮説です。資料が『ない』ことを根拠にしているわけですから。それに、過去のK——地方の、経済事情も分からない。だから全て自分の妄想かもしれませんが——」

「私の調査では」不意に琴子が話し始めた。「K——地方は、昔は決して豊かとはいえない農村だったようです。わずかな天候の変化ですぐに不作になって、壊滅的な打撃を受けたことも多かったとか。今あそこでそこそこ流行《はや》っている温泉では『自給自足』などとオブラートに包んで謳《うた》っていますけど」

子宝温泉のことだ。そこまで知っているなら話は早い。それにこのタイミングで、彼女がそんな合いの手を入れたことも有難かった。

おそらく琴子は分かっているのだ。俺の仮説がどういうものなのか。

食料は足りない。補給や支援なども来ない。そんな状況がいつまでも続く。そうした場合、当時の人々はどう対処したか。

　俺は深く息を吸って、

「――あの地方では、かつて口減らしが行われていたのだと思います」

「なるほど」琴子は淡々と「よく聞く話です」と言った。

「ええ、まあ」

　俺は返事とも言えない返事をした。

　よく聞く話。そのとおりだ。口減らしはかつて全国各地で行われていた。

例えば長野《ながの》の姥捨山《うばすてやま》伝説。労働力にならない、ただ食料を食い潰して死ぬだけの老人を、村人たちは山へ捨てていたという。

　より直接的な手段に出ていた地方もあっただろう。殺したり、隔離して餓死させたり。

　そんな手段を選ばなければならなかった人々はいただろう。K――地方も同様だ。

　ただ、おそらくあの地では、極めて特殊な手段を取っていたのだ。

「K――では、山に棲む妖怪、後にぼぎわんと呼ばれるあれに」

　知らないうちにスマホを強く握り締めていた。

　咳払いを挟んで、俺は、

「――あれに、老人や子供を与えていたのではないかと」

一気にそう言った。

「昨日聞かせてくださった仮説ですが」

少し前を歩いていた琴子が不意に振り返って言い、俺は我に返った。

近くに見えた山は思ったより遠く、俺と彼女は駅から今まで、ただひたすら歩き続けていた。砂利の鳴る二人の足音だけが周囲に響く。

スーツ姿の琴子は白い息を吐いて、

「確かに物証には乏しいかもしれませんが、理屈として筋が通っています。戸口で呼ばれたら必ず返事をしろ、とでも言い聞かせれば、子供なら簡単に連れ去られてくれるでしょう。老人には説得や強制が要るはずですが、どちらにしろ、山に連れて行って捨てるよりはずっと簡単です」

「ええ」俺は相槌を打って、「人をさらう妖怪に、人が余っている村。少なくとも不作の年には、お互いの関係は良好だったと思います。利害の一致、共犯関係、あるいは――」

「共存、でしょうか」

琴子が引き継いだ。黙って頷くと、彼女は前を向いて、

「人でないモノとそんな関わりを持つことは、当時の人にとっても恐ろしく、おぞましいことだった。だからあれの名を呼ぶことは固く禁じられた。時代が下って使節団と接触した頃には、それなりに豊かになっていて風習もタブーも忘れ去られていた――。こ

れだけでも、話としては非常に興味深い」

道は細く、住居はまばらになっていた。何も植わっていない、白っぽく乾いた畑が周囲に広がっている。向かう先には茶色い木々。

「――ですが、野崎さんはさらにその先へと、論を推し進められた」

「妄想ですよ。しがないオカルトライターの」

俺は謙遜《けんそん》と自嘲を込めて返したが、琴子は、

「昨夜も何度かそう仰《おっしゃ》ってましたが、わたしには非常に納得の行くものでしたよ」

いつの間にか、道はなだらかな傾斜になっていた。右手には先ほどまで歩いていた住宅街。そして左手には木の連なり。山に差し掛かっているのだ。

子をさらわれた、正確には「さらわせた」親たちは、消えた我が子についてどう思っただろう。これで自分たちが無事に生きていけると、心の底から安堵しただろうか。

それだけではなかったはずだ。まともな親なら、人なら、化け物に連れ去られた子を案じ、連れ去らせた自分たちを呪ったに違いない。

そんな罪悪感から、彼らはさらわれた子供たちの幸福を祈ったのだろう。いなくなった子供たちが食べたいものを食べ、幸せに暮らしている姿を夢想したのだろう。

化け物が棲むと言われている山で、今も生きている子供たちのことを。

だから彼らは名付けたのだ。化け物に名付けない代わりに。

化け物によって子供がたくさん増えた山、という意味を込めて――

「こだから山」と。

昨夜、俺が全ての話を終え、二人でK——に行くことを提案すると、琴子は二つ返事で承諾し、

「温泉の関係者には黙っておいた方がいいでしょうね」

と、いつもの調子で言った。

そのとおりだ。この地における「こだから」は、人間が子供を授かるという意味ではないかもしれない、などと耳にしたら。

子宝温泉がどうなろうと知ったことではなかったが、わざわざ波風を立てる気はなかった。というより、そんなことを考える余裕すらないほど、今の俺は苦痛を覚えていた。

自分の立てた仮説が自分の心に突き刺さっていた。昨日思いついてからずっと。

人をさらう妖怪。それを必要とした村。

老人が、子供が余っていた村。

子供を産んではみたものの、減らさなければならない村人たち。

そんな社会が日本のあちこちに、かつてあったのだ。

知識として知っていた。時代背景を鑑《かんが》み、理解もしていた。

そんなただの情報が、よりによって今、こんな形で、俺の前に立ち現れている。

「子を持つ親」の切なる思いが「こだから」という言葉に託されている——そんな風に考えてしまった自分に嫌気がさしていた。

十四

形ばかりの舗装がされた道から、獣道へと変わったすぐ先に、目指す石碑はあった。周囲は木々に囲まれている。

俺たちは「こだから山」にいるのだ。

石碑の周りの枯れ木は丁寧に取り除かれ、真新しい花まで供えてあった。温泉が評判になった影響だろうか。

俺は片膝《かたひざ》をついて石碑を検分した。

高さは五十センチほどで決して立派とは言えない。ところどころ欠け、彫られた文字はだいぶ薄れていたが、それでも正面の「こたから」という文字はかろうじて読めた。左右と裏面に隆起があるのが分かったが、判読はおろか文字であるかどうかも分からない。

ここに人の名前がつらつら彫ってあった、と『紀伊雑葉』には記されていた。

あれにさらわれた老人や子供の名前だったのだろう。

俺の仮説が正しければ、論理的にそうなる。

ならばこの石碑は慰霊碑と呼ぶべきだろうか。いや、違う。少なくとも、これを作った人々にとって妥当な表現ではない。

これらの名前の主たちは、この山の奥で幸せに暮らしているはずなのだから。

化け物と一緒に。

だから今も、ぼぎわんはここにいるに違いない。おそらくは知紗とともに。

その結論を導き出したのは俺だが、検証することができるのは俺ではない。

山に「いる」と言っても、ぼぎわんが獣や鳥のように、洞穴や木の上に潜んでいるなどとはさすがに考えていない。

ここにはおそらく、ぼぎわんが棲む世界と繋がる、言わば「門」があるのだ。

俺のような人間には見えない、超自然的な出入口が。

傍らに目をやると、琴子は石碑には目もくれず、獣道の奥を見つめていた。

冷たい風が木々を鳴らし、枯れ草がぱらぱらと舞う。立ち上がると関節が軋んだ。

琴子が歩き出し、すぐ立ち止まる。石碑に背を向けているので表情は分からない。

俺が持ち得ない「力」で、琴子は確かめているのだろう。山の奥にある「門」の存在を。その更に奥に棲まう化け物を。

琴子が振り向いた。ポケットから煙草を取り出して、枯れ葉だらけの地面を見てすぐに仕舞う。俺がわずかに身を乗り出すと、彼女は首を振って、

「いませんね——残念ですが」

と言った。

「いない？」

反射的にそう訊くと、琴子はスタスタとこちらに歩きながら、

「何度も確認しましたが、ここにあれの気配は一切ありません。あれがいる場所と繋が

っているわけでもない。もちろん、ここを捜しても知紗ちゃんは見つかりません」

と、あっさり言った。

「そう――ですか」

俺の身体から力が抜けていく。徒労だったわけだ。やはりオカルトライターがひねり出した仮説など、妄想に過ぎなかったのだ。

「念のため申し上げておきますが」琴子が穏やかな声で、「野崎さんの仮説が全て否定されたわけではありませんよ。明確に違っていたのは結論だけです」

「結論、だけ？」

「ええ」

風でほつれ、頬にかかった黒髪をかき上げて、琴子は、

「予想はしていましたが、お山、というのは、やはり解釈に過ぎなかったのです」

と、俺を見上げた。

言っていることはすぐに分かった。何年もオカルトの世界にいながら、俺は――

「……解釈を、額面どおりに受け取ってしまったんだ」

「そうですね」琴子は獣道の先を見つめ、「化け物が現れた。どこから来たのかも、どこへ行ったのかも分からない。そんな目撃談が相次ぐ村の隣に、普段人が入らない山があれば、村人は往々にしてこう考えるわけです――あの化け物は、隣の山から来たのだ、普段はそこに棲んでいるのだ、と。それは事実ではない。単なる解釈です」

そうだ。

怪異——理解不能なできごとを目の当たりにすると、人は手近なものに原因を見出《みいだ》し、筋道をでっち上げ、自分を納得させる。それが「解釈」だ。

漁村で怪異が起これば、村人はその原因を海に求める。何かが海から来たのだと「解釈」してしまう。

もっと分かりやすいのは、人が死んだばかりの家で怪異が起こった時だ。遺族はこれを死者のせいにする。つまり「霊の仕業だ」と「解釈」してしまう。事故現場、事件現場も同じだ。妖怪の逸話は、幽霊譚《たん》は、大多数がこうした解釈を第三者が真に受け、広め、それが何度も繰り返され積み重なって生まれるのだ。

オカルトの初歩だ。ある程度熱心にオカルトに付き合えば、早い段階でこうしたことは知ってしまう。俺もライターになるはるか前に、そういった知見は身に付いていた。

にもかかわらず、真琴や知紗のことを考えるあまり、結論を急いでしまったのだ。

回り道、時間のロスだ。こうしている間にも知紗は。知紗を案じている真琴は。

自分に呆れ、苛立ち、自然と手に力が入る。

「下りて煙草でも吸いましょうか」

琴子が言った。例のごとく無感情な口調だったが、俺を気遣っているのは明らかだった。真琴の姉にフォローされている。

返事ができないでいると、

「わたしも反省しているのですよ。希望的観測が過ぎたので」

琴子は神妙な表情で言った。

「それは――どういう」

「こちらから攻め込むことができるなら、その方が簡単だ、と考えたのです。不意打ちと言いますか……さすがのあれも、自分の領域を侵されることには慣れていないでしょうから」

石碑に視線を落とし、内ポケットに手を突っ込んで、琴子は、

「時間はもうあまり残されていない――やはり、これを使うしかないようですね」

これとは何だ。

俺が訊く前に、彼女は内ポケットから手を引き抜いて、顔の前にかざした。

手袋の指先で摘んでいるのは、くすんだ緑色の古びたお守り袋。

澄江から預かった志津の遺品――

魔導符だった。

十五

東京へ戻ってすぐ、真琴の部屋の掃除をひととおり済ませて、俺は窓を開け放ったまま、ベランダに出て煙草を吸っていた。四階の窓からは、いわゆる夜景とは言えないまでも、周囲の景色がそれなりに見渡せる。

琴子の指示だった。今宵《こよい》、この場所で知紗を奪還する。そのための準備が要ると。

「わたしは京都に戻って、追ってお伺いします。お手数ですが部屋を掃き清めておいてくださいませんか。まじないの基本ですが、真琴は散らかしているでしょうし」

K——駅前で紫煙を吹かしながら、彼女はそう言った。

滅多に連絡も取らない間柄ながら、妹のことはお見通しのようだった。

服と布切れは畳んで押入れに仕舞い、買ってきた卓上モップでほこりを払った。掃除機をかけ、念のため雑巾《ぞうきん》もかけておいた。自分の家もここまで入念に片付けはしない。琴子が来るまで何かに集中しておかないと、気ばかり焦って仕方なかったからだ。

時刻は午後十時になっていた。

遠くのマンションの最上階では、赤く輝くサンタクロースの電飾が、白く輝く袋を抱えて壁にへばりついていた。ぼんやりと明るい街のせいで空は明るく煙り、見える星と言えばオリオン座の三連星くらいだった。

ポケットから組紐を取り出す。黒とオレンジ。先端には重り。田原家のベランダに落ちていた真琴の道具だ。

自分に扱える代物でないことは分かっていたが、手ぶらよりは気が休まる。

要するにお守りだ。田原がお守りを家に集めたのと何も変わらない。

かすかな音が聞こえて俺は自然と耳をすます。音が次第に近付いてくる。ガラガラと重いものが転がる音。

音のする方に目を凝らすと、ビルの前の小道を人影が歩いていた。音は人影が引きずっている、大きなスーツケースから聞こえていた。

街灯が人影を照らす。小柄なポニーテール。茶色のダウンコート。スーツケースは銀色で、白い息が無表情の顔にかかる。

琴子だ。

俺は空き缶で煙草の火を乱暴に消し、組紐をポケットに押し込むと、玄関に向かって駆け出した。

階段を二段飛ばしで下り、一階の集合ポストの前に出ると、琴子が小さな身体で大きなスーツケースを抱え上げようとしていた。俺は挨拶もそこそこに、奪うようにケースの持ち手を掴んだ。

琴子は驚いたように俺を見上げた。普段よりほんのわずかだが、目が大きく開いている。今初めて俺に気付いたのか。

「持ちますよ」

返事を聞かずに俺は両手でスーツケースを持ち上げた。重いが想定の範囲内だ。

「すみません。お手数おかけします」

琴子が言った。いつもの静かではっきりとした口調だった。

真琴の部屋に戻る。スーツケースをリビングに置く。琴子は広い部屋と大きなベッドを黙って見渡している。足を進めリビングを回り、台所を、窓際をゆっくりと巡る。黒い革手袋をした手を顎に当て、時折考え込むような仕草をする。方角を確かめているらしい。だとすれば風水的な何かか、それとも他の理屈に則《のっと》っているのか。

琴子は「まじない」をすると言っていた。内容は知らされていない。しかし、K――でのやり取りから、俺は彼女が何をするか、おおよその見当はついていた。だがそれはそれで疑問が残る。

部屋を一周してベッドの上を進み、琴子はスーツケースの前で立ち止まった。玄関の方を一瞥《いちべつ》して、

「では始めましょうか」

そう言って腰を下ろし正座すると、パチンパチンと留め金を外し、両手で上蓋《うわぶた》を持ち上げた。

中にはいくつかの白い袋と木箱が詰まっている。いかにもまじないめいた御幣や札、榊《さかき》の葉や白装束、数珠《じゅず》や水晶玉を想像していた俺には意外だったが、すぐに雑念を打ち消す。俺はオカルトのお約束に、記号に毒されている。

「今からあれを呼びます」

琴子は推測していたとおりのことを言った。大きな木箱の一つを両手で丁寧に取り上げる。

「しかし――」俺は彼女の側で中腰になって、「あれを呼んで、どうやって知紗を取り

戻すんですか」

と、かねての疑問を口にした。

化け物を説き伏せ差し出させるのか。あるいは屈服させ居所を聞き出すのか。「遠く」にいる知紗と、あれを媒介に接触する手立てがあるのか。

いや、そもそもあれがこの世の存在でない以上、通常の「誘拐」と同じように見なし憶測している時点で、俺は事態を見誤っているのかもしれない。

「わたしの予想が正しければ――」

琴子は俺を見ず、言いながら木箱を床に置いて開ける。中にはゴツゴツした五百ミリペットボトルほどの石が綿に包まれている。石の片側は尖《とが》り、片側は平らになっている。

両手で石を取り出すと、彼女は平たい方を下にして、これも床に置く。ゴト、と重い音がフローリングの床を伝う。石は蛍光灯の光を鈍く反射し、鋭い切っ先を天井に向けている。

「――知紗ちゃんはあれと一緒に来ます」

琴子は居住まいを正してそう言った。

どういうことだ。問おうとすると、彼女は手袋に視線を落とし、

「面倒臭い」

とつぶやいて、両の手袋を引き抜いた。

引き攣れ、赤白まだらになった皮膚が露になった。薄い手の甲も短い指も、全てケロ

イドで埋め尽くされていた。爪も曲がっている。

何も言えず硬直していると、

「野崎さん」琴子はダウンコートのポケットに手袋を突っ込んで、「この石を玄関のドアに噛ませていただけませんか。目一杯開け放して。大げさな見てくれですが、これは今回ドアストッパーに使いますので」

と、何事もなかったかのように言った。

石は見た目どおりに重く、噛ませるとドアは簡単に固定された。

リビングに戻ると、琴子は白いブラウスと黒いスラックス姿になっていた。ダウンコートと黒いジャケットはスーツケースの横に畳んで置いてあった。

風が玄関から入ってくる。身体が自然と震えたが、琴子は気にした様子もなく、袖口のボタンを外し腕まくりをした。

右手の前腕部には、何かに引っかかれたような真新しい傷が縦横に走っていた。左手はこれまたケロイドに覆われている。

「驚かれましたか」

琴子が訊いた。俺は一瞬迷って、

「ええ」

と、正直に答えることを選んだ。

琴子は表情一つ変えず、再びスーツケースの前に座って白い袋を取り出した。中から取り出したのは何の変哲もないスプレー缶だった。キャップは黒い。

「仕事ですよ。ライターさんは目を悪くしたり腱鞘炎《けんしょうえん》になったりする。それと同じです」

「しかし、真琴はそんな、大きな」

「あの子とは年季が違います。規模も」

琴子は缶を手に廊下に向かい、洗面所に消えた。後を追うと、彼女はキャップをパコンと取り去り、鏡の前でシャカシャカと振る。

「言い忘れていましたが、野崎さん」

俺の方を向いて、彼女は、

「終わったら後片付けをお願いしても構いませんか。あと真琴にも謝っておいてください。汚して申し訳ないと」

涼しげな顔で言った。

「ええ、それは構いませんが」俺は洗面所に一歩踏み入れ、「汚すというのは、どう――」

「助かります」

琴子は視線と顎だけで礼をして、鏡にスプレーを吹き付けた。みるみるうちに黒い大きな斑点《はんてん》が鏡面に浮き上がる。シンナーのにおいが鼻を突く。カラースプレーだ。

縦横にスプレーを動かしながら、琴子は、

「先方のお嫌いなものはあらかじめ片付けておく。お客様をお招きする際の基本ですね。相手が人でなくても」

鏡を真っ黒に染め上げると、琴子はキャップを閉じて俺に向き直り、歩き出した。身体をどけると、彼女はまたリビングの、スーツケースの前に座った。

スプレーを仕舞い、次に琴子が取り出したのは細長い袋だった。中から引っ張り出したのは紫色の細い組紐。丁寧に結わえてある。

彼女は結び目を解きながら、

「あの子が牡蠣に中たったのはご存じでしたね。そのせいであまり貝を食べないのも」

不意に話題が変わったが、俺は気にせず、

「ええ」

「その牡蠣を食べさせたのはわたしです」

そう言うと琴子は立ち上がり、部屋の隅へと向かう。長く伸ばした組紐を壁に沿って這《は》わせていく。

「ご近所の方から上等なのをいただいたのですが、数が足りなくて。真琴たち上の子だけに食べさせたら、その晩はみんな転げまわって苦しんでいました。幸い大事には至りませんでしたが……。両親と下の子たちは、前の日のカレーで済ませたので無事でした。わたしもです。もちろん単なる偶然と不運なのですが――」

上の子たち。下の子たち。

琴子と真琴には、他にもきょうだいがいるのか。

組紐がリビングを囲った。琴子はその両端を軽く結わえ、

「後で真琴たちから随分恨み言を言われました。最初から気付いて食べなかったんじゃないのか、と。当時わたしは中学二年でしたが、それなりに仕事はしていたので」

琴子は両手の甲を俺にかざし、すぐに下ろす。

「この傷跡はその頃のものです。火を使う厄介な相手でした。痛みはこれが一番残っていて現代医療ではどうにもなりません。耐え難い時は湯治に頼るしかない。最近だとあそこの子宝温泉がわりと効きますよ。あくまで『※個人の感想です』が」

表情一つ変えずそう言うと、琴子は再びリビングの壁際を歩き、組紐のたるみを屈《かが》んで直す。

「この火傷——今ではいい経験になったと思っていますが、その時は罰《ばち》が当たったと本気で思いました。真琴たちを苦しめた罰です。当時も今も、神仏など少しも信じていないのに」

昔語りをしながら、琴子は着々と段取りを進めていた。平たい木箱から取り出したのは黒い小さな盆。黒檀《こくたん》だろうか。そっとベッドの真ん中に置くと、続けて小さな袋を手に取った。

沈黙が耐えがたく、また話を聞いて気になることもあったので、俺は訊く。

「真琴——真琴さんは、あなたを恨んでいるような様子は全くありませんが」

「呼び捨てで構いませんよ。お付き合いされてるんでしょう?」

琴子がそう返す。いきなりそんな話を振られて面食らったが、どうにか肯定の返事を

すると、

「今はだいぶ落ち着いたようですが、昔は何かにつけてわたしに対抗しようとしていました。いえ、わたしというより、わたしのこの力が、真琴にはわずらわしかったようです」

小さな白い袋を盆の中心に置き、さっきとは別の平たい木箱を取り出して、今度は蓋を開けないままベッドの上に置く。

琴子は続けて、スーツケースに残った黒い小さな布袋を取り出した。細長く、中央は紐で縛ってあった。

開ける前から何なのか俺にも分かった。琴子が紐をほどく。

中から現れたのは、真新しい和筆だった。

盆の前に正座し、筆をシーツに置くと、琴子は盆に載った白い袋を両手で捧げ持ち、ゆっくりと中身を取り出した。くすんだ緑色の、古びたお守り袋。

魔導符だ。

琴子は真新しい筆でお守り袋をゆっくり丁寧に掃き始めた。表も裏も、上部も底部も。

彼女の顔はこれまでと変わらず無表情だったが、さっきまでとは明らかに雰囲気が違う。

圧倒された俺は、ただ彼女のすることを見守っていた。

袋から中身の呪符を取り出し、これも同じように掃き清め、再び袋に戻す。魔導符を黒檀の盆に戻すと、琴子はポケットから煙草と携帯灰皿を取り出し、傍らに置いた。

「あの子には申し訳ないことをしました。牡蠣の一件だけではありません」

琴子は静かに口にした。

黙っていると、彼女は視線を落とし、小さく溜息を吐いて、

「わたしの力を疎んじるあまり、真琴はわたしと同じか、それ以上の力を得ようと考えたようです。十六で家を出てから、随分無理をしたと人づてに聞いています。修験者や仏僧の真似事をして危険な修行をしたり、霊力を上げるという触れ込みの怪しげな薬草や何かを試したり」

初めて聞く話だった。真琴が姉の琴子に、尊敬以上の感情を抱いていることは分かっていた。しかし彼女の霊媒としての力は、生来備わっていると思っていた。それが違うという。

「素質はそれなりにありましたが、今ほどの力を得たのは、言わば努力の賜物《たまもの》です。ですが、それは彼女の身体を蝕む諸刃《もろは》の剣でした」

彼女は煙草をボックスから抜くと、一本火を点けた。煙を吐き出して、しばらく玄関を見る。

やがて、彼女は立ちのぼって消える煙を眺めながら、

「あの子に子供が出来なくなったのは、つまりわたしのせいです」

と言った。

彼女の表情には一切変化がない。目だけがわずかに悲しみをたたえていた。

「そうでしたか……」

俺はそう返す。

驚いてはいた。ことの次第を知り、真琴のことを思って胸が痛んでもいた。

しかし、琴子に対して負の感情はまるで湧かなかった。

自然と口が開いていた。

「でも、真琴はあなたのことを今もずっと慕っている。傍《はた》で見ているだけで分かります。動機はどうあれ、身体を壊すようなことをしたのは、彼女自身の選択の——意志の結果だ。ですから責任を感じる必要はないと思います」

そう言葉が出ていた。言いながら気付いたが、これはごまかしでも取り繕いでもなく、本心からだった。

「そうですか」

琴子は何回か煙草を吸い、久しぶりに俺を向いて、

「……野崎さんはどうですか。真琴をあんな風にしたわたしを恨んでいませんか」

「いえ、全然」

俺は彼女の目を見て答えた。

「自分はあんな風な真琴を、大事に思っていますから」

そしてそう続けた。これも本心からだった。

「そう……」

琴子は煙草を灰皿に置き、身体ごと俺に向けて、

「真琴をよろしくお願いします」

そう言ってベッドに手をつき、深々と頭を下げた。

驚いて「いや、止めてください」と近寄り、彼女を起こそうとすると、不意に彼女は
ガバッと身体を持ち上げ、玄関をじっと見た。

そしてかすかに呆れたような顔で俺を見て、

「来ます」

と言った。

俺は玄関を見る。琴子が居住まいを正す。薄暗い玄関の、扉の向こうは真っ暗だ。街
灯や近隣住居の灯《あか》りも見えない。

俺は中途半端な姿勢で、固唾《かたず》を呑んでその四角い闇を睨んだ。変化はない。足音も聞
こえてこない。

「無事に成功したようですね。魔導――呪いが」

琴子がいやにはっきりした声で言った。

「何のことですか」

「先ほどまでの話に嘘偽りはありませんが」琴子は玄関を見据えたまま、「あれは大部
分が呪いです。志津さんが銀二さんを呪ったように、わたしがわたしを呪ったのですよ。

真琴を苦しめたわたし自身を。そうすれば――」

突然、生暖かい風が玄関から吹きつけた。俺は目を細め手で顔を隠す。風は俺たちを

通り過ぎ、部屋の小物を、カーテンを、照明のスイッチ紐を執拗に揺らす。
風が部屋をぐるぐると回っているのだ。

ねっとりとした湿気が身体にまとわりつく。不快感に顔をしかめていると、琴子が吸いさしの煙草を咥《くわ》え、中空にフーッと煙を吐いた。

煙は瞬く間に風に散らされて消える。

琴子は驚いた様子も見せず、物がなびく部屋をゆっくりと見渡した。

くすすすす

ふふふふふ

しし、しし

風の音に乗って、かすかな笑い声が耳に触れた。人の声でないのはすぐ分かった。耳障りで、どこか調子はずれで、およそ人間の器官から出ている音ではないと感じた。

風は俺たちの周囲を渦巻いている。服の下に汗が流れ始めていた。

「マコトさん」

女の声がした。はっきりとした声。だが年齢は分からない、でも女であることだけは分かる、不自然な声。

玄関に女の影が立っていた。

夜の闇よりさらに暗い影。背は高くもなく低くもない。長い髪であることだけがシルエットから分かった。

影はゆっくりとこちらに歩み寄りながら、
「マコトさんはいますか――マコトさんは」
と囁いている。
「いないわ」
琴子がきっぱりと答えた。影が立ち止まる。と同時に、風の中の笑い声が大きくなった。
ははははは
いないって
ふふ
こたえたよ
こたえた
こたえたあああ
嘲るような声。子供と老人と老婆が同時に喋っているような、奇妙な残響を伴う声。
その嘲笑を突き破るように、
「では――カズヒロさんはいますか」
という声がした。
琴子は俺をチラリと見た。俺は額に浮いた汗をぬぐいながらうなずく。
彼女は首を横に振る。俺はまたうなずく。
和浩《かずひろ》は俺の名前だ。

仕事の場では使わない本名。上京して以来、そう呼ばれることも滅多にない。真琴も俺を姓で呼んでいる。

だが目の前のあれ――ぼぎわんは知っていた。どこかで俺の名前を知り、呼んだ。調べることは不可能ではないが、それでここへ来て、名前を呼びながら近寄ってくる、ということの意味が分からない。

影はゆっくりと廊下を歩き、こちらに近付いてくる。蛍光灯が何度か点滅し、消えた。笑い声は含み笑いになり、粘液のような温《ぬる》い湿気が体中にべたべたと絡み付いた。暗闇の中でカチッと音がし、ベッドの上で小さな赤い光が灯《とも》る。

琴子が煙草に火を点けたのだ。

ふうう、と煙を吐き出す音が、闇の中で聞こえた。

含み笑いが再び嘲笑と罵声に変わる。

ふひひひひ

たばこたばこ

へいき

へいきだ

ばあああああか

んはははははは

少しずつだが暗闇に目が慣れてくる。白いシーツの上の、白いブラウスの琴子が、最初に視界に浮かび上がった。表情は分からない。ただ前を向いて煙草を吹かしている。

「お山に行きましょう」

女の声が呼びかけた。俺は答えない。当然のごとく琴子も答えない。

おやま
おやまおやま
いきましょういきましょう
周囲の声が真似をする。

琴子はふう、と大きく煙を吐き出し、

「行かない」

と言い捨てた。

「行かない」

全く同じ声が、廊下から響いた。続けて、

「祟《たた》りやカルマなどという概念は人間の解釈——辻褄《つじつま》合わせの道具です。あなたのご先祖が何をしたか。蔵にあった日記には確かに、今の感覚なら大変残酷なことが書かれている。いくつかは実行に移したのでしょう。あの骨は子供のものです。ですが、ご先祖が『ぶうろ』と呼ぶ存在は、そんなこととは無関係に、このお屋敷に居座っているようです。わたしたちには理解しえない理由で。解釈しようのない理屈で」

琴子の声が朗々と響いた。誰かに語りかけているような言葉が、風の合間から淀《よど》みなく聞こえてくる。

　これは仕事だ。おそらく他の仕事の最中に、琴子の口から出た言葉だ。

「そう、電波を拾うこともできるの」ふん、と鼻を鳴らす音が聞こえて、「電波に干渉することもできるのかしら。声を真似るのが容易《たやす》いなら、電話で呼び出したりもできそうね」

　琴子は煙草をくゆらせて、

「人間に直接干渉するよりは、ずっと簡単なんでしょう？　それともまだ段取りを全部思い出せていないのかしら？　思い出してもすぐ忘れるの？　こっちの世界が変わりすぎてて、よく分かっていないんじゃない？」

　声たちが騒ぐ。笑いが部屋にひしめく。

　暗がりの中で、琴子がゆっくり周囲を見渡しているのが分かる。

　彼女は小さく溜息を吐いて、

「この周りの小さいのは、わざわざそこらで呼んで集めたの？　こんなに頭数を揃えないと、ここまで来られなかった？　いきなり呼ばれてビビった？」

　と、足元の魔導符を摑んで顔の前にかざした。

　声はざわめきの中でもよく通る。決して大きな声ではなく、感情を露にこそしていなかったが、その物言いは明らかに化け物を挑発していた。

　しかし。

琴子の白いシャツが濡れ、背中に貼りついているのが見えた。汗だ。ただ湿っぽい熱風のせいだけではない。量が尋常ではない。

緊張しているのだ。言葉や態度とは裏腹に。

「わたしの名前は知らないの？　あなたを呼んだのはわたしなのに」

琴子は魔導符を手で握りしめて言った。その頬に一筋の汗が伝う。

「知ってる」

女の声が簡潔に答えた。

しってる

しってるよ

しってるって

ししし

なまえ

なまええええええええ

なんていうの

ねえなんていうの

周囲の声たちが盛り上がっている。囃《はや》し立て、はしゃいでいる。

うはははは

あはああ

きししきししし
次第に大きくなる声。廊下の気配が、人影が、大きくなっているような気がした。風は熱いのに悪寒がする。
ねえくおうよ
くおう
食おう
食おおおおよおおおお
おれはおんなをくう
わたしはおとこ
ぼくはりょうほううううう
周囲の声は耳が痛くなるほどの轟音《ごうおん》になっている。俺は思わず片耳を塞ぐ。
その中を縫うように、女の声が、
「お山へ行きましょう……コトコさん、い、い、い」
と言った。
ざわめきが不意に止んだ。湿気がぬるりと身体から剝がれ、足元に落ちていく。
蛍光灯が二、三度点滅し、再び暗闇になる。
すぐ目の前に灰色の何かがいるのが一瞬だけ見え、俺は慌てて数歩後ずさった。
暗闇を沈黙が支配した。

ちりり、と音がして、琴子の煙草がわずかに明るく光る。

ふううう、と吐く音。

……ことこ
背中の方で囁き声がした。

こと……こ……

今度は右側。

声は小さく、嘲りは完全に消え失せていた。

むしろ怯えるように、息をひそめるようにして、声は次々と彼女の名を囁き合った。

「そう」煙草を吹かしながら、琴子は、「普段その辺をうろついて、つるんで仲良くやってるお前らなら、いろいろ聞いてるだろ?」

と、地の底から響くような声で言った。

まさか……

まさか……

声たちがざわめく。あるものの声は震え、あるものは泣いているようにさえ聞こえた。

ひ……比嘉琴子かあああ!

悲鳴が上がった。

またしても突然に、強い風が渦巻いた。すぐに部屋から玄関へと、物凄い勢いで吹き抜ける。小物やカーテンはおろか家具までがガタガタと揺れる。吹き飛ばされそうになって腰を落とす。

悲鳴の群れが遠ざかり、風が止むとともに小さくなって消えた。

琴子は煙草を消すと、スッとベッドの上に立ち上がった。気配と白いブラウスの動きで、俺はかろうじて彼女の行動を察している。

気配は廊下に佇《たたず》んでいる。さっきより遠い。後ずさったのか。

「遠くのお山にいたあなたは知らないでしょうけど――」

琴子は再び冷静な口調に戻って、

「いろいろ首を突っ込んで、名前を知られすぎたの。祓いたくても鎮めたくても、先に逃げられてしまうくらい。有名税ってやつかしら」

と言った。同時に、部屋の隅がぼんやりと明るくなる。

組紐が光っていた。青白い光が、煙が立ち上るように壁を伝い、天井へと昇っていく。

結界か。

女の影がゆらりと動く。ゆっくりと一歩前に進んで、

「コトコさん」

「ここにいるわ」

琴子がはっきりと答えた。

瞬間、廊下の中空に、白く小さなものが浮かび上がった。白いものは見る間に増え、上下に並んで開いた。

これは——口だ。白いものは歯だ。

田原秀樹の顔を食い、真琴を傷付け、毒を流し込んだ——

ガチン、と大きな音がして、口が不意に視界から消えた。

「伏せて！」

琴子が叫んだ。瞬間。

リビングの周囲から、パンパンと何かが破裂する音が響き、部屋がまたしても真っ暗になった。俺の左足に痛みが走る。呼吸が止まるが、すぐに吐き出して俺はどうにかフローリングに腹ばいになる。

頬に何かがこすれている。床ではない。手に取ると糸くずのような感触がして、指の中であっけなく崩れて消えて行く。暗闇の中で、それが紫色をしているのが、かろうじて判別できた。周囲の床にも、同じく紫の芋虫のような残骸《ざんがい》が転がっていた。

組紐だ。琴子が部屋の周囲に張り巡らせた——

結界が破られたのだ。一瞬で。一撃で。

あれは、以前より力をつけている。

ベッドからドスン、と何かが転げ落ちた。琴子だ。抱き起こす寸前に自分で中腰になると、彼女は顔を上げて玄関の方を睨みつけ、

「申し訳ありませんが、ご自分の身はご自分で」

と早口で言った。再びベッドに飛び乗ると、彼女は手に持っていた箱を開いて、中身

を取り出した。

円く平たい板が闇の中で青く光り、琴子のケロイドの指を照らしている。

鏡だ。鏡自体が光を放っている。

琴子の周囲が徐々に明るくなる。

その目の前に、大きな灰色の化け物が立っていた。長い脚。歪んだ小さな胴体。両腕をだらりと垂らし、顔は黒髪に隠れて見えない。ゆらゆらと琴子の前で身体を揺らしている。

「鏡がないって安心してた？」琴子の声がする。「あるわよ。ちゃんと磨いたビンテージものがね」

長い黒髪が音もなく逆立ち、その向こうから巨大な口が開いた。真っ黒な舌がだらりと吐き出される。饐《す》えたにおいが部屋を漂う。

化け物は身体をしならせ、大きく反動をつけて琴子に襲い掛かった。

琴子が鏡を顔の前にかざす。でたらめに並んだ歯が鏡の前でぴたりと止まる。口蓋《こうがい》が更に大きく開いて、一気に閉じる。

歯の鳴る不快な音が、再び部屋にこだました。

同時に金属が軋る凄《すさ》まじい音が台所を駆け抜けた。俺は耳を塞いで床に突っ伏した。

ガランガランと床に何かが落ちる音がする。割れる音も砕け散る音も続く。

どうにか顔を上げると、琴子は動じず、化け物に光る鏡を向けながら、

「どう？　いい仕事してるでしょう、これ」

と言った。

「コトコさん」

化け物の声。口は閉じたままだ。口で話しているのではないのだ。

「なに？」

琴子はごく普通に答えた。

「お山に行きましょう」

「行かない」

「行きましょう」

「わたしは行かない」

「みんな待ってる」

「みんな？」

琴子はわずかに首をかしげた。化け物は再び身体を反らす。徐々に口が開いていく。

「こども。こどもたち」

化け物――ぼぎわんは、はっきりとそう言った。

琴子の目がわずかに見開かれ、

「やっぱり」化け物を見上げて、

「そうだと思ったわ――だから人なんかさらうのね」

確信に満ちた声で言った。

剝き出しの乱杭歯《らんぐいば》が再び琴子に迫った。鏡の前で乱暴に閉じる。

ガチン！

部屋の奥でテレビがひしゃげ、破裂音とともに火花が散った。

再び化け物は口を開き、すぐに閉じる。

ガチン！

ダイニングテーブルの脚が四本とも真ん中から抉れ、けたたましい音とともに崩れ落ちる。

机に潰されそうになって、俺は慌てて窓際へと転がった。

化け物は全身を大きくしならせ、またしても虚空を嚙んだ。

歯の鳴る音に交じって、ピシ、と甲高い音が響いた。

不意に琴子の身体がぐらりと揺らいだ。ベッドの上に片膝をつく。

俺は目を見張った。琴子の背中——白いシャツが、あっという間に赤く染まる。

とうとう嚙まれたのだ。高梨、逢坂、田原。そして真琴と同じように。

ぼぎわんが再び伸び上がる。長い髪の間から口が開く。大きく、大きく、上下に。紫色の口腔《こうこう》が視界に広がっていく。

「野崎さん！」

琴子が呼びながら振り返る。目を合わせた瞬間、彼女はいきなり俺に鏡を放り投げた。

鏡は弧を描いて、部屋のあちこちに光を投げかけ落下していく。

俺は落下地点に滑り込んで、腹と両手で鏡を受け止めた。上体を起こして、俺はあっ、と声を漏らしてしまう。

琴子が化け物の両顎、醜く並んだ歯を素手で摑んでいた。閉じるのを押し止めている。ぼぎわんは頭を揺らして振り払おうとするが、琴子の小さな火傷だらけの両手は、しっかりと歯を摑んで離さない。

真っ黒な舌が伸び、彼女の身体にまとわりつく。長い指が彼女の胴体を摑む。

危ない。

俺は立ち上がって、見よう見まねで鏡を持ち上げ、顔の前で――

「大丈夫です」

琴子の声がして俺は固まる。しかしすぐに思い直す。ぼぎわんは人の声を真似するのだ。再び鏡をかざそうとしたが、

「大丈夫ですから」

今度は振り返って、琴子が言った。どういうことだ。

その首筋を舌が這う。指が横腹に食い込む。しかし、舌も腕も力なく彼女の身体に絡まるだけで、引き剝がすことができないでいた。

「――触れてみて分かりました」琴子はぼぎわんに向き直り、「舌も手も、おそらく身体も、ただの飾りです。力を持っているのは口だけ。いえ――口だけしか残っていない、と言うべきでしょうね」

琴子はまた一人で納得する。俺はわけも分からず鏡を手に立ちすくむ。

「コトコさん」

口を目一杯開かれたまま、化け物が言った。

「コトコさ……あ、あ」

剥き出しの喉の奥から、しわがれたうめき声が聞こえた。苦しんでいるのか。泣いているのか。老人か老婆か。いずれにせよ今までの声とは違う。

「……ああ、あ……いた、い……いたい……」

声が苦痛を訴えた。

「なんてこと……」

琴子が囁いた。驚いているのが分かった。

「残ってるの、まだ……」

「あう、あ……た、すけ……て」

喉の奥の声が、嗚咽《おえつ》混じりに懇願した。

琴子はそれでも手を緩めず顎を押さえつけている。先の声は聞こえてこない。彼女の息遣いとシーツの擦れる音。俺の呼吸音だけが響く。

ぺたん
廊下の暗闇で音がした。湿り気を帯びた何かが、床に落下したような音。

ぺたん　ぺたん

足音だ。裸足《はだし》で廊下を歩いているのだ。こちらに向かっている。

俺は視線を廊下に向け、ぼんやり光る鏡を前にかざした。

暗闇の中、廊下の中ほどに、小さな脚と身体が浮かび上がる。

服に見覚えがある。知紗だ。

茶色の染みで服のあちこちが汚れ、ぼさぼさの髪に泥のようなものが付着していた。

幼い顔は蒼白で、くしゃくしゃの前髪の隙間から、ぼんやりした目がこちらを見ていた。

俺は彼女の顔をよく見ようと足を進め、鏡を高く掲げた。

知紗は顔をしかめ、俺を睨みつけると、

「か、かずひ、ろ……かずひろ、さん」

と、子供の声でうなった。

俺は反射的に立ち止まった。何故だ。どうして俺の名前を知っている。

知紗は唇を歪め、

「お、お……」と呻く。

「お山へ」

琴子に顎を摑まれたまま、ぼぎわんが言った。

「おやま……へ」

知紗が顔を歪めて復唱する。これは、これはつまり。

振り返ると琴子が小さくうなずくのが見えた。

「……いきま、しょう、かずひ、ろさ、ん」

言い終わると、知紗はぺたんと足を鳴らした。ゆっくりこちらに近付いてくる。手はだらりと両脇に垂らし、目は半開きで俺の方を見ている。

琴子の言葉が頭をよぎる。ここに来てから耳にした、数々の謎めいた物言い。

なぜあれは「人なんかさらう」のか。

こどもたち。

口しか残っていない。

ゆっくり近寄ってくる知紗を見て、俺は悟った。

あれは――ぼぎわんは、こうやって増えるのだ。

人間から奪って子供を作るのだ。

田原秀樹は、その祖父母は、あれの――言わば「審査」に通らなかったのだろう。

頭の中で次々と解釈が積み重なり、飛躍する。

だとすれば、今そこにいるぼぎわん自体もかつては。

人だったのか。子供だったのか。

口減らしで村からさらわれた子供の成れの果てなのか。

知紗が歯を剝いた。ゆっくりと開く。冗談めいた仕草に俺の全身が怖気《おぞけ》立つ。たじろいでしまう。

「鏡を！」琴子がまた叫んだ。

「知紗ちゃんに近付けて！　嫌がっても構わないで！」

とん、と知紗が床を蹴るのと同時に、俺は鏡を前方に突き出した。

知紗がうなって伏せる。効くのだ。俺は屈んで、光る鏡を彼女の頭にかざす。

「うぐううっ」

知紗が光を避けようと廊下を転がる。顔は苦痛に歪んでいる。躊躇《ためら》いの感情が湧き起こるのを抑えて、俺は彼女に鏡をさらに近付ける。

出し抜けに知紗が跳ね上がった。まともに体当たりを食らって、俺は無様にも仰向けに転んだ。弾みで鏡が手元から離れ、床を滑る。

知紗が歯を剝き出しにして覆いかぶさり、俺はとっさに両手で彼女の頰を摑んだ。大きく開けた口から涎《よだれ》が滴り、顔にかかる。饐えたにおい。あれと同じだ。

知紗はぼぎわんになりかけているのだ。

幼児とは思えない力で知紗がのし掛かる。歯が鼻先に迫り、俺は顔を逸らす。視線の先には鏡がぼんやり光っている。

「……ま……」

遠くから、かすかにそう聞こえた。か細い、すすり泣くような、子供の声。

「……ま……マ、マ……」

俺の耳が声の出所を探り当てる。俺は信じられない思いで顔を知紗に向けた。

「ママ……どこ……こわい……こわ、い……うう、うあああ、あ」

声は俺の目の前――知紗の喉の奥から聞こえていた。

俺の口から勝手に言葉がこぼれていた。

「知紗」

知紗の意識は、この身体の深いところに押し込められているのだ。

彼女の魂は肉体の奥底に封じられているのだ。

それが母親を求めて泣いている。

力が抜けていた。知紗の頰を摑む手が緩んでいた。

知紗が首を激しく振る。両手が頰から離れる。

しまった、と思う間もなく、彼女は俺の顔を狙って躍りかかる。何とか避《よ》けようと上体をひねった俺の左肩に、知紗の歯が突き刺さる。

焼け付くような痛みが肩から全身を貫いた。

うめきながら彼女の身体を摑んで引き離そうとするが、食い込んだ歯が肉を引っ張り、新たな痛みが肩を走り抜ける。

知紗の何も見ていない目が視界の隅で揺れる。

ドン、という重い音がリビングから響き、家全体を震わせた。続いてガラガラと何かが崩れ落ちる音。

琴子に何かあったのか。

俺はうめきながら右手を床に這わせた。指先が鏡に触れる。知紗の歯がミリッと音を立ててさらに深くへ突き刺さる。

「あああ！」

思わず声が出ていた。その勢いで知紗が乗っている身体を目一杯伸ばす。掌《てのひら》に冷たい感触。摑んだ。

俺は反動をつけて、鏡を知紗の頭に押し当てた。

しゅっ、と息を漏らして知紗が飛びすさった。歯が肩から引き抜かれる激痛にうめいていると、彼女は着地するなり俺を飛び越え、リビングへと走った。

俺はどうにか立ち上がり、知紗を追ってリビングに飛び込んだ。

琴子がテレビの残骸の上に横たわっていた。鏡を向けると、両手からは血が流れ、ベッドのシーツが筆で書き殴ったように赤く染まっているのが分かった。

化け物は台所の隅にゆらゆらと突っ立っていた。その傍らに知紗がしゃがんでいた。

視線をぼぎわんから逸らさないようにして、痛む肩を押さえながら琴子の側に駆け寄る。と、彼女はむくりと自分から上体を起こして、

「失礼、少し焦っただけです」

そうはっきりした声で言ったが、唇の右端は青く腫《は》れ上がり、ブラウスの前も所々、血がにじんでいた。赤い点は俺が見ている間にも、じわじわと白い布地に広がっていく。

「どうしますか。あれを封じ込めて、知紗を――」

「ええ」琴子は化け物を見据えて、「そのつもりでしたし、ある程度は上手く行ってい

たのですが……」

そこまで言って、琴子は不意に顔をしかめた。苦しげな息が、食いしばった歯からかすかに漏れ聞こえた。

「……ここへ来て、わたしの身体が先に音を上げるとはね」

琴子は呆れたようにつぶやいた。

化け物がゆらりと一際大きく揺れた。ゆっくりと流れるようにリビングの中央に進んで立ち止まる。俺は目を逸らすことができず、灰色の長い身体を凝視した。

長い黒髪が風もないのに揺れ漂う。細い腕がゆっくりと持ち上がり、自分の唇を摑んで上下にめくる。メリメリという不快な音とともに、滅茶苦茶《めちゃくちゃ》に並んだ黄色い歯が剝き出しになる。続いて濃い紫の歯茎が、更にその外側に緑色のぶよぶよした組織が。

べり、と唇が裂け、口が顔よりも大きく広がった。無数の歯が、何本もの舌が、紫色の口腔が、自分には分からない何かが、徐々に視界を覆う。

知紗の顔が、身体が、口の陰に隠れる。

異臭が部屋いっぱいに立ち込めている。身体が硬直して動かない。

ピシ、と鏡が鳴った。鏡面に大きなヒビが縦横に走っている。光が弱まり、周囲が少しずつ暗くなっていく。

「こいつは……ヤバいですよね。どう考えても」

俺は精一杯、虚勢を張って言った。そうしなければ叫んでしまいそうだった。笑顔も作ったつもりだが、ちゃんと顔の筋肉が動かせた気がしない。肩の痺《しび》れは首にも腕にも回っていた。

「そうですね」琴子は清々《すがすが》しいほどあっさりと同意すると、「ですが依頼は果たさなければなりません。依頼人《クライアント》は真琴ですし」

そう言って身体を持ち上げ、ベッドに仁王立ちになった。

「野崎さん。わたしに何かあったら、知紗ちゃんを頼みます」

「しかし」

「その鏡を使ってください。まだ使えますし、今の知紗ちゃんになら効くでしょう」

琴子が手を振って構えた。両手の間で何かが光った。

「わたしは時間を稼ぎます」

キリリ、と金属質の音が血まみれの手の中で響く。糸――鋼線か。

ブラウスの赤い染みが、また更に広がっていく。

巨大な口が波打った。同時に琴子が素早く手を前に差し出す。

ひゅん、と空気を切る鋭い音がした、次の瞬間。

叫び声のような重低音とともに、窓が、窓際の壁が、大きく外側にひしゃげた。窓枠が折れ曲がりガラスが弾け飛ぶ。

蛍光灯が点滅する。窓の残骸の中に、灰色の影と赤白まだらの影が、残像のように目に焼き付く。組み合って絡み合っている。

小さな子供の姿も。

知紗。

俺は大股で跳んだ。

知紗は廊下へと走り玄関へ向かう。逃げるつもりなのか。俺は廊下を駆けた。土間の手前で汚れた服の背中に右手が届く。摑んで引っ張ると、知紗はうなり声を上げて振り返った。有り得ないほど大きく開かれた口。

俺は左手の鏡を彼女の鼻に押し当てる。一瞬ひるんで知紗は俺に摑みかかる。身体をひねり、服を引っ張ると知紗の身体が宙に浮く。反動をつけて壁に叩きつけようとして、俺の身体はそこで勝手に止まる。

知紗の身体はあまりにも軽かった。子供の、痩せた子供の身体。

できない。

知紗が俺の右腕——肘《ひじ》の内側に齧《かじ》り付いた。

肉を抉る痛みが肘から肩、背骨へと走り、左肩の痛みと混ざって全身を貫く。

知紗と一緒に廊下に倒れる。同時にずしん、と重い音がリビングから轟《とどろ》き、廊下の天井にヒビが入り玄関へと稲妻のように走る。ぱらぱらと破片が顔に降りかかる。

知紗の小さな手が俺の顔を押さえつけ、床に叩きつける。後頭部に猛烈な衝撃を受け、意識が飛びそうになるが何とか堪《こら》える。左手の鏡を持ち上げようとして手に違和感を覚え、俺は事態を知る。

転んだ弾みか、鏡は粉々に砕けていた。土台は手の中から消えていて、大小の破片が指にも掌にも突き刺さっていた。破片は血に濡れ光は完全に消えている。

俺は、やらかしたのだ。

再び知紗の手に力がこもった。今度打ち付けられたらアウトかもしれない。短い親指の感触が、圧力が、ぐっと俺の額にかかる。ひやりとした金属の質感も。

金属。

これは——真琴の指輪だ。

真琴から受け取って、ずっと身に着けていたのだ。

親指に。

「まこと……」

俺は無意識に囁いていた。

知紗がびくりと震えた。手の力が抜け、「うぅあ」とうめいて口を開く。その奥から、

「……おねえ……ちゃ、ん……」

と、かすかな声が響いた。口の内側がぼんやりと照らされ、小さな歯が光る。

光源は真琴の指輪だった。光を浴びて、知紗が身をよじる。

真琴も戦っているのだ。病室にいながら知紗を救おうとしているのだ。無数の可能性がある中で、俺は迷わずそう「解釈」した。解釈は新たに物事を関連付け、仮説を組み立てる。

俺は今更のように思い出した。ポケットに組紐が入っている。

ポケットに右手を突っ込む。それだけで激痛が走りうめいてしまうが、指先はどうにか組紐を探り当てた。あるいはこれなら——

俺は叫び声を上げて起き上がり、知紗を押し倒した。右腕も左肩も燃えるように熱く、痛みで全身がバラバラになってしまいそうだった。俺は歯を食いしばって彼女の身体に組紐を巻きつける。

「ううう！」

知紗が手足をバタつかせ俺を殴り、蹴りつける。避けも防ぎもせず俺は彼女の身体に、組紐をめちゃくちゃに巻いていく。

知紗は激しく抵抗し紐から抜けようとするが、その力は明らかに弱まっている。

やはり効くのだ。

一際大きな音がリビングから響き空気を揺らした。反射的に顔を上げた瞬間、

「マコトさん」

と声がして、廊下の向こうの暗闇から灰色の長い手が飛び出し、長い髪が壁を伝ったかと思うと。

巨大な口だけが現れた。乱杭歯と幾本もの黒い舌が一瞬で俺の目の前に迫る。

逃げる間もなく、紫色の口腔が視界に広がり、真琴のこと、知紗のことが頭に浮かんで——

聞いたことのない、不快な音が鼓膜を貫いた。

目の前の歯が、口が遠ざかって行く。ゆっくりと後ろへ、リビングへと引っ張られていく。

細く、鋭く光る糸が、手に、開いた口に、舌に絡み付いている。

「……真琴がどうしたって？」

低く、深く腹に響く声が、廊下の向こうから聞こえた。

琴子だ。

口がもがき、舌が床を叩く。指が壁に爪を立てるが、また少しリビングへと遠ざかる。

「真琴の彼氏を食うつもりか？　それとも――」

声が廊下にこだまする。

「逃げるのか？　逃げてまた――」

廊下いっぱいに広がる口に遮られ、琴子の姿は見えない。

「――真琴を傷付けるのか？　わたしの最後の家族を」

カチ、と場違いな音がした。ライターだ。

「仕事は終《しま》いだ」

ふう、と息を吐く。口がぶるり、と大きく脈打つ。

「お前は消す」

琴子はきっぱりとそう言った。

巨大な口が唸りながら閉じた。歯を剝き出して、ギリギリと歯軋りを立てる。ズルズルと音を立てて、口が壁を擦り、長い髪だけが視界に広がる。身体を反転させたのだ。

それは真っ暗なリビングに突進した。

ぼう、という音とともに、リビングが青く照らされた。と同時に、獣が何十匹も、いっせいに叫んでいるような声が響いた。

悲鳴だ。この世のものではない存在の、苦痛と恐怖の悲鳴。

口が燃えていた。青白い炎に巻かれ、焼かれて、リビングを跳ね回っている。

窓際に小さな影が立っていた。琴子だ。ひしゃげた窓枠を塞ぐように仁王立ちになって、右手に煙草をくゆらせている。

氷のように冷たい表情が、青い火に照らされて浮かぶ。

彼女はゆっくりと煙草を咥え、目一杯吸うと、一呼吸置いて煙の輪を吐き出した。輪は燃え盛る化け物の身体にまとわりつき、閃光《せんこう》とともに青い炎に変わった。

火花が散り、煙が上がり、化け物は再びぞっとするような叫び声を上げた。消毒液のような臭いが部屋に立ち込める。化け物は手を目一杯伸ばして琴子を摑もうとする。その指先に彼女は再び煙を吐きかける。指が、手が、腕がメラメラと燃え上がる。

口がベッドに崩れ落ちた。髪が焼ける。引き裂かれた唇が、歯茎が、舌が縮こまっていく。長くすすり泣くような声が聞こえる。

俺の身体の下でうめき声がして、俺は慌てて知紗を見る。彼女の額には汗が浮かび、顔はくしゃくしゃになっている。人間の顔――元に戻りつつあるのだ。

ぼふ、と爆発音がして、俺はとっさに知紗を抱いてリビングを背にする。叫び声は消え、ただパチパチという音と、薬品のような臭いだけが背後から伝わる。

俺の腕の中で、くぐもった声が次第に小さくなり、やがてすうはあという呼吸音に変わる。柔らかく小さな身体がそれにあわせて膨らみ、縮む。

知紗の呼吸。

ゆっくり顔を上げて、彼女をのぞきこむ。俺の血で汚れた未発達な顔は、ぐったりと弛緩している。口が開いて、規則正しく並んだ歯がのぞく。

これ以上血が付かないように気をつけながら、俺は知紗を抱えて振り返る。青い火は消えつつあり、ゆらゆら揺れる炎の中で、黒い炭の塊のようなものがかすかに蠢《うごめ》いている。琴子はそれを見据えたまま煙草を吸っている。

リビングの蛍光灯が灯った。火はどんどん小さくなっていく。

俺は壁に身体を預けてどうにか立ち上がり、もたれたままずるずるとリビングに向かった。肩と手から出血し続けているせいで、意識が薄れてきていた。

最後の火が消えた。ベッドの上には何も残っていない。燃えカスもなければシーツが焦げてもいなかった。色でおよそ見当が付いていたが、やはりこの世の火ではなかったのだ。琴子の力による炎。

琴子のブラウスはズタズタに引き裂かれ、ボタンは飛び、下着も露になっていた。腹にも胸元にも切り傷や刺し傷が見えた。その全てから血がにじんでいる。

俺と知紗に気付いて、琴子は煙草を消すと、足を引きずって歩み寄った。

俺は震える手で知紗を琴子に手渡す。彼女は意識を失いぐったりしている知紗を器用に抱くと、指先で額や胸、手足に触れ、しゃがんで床に寝かせた。

「大丈夫そうですか――知紗は」

カラカラの喉から無理矢理声を搾り出して訊くと、彼女は顔を上げて大きくうなずき、

「わたし一人では助けられませんでした。ありがとうございます」

と言った。いつもの静かな口調だった。

俺は知紗の身体に巻きついている組紐を指して、

「持っていてよかった。これは真琴のです。あなたに教わったことを応用したと」

琴子の目がわずかに見開かれた。

知紗の手を取って、親指の指輪を示す。

「あと、こいつが光って、色々教えてくれたというか」

「そう」彼女は脱力したように指輪を見て、「ごめんね、助けてもらって。姉失格だわ」

と、微かに笑みを浮かべた。

部屋の中に赤い光が差し込む。エンジン音が近付き車が止まる音がして、ドアが開閉する音が続く。

警察だろう。窓が割れ、暴れる音がしているのを、近隣の誰かが気付いて通報したのだ。

琴子はさりげなく胸元を隠すと、

「まずは知紗ちゃんを病院に。面倒臭いことは全てわたしが。野崎さんは寝てくださって結構ですよ」

と仏頂面で言った。

お前は黙ってろ、ということだ。言われなくても、これから他人にこまごまと事情を話すことなどできそうにない。体力も気力も尽きかけている。

足音が階段を駆け上がる。膝から最後の力が抜けていく。俺は床に尻から崩れ落ちた。

十六

年が明け、慌しく浮かれた一月も過ぎ去り、二月も半分が経とうとしていた。

晴れた冬空の下、石神井《しゃくじい》公園の池のほとりで、知紗がちょこちょこと走っている。

彼女が追いかける先では、小走りの真琴がピンクの髪をなびかせている。

知紗が何か意味の分からないことを叫び、真琴が笑う。知紗の振り回した手を、真琴は身体をひねってよける。知紗がまた叫んで笑う。

ありふれた光景だ。かつての自分なら見るのも嫌だったろうが、今は何とも思わなくなっている。

というよりむしろ、知紗と真琴が以前のように遊ぶこの状況を、俺は好ましく思っていた。

とは言え一緒に走り回る気にはなれない。それ以前に俺の手と肩の傷はまだ治っていない。風呂に入るのも一苦労だ。あの二人に加わるのはまだ先のことだろう。

木製のテーブルの向かいに座った田原香奈が、目を細めて真琴と知紗を見ている。かなり痩せてはいるが血色はよく、表情ははっきりと喜びを表していた。まだ通院する必要があるそうだが、知紗と面会してからの快復は目覚しく、担当医が驚いていた。

真琴は先月に無事退院した。毒は完全に消えたらしく体調も問題ないらしい。点滴ばかりだったせいか今は食欲も旺盛《おうせい》で、体重は入院前より増えたという。

真琴がしゃがんで腕を開く。知紗が彼女の腕の中に飛び込む。真琴はゆっくりと後ろに転がる。彼女の腕の中で知紗がまた楽しそうに叫んだ。真琴は知紗の頭を撫でて地面に寝そべる。その手には銀色の指輪が光っている。

琴子は病院で治療を受け、翌朝すぐに退院した。次の仕事に向かうという。

「知紗ちゃんのお母様によろしくお伝えください。真琴にも」

冷静な声でそう言うと、手術を終えてベッドに寝そべっている俺に顔を近づけ、

「この件でまた何かあったら呼んでください」

と囁いた。

「それは——まだ終わらない、という意味ですか」

不安にかられ、俺は動かない口を無理に動かして訊いた。麻酔はとっくに覚めたはず

なのに、まだ喋りづらかった。

「そう簡単に解決することなどありません。この世の疾患も、怪我も、完治には時間を要する。それと同じです。わたしには二十年来の顧客もいます」

彼女は淀みなく喋ると姿勢を正し、

「野崎さんのご依頼なら、家族割でお受けしますよ」

真顔でそう言った。

挨拶もせずに去った姉に真琴は落胆した様子だったが、それ以上に知紗の生還は嬉しかったらしく、すぐに気を取り直していた。

「月末から仕事を始めるんです。パートですけど」

香奈が言った。

「去年いたスーパー、まだ籍残してくれてて」

「よかったですね」

俺は答えた。定期収入があるのはいいことだ。俺も連載があと二つ三つ欲しい。明日にでも営業を始めるか。めぼしい雑誌とサイトをいくつか当たってみよう。

つらつらと今後のことを考えていると、

「わたし、これからはちゃんとします」

香奈が顔を伏せ、身をすくめる。

「仕事の話ですか」

「いいえ。母親を、です」

香奈は顔を上げた。薄い唇が震える。

「わたしだけ知紗を守れませんでしたから。みんな助けてくれたのに」

じゃれあっている真琴と知紗を眺めながら、

「秀樹は、夫は命がけで知紗とわたしを守ってくれました。野崎さんも真琴ちゃんもです。本当に感謝してるんです。感謝してもし足りないくらい。だから――」

思いつめた表情で、

「――この先、知紗に何かあったら、その時はわたしが」

「考えすぎじゃないですかね」

俺は言った。香奈がハッとして俺を見る。

「生き死にや、怪我の有無で測るもんじゃないでしょう。親としてアリかナシかなんてのは」

俺は包帯を巻いた右手を持ち上げ、

「これはただ、やらかしただけです。人様の大事な鏡を割ったんですよ。ホメられたことじゃない」

と笑ってみせた。

香奈は困った顔をして微笑む。当然だ。こんな話をされてどうリアクションすればいいというのか。

「託児所は見つかりましたか」

俺は訊いた。今度はイエスかノーで答えられる簡単な問いだ。

香奈は口を固く結んで黙った。かすかに首を横に振る。

「真琴に言ってください。二つ返事で行きますんで」

「これ以上ご迷惑はかけられません」

香奈はきっぱりと言った。俺は再び笑ってみせ、

「じゃあ、こう訊きましょう。これからも真琴が、お宅に遊びに行っても構いませんか？──」

自然と言葉が続く。

「──あと、差し支えなければ自分も」

香奈は申し訳なさそうな顔でうなずいた。

遊び疲れた知紗が眠ってしまったので、俺たちは歩いて知紗の家に向かった。真琴に尻と背を抱えられ、肩に顔を載せる格好で、知紗は早くも涎を垂らして熟睡している。

談笑しながら歩く真琴と香奈の後ろを、俺は知紗の寝顔を見ながら追う。

知紗は精神科医にも見てもらったが、特に精神に異常はないとのことだった。お山に連れられていた一ヶ月半の記憶は完全に欠落しているらしく、何をどう訊いても「わかんない」と答えるらしい。

それが異常と言えば異常だ。正確には異常の兆候。ショッキングな体験を記憶の奥底

に封じ込め、後に何らかの精神疾患となって発露することもある。琴子の言ったとおり、この件はまだ終わっていないのだ。

だったら、と俺は思う。

知紗と香奈が許す限り、俺と真琴は知紗と関わっていきたい。

俺は知紗にすくすくと、健康に育ってほしいと思う。恐ろしい経験を忘れて。あるいは乗り越えて。その力になりたいと思うし、真琴もそう思うだろう。いや、真琴はただ知紗と遊んでいたいだけかもしれないが……。

気が付くと俺は真琴の背中に近付き、知紗の寝顔をのぞきこむようにしていた。

唇を尖らせるようにして知紗は寝ている。口元がもぐもぐ動く。

「んああ……さ……」

知紗の口から声が漏れた。

「……さお……い、さ、むあ……んん……ち、が……り」

寝言だ。

夢を見ているのだろうか。楽しい夢であればいい。怖い夢でなければいい。

風が冷たい。俺はコートの襟を立て身をすくめた。

真琴の肩に揺られ、知紗は幸福そうに眠っていた。

（了）

解説

千街《せんがい》 晶之《あきゆき》

一九九四年の第一回から二〇一七年の第二十四回までのあいだ、大賞受賞作が出たのは十二回。つまり、平均すれば二年に一度しか大賞が出ていない——日本ホラー小説大賞とは、それほどハードルが高い新人賞である。ところが、この賞の歴史では異例なことに、予選の時点で極めて評価が高く、最終選考では全選考委員（この回は綾辻《あやつじ》行人《ゆきと》・貴志《きし》祐介《ゆうすけ》・宮部《みやべ》みゆき）に絶賛され、文句なしの大賞受賞作となった作品がある。それが第二十二回受賞作となった、澤村《さわむら》伊智《いち》の『ぼぎわんが、来る』（二〇一五年十月、KADOKAWAより刊行）だ。その評価に釣り合うように、本書は近年のホラー小説界では飛び抜けた話題作となった。

驚くべきは、これが著者にとって初めて書いた長篇、そして初めて書いたホラーであるということだ。著者の澤村伊智は、一九七九年、大阪府生まれ。大阪大学を卒業後、出版社に勤めるが、二〇一二年に退職しフリーライターとなった。著者が小説を書くようになった事情は少々風変わりだ——小学校時代の友人から、知り合いが趣味で書いた百四十枚くらいの小説の感想を訊《き》かれた際、つまらなかったので貶《けな》す批評を書きかけたものの、ワンテーマで百四十枚も書けている時点でその書き手に水をあけられているのではないかと気づき、自分でも書いてみようと思ったのがきっかけだったのだ（因みに、初めて書いた小説はＯＬを主人公とする純文学的な短篇だったという）。そして二〇一五年、第二十二回日本ホラー小説大賞に応募した長篇「ぼぎわん」（澤村電磁《さわむらでんじ》名義）で見事に受賞、タイトルを『ぼぎわんが、来る』と変えてデビューを果たした。ライターをしていたということは、文章を書くのにある程度慣れていたと推測されるとはいえ、初長篇でのいきなりの受賞は異例であり、まさに大型新人と呼ぶに相応《ふさわ》しい。

では、ここで本書の導入部を紹介したい。

会社員の田原秀樹《たはらひでき》には不気味な記憶があった——小学生の頃、祖父母の家の玄関越しに声をかけてきた謎の訪問者の記憶。認知症の祖父はその時だけ正気を取り戻し、訪問者に「帰れ！」と怒鳴りつけた。その祖父が亡くなった時、通夜の席で祖母は、祖父の地元に伝わっていたという、絶対に答えたり、家に入れたりしてはいけない化物について口にした。その名は〝ぼぎわん〟——そして歳月は流れ、祖母もまた何かを恐れながらこの世を去る。

愛する妻・香奈《かな》の臨月が近づいた頃、秀樹の会社に謎の訪問者があった。取り次いだ後輩の高梨《たかなし》によると、訪問者は誕生を目前にした娘につける予定の、知紗《ちさ》という名前を出したという。誰にも教えていない娘の名前を何故……。しかも、高梨は謎の傷が原因で会社に来なくなった。その後も、秀樹の周囲では奇怪な出来事が相次ぐ。それらは

〝ぼぎわん〟の仕業なのか。家族を守るため秀樹は伝手《つて》を辿《たど》り、オカルト系ライターの野崎昆《のざきこん》と、その知人である比嘉真琴《ひがまこと》という霊媒師に出会う。

本書は語り手が異なる三つの章から成っており、第一章「訪問者」は田原秀樹の視点で進行する。ひとりの平凡なサラリーマンの日常を、突如破壊してゆく禍々しい怪異。この第一章で、〝ぼぎわん〟なる存在の半端ではない恐ろしさが伝わってくる。そもそも正体が判然としないし、何故秀樹の周囲に出没するのかも謎に包まれている。パワフルで凶暴なだけでなく、執念深く、しかも接近のたびに知恵をつけるという〝頭脳派〟の怪異である点も怖い。霊能者たちが〝ぼぎわん〟に怯《おび》え、あるいは返り討ちに遭ってゆく展開も、その無敵ぶりを強調してやまない。その正体に関する、海外にまで遡《さかのぼ》る民俗学的考察も、いかにも実在するかのような説得力を滲《にじ》ませる。物語の骨格自体は、目新しさを売りにしているわけではなく、むしろ古典的でさえある。例えば、怪異から呼びかけられても答えてはいけない――という設定は、この種の怪談ではお約束と言っていいが、それをこんなにモダンな印象のホラーに仕上げてみせた匙《さじ》加減は絶賛に値する。

怖さの演出効果において秀逸なのが、〝ぼぎわん〟という、見ただけでは意味が全くわからない不気味なネーミングだ。本書と登場人物が共通するシリーズである『ずうのめ人形』（二〇一六年）の〝ずうのめ〟、『ししりばの家』（二〇一七年）の〝ししりば〟のように、著者は得体の知れない単語で恐怖や不安を醸成するのが得意であり、これは独自の強みと言える。

本書の特色は、構成の妙味にもある。既に触れたように本書は三つの章で視点人物が異なるのだが、どの人物も（そして他の登場人物たちも）他の章では全く異なる印象で描かれており、主観と客観の落差が読者に大きな衝撃を与えるのだ。

この意外性の演出は、著者がホラーだけではなくミステリの技法も体得していることの表れなのだ。『ずうのめ人形』や『ししりばの家』は同じシリーズながら、本書以上にミステリ的な仕掛けと意外性が強調されている。また、著者自身がモデルらしき主人公が登場する『恐怖小説　キリカ』（二〇一七年）は、導入部はスティーヴン・キングの『ミザリー』を想起させるが、実は竹本健治《たけもとけんじ》の「ウロボロス」三部作や三津田信三《みつだしんぞう》の幾つかの作品を彷彿《ほうふつ》させるような、メタフィクション性の強いミステリとしても読める。本書を初めて読んだ時点では、意外性の演出に長けていることは認めつつ、著者の中にミステリへの志向が存在しているかどうかについては判断を保留したけれども、現在では著者が稀有《けう》なホラー作家であると同時に、優れたミステリ作家でもあると断言して差し支えないと思っている。

そして、この主観と客観の差異を利用したどんでん返しによって、古来の伝承と、現代的かつ普遍的な問題とが結びつき、ひいては〝ぼぎわん〟の正体が解ける仕組みとなっているのだから、つくづく巧いと感嘆するしかない。本書に限った話ではなく、著者の小説では、恐ろしいのは怪異そのものに限らない。怪異を生み、あるいは招き入れる人間の心もまたおぞましさに満ちている。そうした怨念《おんねん》や自己正当化や劣等感など——

言ってみればひとの心に生まれる隙間の描き方でも、著者は無類の切れ味を見せるのである。

第三章「部外者」では、手の打ちようがないほどに猛威を振るう怪異〝ぼぎわん〟に対抗し得る最強の女性霊能者がいよいよ本領を発揮するが、そのキャラクター設定は、敢えてリアリティを無視しつつ、選評で綾辻行人が指摘したように「作品の〝物語内現実〟として愉《たの》しく受け入れられるよう、造形やエピソードに小気味の良い工夫が凝《こ》らされて」おり、痛快さを感じるほどである。

著者は小学生の頃から怪談、ホラーに慣れ親しみ、特に岡本綺堂《おかもときどう》を敬愛しているという。初長篇ということを感じさせない構成と語り口の洗練は、そのような読書体験を見事に自分の血肉と変えていることを証明している。先人の生んだ傑作群に対する意識的言及は、デビュー作ということもあってか本書では抑え気味だけれども、『ずうのめ人形』では鈴木光司《すずきこうじ》『リング』や小野不由美《おのふゆみ》『残穢《ざんえ》』といった名作への言及が物語と切り離せない。著者の作品は、いい意味で「ホラーや怪談やミステリを読みすぎたひとの小説」であり、それらのジャンルの読者の心理を掌握しているからこそ、恐怖やサプライズをこれほど自在に演出できるのだろう。

デビュー時点で既に老巧な印象さえあった著者が、今後どれだけ凄《すご》みのある作家に化けてゆくのかを考えると、それこそ恐ろしい——いや楽しみではないか。

本書を執筆するにあたって、子供の頃から今に至るまで見聞きした、数多くの「怖い話」――妖怪《ようかい》の話、幽霊の話、怪談、漫画、小説、映画、ゲーム――を、参考にさせていただきました。偉大な作り手の方々に心より感謝します。

資料として、
・中田《なかだ》祝夫《のりお》『日本霊異記 全訳注』(上)(中)(下)(講談社学術文庫)
・一本木《いっぽんぎ》蛮《ばん》『戦え奥さん!! 不妊症ブギ』(小学館)
を、主に参考にさせていただきました。

本書は、二〇一五年十月に小社より刊行された単行本を文庫化したものです。

ぼぎわんが、来《く》る

澤村《さわむら》伊《い》智《ち》

角川ホラー文庫　Hさ4-1　20793

平成30年2月25日　初版発行
平成30年5月25日　5版発行

発行者――郡司 聡
発　行――株式会社KADOKAWA
〒102-8177　東京都千代田区富士見2-13-3
電話 0570-002-301（ナビダイヤル）
印刷所――旭印刷　製本所――本間製本
装幀者――田島照久

KADOKAWA　カスタマーサポート
[電話] 0570-002-301（土日祝日を除く11時～17時）
[WEB] http://www.kadokawa.co.jp/（「お問い合わせ」へお進みください）
※製造不良品につきましては上記窓口にて承ります。
※記述・収録内容を超えるご質問にはお答えできない場合があります。
※サポートは日本国内に限らせていただきます。

ISBN978-4-04-106429-0 C0193

角川文庫発刊に際して

角川源義

第二次世界大戦の敗北は、軍事力の敗北であった以上に、私たちの若い文化力の敗退であった。私たちの文化が戦争に対して如何に無力であり、単なるあだ花に過ぎなかったかを、私たちは身を以て体験し痛感した。西洋近代文化の摂取にとって、明治以後八十年の歳月は決して短かすぎたとは言えない。にもかかわらず、近代文化の伝統を確立し、自由な批判と柔軟な良識に富む文化層として自らを形成することに私たちは失敗して来た。そしてこれは、各層への文化の普及滲透を任務とする出版人の責任でもあった。

一九四五年以来、私たちは再び振出しに戻り、第一歩から踏み出すことを余儀なくされた。これは大きな不幸ではあるが、反面、これまでの混沌・未熟・歪曲の中にあった我が国の文化に秩序と確たる基礎を齎らすためには絶好の機会でもある。角川書店は、このような祖国の文化的危機にあたり、微力をも顧みず再建の礎石たるべき抱負と決意とをもって出発したが、ここに創立以来の念願を果すべく角川文庫を発刊する。これまで刊行されたあらゆる全集叢書文庫類の長所と短所とを検討し、古今東西の不朽の典籍を、良心的編集のもとに、廉価に、そして書架にふさわしい美本として、多くのひとびとに提供しようとする。しかし私たちは徒らに百科全書的な知識のジレッタントを作ることを目的とせず、あくまで祖国の文化に秩序と再建への道を示し、この文庫を角川書店の栄ある事業として、今後永久に継続発展せしめ、学芸と教養との殿堂として大成せんことを期したい。多くの読書子の愛情ある忠言と支持とによって、この希望と抱負とを完遂せしめられんことを願う。

一九四九年五月三日

ISBN 978-4-04-104735-4

粘膜人間

飴村 行

物議を醸した衝撃の問題作

「弟を殺そう」――身長195cm、体重105kgという異形な巨体を持つ小学生の雷太。その暴力に脅える長兄の利一と次兄の祐二は、弟の殺害を計画した。圧倒的な体力差に為すすべもない二人は、父親までも蹂躙されるにいたり、村のはずれに棲むある男たちに依頼することにした。グロテスクな容貌を持つ彼らは何者なのか？　そして待ち受ける凄絶な運命とは……。
第15回日本ホラー小説大賞長編賞受賞作。

角川ホラー文庫

ISBN 978-4-04-391301-5